朱王传奇

阿雨◎著

团结出版社

图书在版编目（CIP）数据

朱王传奇 / 阿雨著 . -- 北京 : 团结出版社，
2023.1

  ISBN 978-7-5126-9840-6

  Ⅰ . ①朱… Ⅱ . ①阿… Ⅲ . ①长篇历史小说－中国－
当代 Ⅳ . ① I247.5

  中国版本图书馆 CIP 数据核字（2022）第 213595 号

出　　版	团结出版社
	（北京市东城区东皇城根南街84号　邮编：100006）
电　　话	（010）65228880　65244790
网　　址	http://www.tjpress.com
E-mail	65244790@163.com
经　　销	全国新华书店
印　　刷	成都市兴雅致印务有限责任公司
开　　本	170mm×240mm　　1/16
印　　张	16
字　　数	258千字
版　　次	2023年1月第1版
印　　次	2023年1月第1次印刷
书　　号	978-7-5126-9840-6
定　　价	89.00元

序

　　温州坊间有"朱王"传说，世代相颂，若溯其根源，无证可考。人常言道，大塘朱氏，为"朱王"遗胄。所说大塘村，在今藤桥镇，东邻坑古村，西临上埠头，南连潮济村，北依石鼓山。大塘因有"十塘九井"之称而得名大塘。属古永嘉县泰清乡廿四都。清光绪《永嘉县志》记载为大塘，1949年5月称大塘村，属南雅乡。1991年时属瓯海区的南雅乡并入藤桥镇。2001年随藤桥镇改属鹿城区。

　　大塘村，地处平原、戍浦江畔。戍浦江源自市区西部最高峰崎云山，其龙溪与周岙境内的梅溪汇合于源口，经泽雅、藤桥注入瓯江。有九十九道弯之称。江流区域，古迹层出。曹湾山古人类遗址，乃新石器时代遗存，列入全国重点文保单位。曹湾山考古挖掘使得藤桥有东瓯故地之称。古遗地址证明了此处人类活动之早，文明起源久远。又有石鼓山，昔山水诗鼻祖谢灵运登此。康乐公在此题《登上戍石鼓山》一诗。可见此处风光无限。又有宋乾道八年所建寺前桥，列为省级文保。此处水路有上戍港各埠头，陆路通界牌、天长诸岭。可见此地水陆交通顺畅，方便出行。又有屏纸诸作坊，泽雅、藤桥诸村落多有散布，甚至泽雅各村作坊，亦列为国保，证实此地手工产业发达。大塘村曾经也是屏纸产地之一。优美的自然风光，深厚的人文底蕴，便利的水陆交通，发达的手工产业，这样的地方，往往会出动人的传说。

　　观大塘村形胜，地处戍浦江诸汇之上埠头汇，上下埠头间水运便利。溯戍浦江而上，有天长岭，为温州城西南要道。清《永嘉县志》载：天长岭，在郭溪山西，一名铁场岭。而戍浦江畔天长村，于清光绪十九年（1893）《浙江全省舆图并水陆道里记》中，亦标注为铁场村。因宋朝此处为冶铁制兵器的兵工厂而得名。此处为军事要道，为温州城西南重要屏障。宋时方腊，清末太平军，乃至日寇皆从此处进攻温州城。甚至在乡间相传朱元璋打温州，亦从此处过。这自是民间杜撰，但似乎人们也已经把天长岭与温州的各大事迹、历史更迭结合在一起。当然在大塘周边与军事关联的地名远不止于此。天长岭不远处有铜钟山，民间有谚云："铜浇岭，铁铸场"。似与天长岭并举。又有戈恬、古名戈田，若闻其名，如屯积兵器之地。铁场铸戈，左右钟山鼓山、钟鼓齐鸣，多与军事相关。特别自明朝开始，此区域内寨堡林立。戍浦江源有界牌头，古耸山有古耸寨，泽雅原名寨下，便出于此。种种氛围，萦绕此间，似乎这里就会出侠胆义士。各种传说，加上朱王墓、林里苏将军庙等"遗迹"，让人们相信"朱王"的存在。便利的水陆交通，来往文人闲客添砖加瓦，使故事更显生动曲折，更利于传播。

　　"朱王"传说在温流传甚广，瓯海鹿城乡坊遍布。乃至楠溪山间，更有流传，甚至因地制宜，将故事更加神化。与永嘉山间龙母崇拜结合，传"朱王"为龙母点化，并在楠溪山间流传有与"朱王"并列的故事"泥王"传说。人们崇拜英雄，崇尚正能量。通过民间故事的激励，爱国爱乡。通过通俗易懂的情节，抒发内心情怀，在新形势下奋勇向前。

　　我读《朱王传奇》，被朱王朱罡的血性和义勇所感动，也是被大塘人的血性和义勇所感动。鲁迅先生说，民族性里面，家畜性多了，野兽性少了。但朱王和大塘人却不一样，面对元王朝的侵扰，盘剥，踩踏，主动出击，英勇战斗，宁可舍生取义，绝不卑躬屈膝，这是人间正道。

　　今藤桥镇大塘村，不忘挖掘乡土文化，保留优秀的传统文化。由村民自发，邀诸贤达，集思广益。将其"朱王"传说整理编辑、疏理成册。东嘉故郡，历史久长，有许多流传于民间的故事。特别如张阁老传说、刘基传说，被列为非物质文化遗产名录。对朱王传说的整理，为鹿城民间文学增添色彩，也为民间文学类非物质文化遗产填补空白。对朱王传说相关文旅产业的挖掘开拓，是大塘人民对自己家乡文化自信的表现，是很有意义的。

2022 年 10 月 16 日

目 录

引 子

话说江南青山绿水，晋时传说一只白鹿在瓯江边衔花跨城而过，留下一片祥云腾飞，鸟鸣花香，名为鹿城。此地冬暖夏凉，交通便利，街铺林立，商贾云集，遍地生钱。

鹿城东南有座大罗山，石钟山在西部，发源于崎云山的戌浦江，一路袅袅而行，在石钟山脚下汇入瓯江，直通东海，涨潮时潮水顺江而上，一路飞涨，直到界牌头，难分上下游。

戌浦江上原本没有桥，凶猛的江水淹死过不少人，南岸后生周梦桂带人造桥，地主黄仁富想撑渡船赚乡亲们的钱，掘开堤坝把他淹死了。黄仁富的

藤桥镇；自古流传南北两岸紫罗兰的藤桂对接成桥，即称藤桥（2022 年摄）

女儿紫罗早就中意梦桂，伤心地跳进江里殉情。黄仁富暴跳如雷，把他们分开葬在南北岸，意欲隔开他俩。谁料，不久南岸长出一棵桂花树，北岸冒出一株紫萝树，两树枝叶茂盛，径直向江心靠拢，终有一天，紫萝藤缠住桂花树节节攀升，人们顺势在紫萝藤上铺起木板，成了一座生机勃勃的藤桥，任意往来，这片区就叫藤桥。

藤桥有一山，名曰石鼓山，谢灵运曾留诗《登上戍石鼓山诗》："极目眺左阔，回顾眺右狭。日末涧增波，云生岭逾叠。白芷竞新苕，绿苹齐初叶。"

　　石鼓山上有一天然石鼓，一丈见方，传说千百年来等着神人降临，挥起巨臂一敲，轰鸣声将如霹雳隆隆滚过，震动寰宇，大罗山的大锣和石钟山的金钟齐鸣，石将奔涌，天兵降临，改朝换廷。

戍浦江流域藤桥全景图（2022年摄）

这话传了一年又一年，没人见过神人，没人听过石鼓轰鸣，朝廷倒是改换多次，大罗山、石钟山依然绵延，石鼓山仍旧屹立，望江水滔滔向前，卷起层层白浪。

石鼓山南面有个小村庄，名叫大塘。村子群山环绕，地势清幽，南有笔架山，西有望垟山（也叫雅漾山），东有马鞍山，桃红李白，鸡啼犬吠。百姓日出而作，日落而息，与世隔绝地生活。

元朝末年，福建南屏民众为躲避战乱来到与藤桥相邻的泽雅，南屏民众带来造纸的老行当，所造的南屏纸远销各地，藤桥泽雅满山水竹赶不上往外运输纸张的速度。

戍浦江边的大塘码头成了水竹中转站，八方水竹纷涌而来，远至福建，近的青田苍南，有两头翘起的蚱蜢舟，也有巴船沉甸甸拖到码头，还有扎成竹排，用竹竿撑来。船只一到，村民把席片往肩上一甩，扛起水竹，一捆捆水竹堆放在仓库，犹如玉皇大帝的面堆米山，一眼望不到头。加上木作、竹簾、锡类等手工制品，山上、江里来的土特产，码头上货物奔涌，吆喝四起，热闹非凡。

三月春和景明，柳舒花放，阳光在戍浦江上泛起一层细碎的涟漪，犹如铺上点点碎银，码头上人来人往，像海里的梭子鱼，在金色的光波里摇头摆尾。

十八岁的朱忠信坐在船板上，双脚轻触江面，藏青色的粗布短褂甩在船头，他凝视着江水缓缓后退，心想：秋天得把家里的瓦房修补一下，让母亲睡个安稳觉。

母亲阿花失明多年，又患上哮喘，呼啦呼啦喘着气，像拉着一个大风箱，沉重吃力。寒冬腊月，瓦片间的缝隙越来越大，月光细密地洒下来，形成斑驳的白点。四面泥墙越来越薄，尽管衔接处用茅草塞住，刺骨的寒风还是冷不防用尖锐的锥子钻进来。夜半时分，母亲的咳嗽一阵紧似一阵，让他睁眼难眠。一定要让母亲住上崭新的大瓦房！他暗暗发誓，眼前就出现了一座大瓦房，雪白的墙、青色的瓦、金黄的窗子……

船头跟码头"砰"的撞击声打断了忠信的思绪，他猴儿般从船上蹿下，把绳圈往石柱子上一套。

"扑通"一声，有团温软的东西撞在他身上，他站立不稳，摔在地上，睁眼一看，身上躺着个美貌女子。他有点迷糊，难道是天上掉下来的七仙

004

梦桂造桥渡百姓，不幸陨落戍浦江。
紫萝紧紧相跟随，藤缠桂绕成藤桥。

女？揉眼细看，不是七仙女，是村里的林雅娇。

他满脸窘迫，一把推开雅娇站起来，后退两步站定。转念一想，感觉太过粗鲁，雅娇还躺在地上，他想伸手拉，雅娇怔了一会儿，见伸来的手，脸上升起一团红晕，"腾"地站起来。

"你……"两人同时开口，又同时窘住。四目相对，电光石火般激起一片火花，刹那间，两双眼快速撤离，两人都觉得一道闪电从头到脚过了一遍，有种莫名的激动，又有点酥酥麻麻。

忠信认得雅娇，她是村里的大名人，大家都说她是七仙女下凡，几百年才出一个。

去年夏天，几个孩子在溪边玩耍，戍浦江的上游周岙村突降暴雨，溪水猛涨，孩子落入水中，上下扑腾。路过的雅娇二话不说就跳下水里，救起孩子，自己差点被水流冲走，幸好抓住一蓬坚韧的野杨梅，得以上岸。为感念她的勇气，大家把村口的石拱桥称为林雅桥，桥下水井也唤作林雅井。

林雅桥横向由三块石板拼成，并排容三人甩开手臂行走，前后是缓坡上行下落，三头牛排成长队自由通过，底下是石头砌成的桥墩，斑斑驳驳，缝隙间有些许藤蔓垂挂下来，桥下流水哗啦啦地跃过小石块，缓缓前行。

大塘村横着三条笔直的路，像个大大的"三"字，南面门前路房子叫门前新屋，当中是中央路，北边为后半路。

村口竖着一条很短的路，路两头各有一棵高大的苦槠树，谁也不知道是哪朝栽种的，只看见两棵树的树干粗壮，两个男人伸开双臂也抱不过来。遒劲的枝干往上伸展，突出一块块斑驳的树皮，一蓬蓬墨绿的叶子投下一大片浓浓的绿茵。有人说大塘村就靠这两棵树，它们枝叶繁茂，村子就繁荣昌盛，子孙生生不息。

雅娇住在中央路，中央路是一条热闹的买卖街，沿街一长排都是店铺，南来北往的货物齐刷刷地挂在门口，山上的有香菇木耳笋干；海里晒干的有带鱼紫菜虾皮，新鲜的有金灿灿的黄鱼和白闪闪的鲳鱼，还有闪着青光的虾子；打铁的、做桶的、编筐的、印染的，锡做的酒壶蜡壶烛台，精致细腻；银制的手镯脚链长命锁，巧夺天工；木质的圆形茶盘鹅形水桶……民丰物阜，做买做卖，和颜悦色，来来往往。

林家药堂坐落在中央路正中心，药堂架子上药材琳琅满目，清白的罐子，齐齐整整，纤尘不染。

雅娇是独生女儿，她父亲林大先生五十开外，鹤骨松姿，眼神睿智，胸挂一把黑胡子，爱穿青色长褂和黑布鞋。他幼时一心求医，成年后师承永嘉医派，是藤桥一带颇有名望的大先生，有个大病小痛，几个村子都找到这里来。谁进来都先恭敬地鞠一躬，喊声"大先生"，再让他问诊。

林大先生的妻子胖乎乎，见人笑眯眯，一双眼睛原本就小，一笑就眯成一条细缝儿，嘴角浮现两个深深的酒窝。谁见了都亲切地称"大娘子"，她在店里帮忙抓药。

雅娇年方二八，肌肤雪白，露透红润，一点樱唇，两行碎玉，衣着光鲜，正似一株妖娆的红莲。红莲经夏而凋，她却越长越美，谁见了都想多看一眼，村里的拐脚老是流着口水跟在她后面，呵呵傻笑着，雅娇也不恼。

门前路和中央路位于上半村，人家日子宽裕，瓦房敞亮，门面高耸，犹如威武的大将军挺立着。房主人腰板直，嗓门高，走路踢踏响；后半路是下半村，瓦房低矮，瓦片破碎，犹如千里逃难来的人，蓬头垢面地暂时歇歇脚。村民走路含胸低头，无声无息，就怕被人一脚踩进泥缝里，永难出头。忠信家就在后半路，他像一株正成年的向日葵，腰杆笔直，头却老低着。

此刻，忠信的心沸腾了，像大锅里烧开的水，热血扑腾扑腾地翻滚，不顾一切地上涌，他第一次近距离地面对如此可人的姑娘。喉咙里涌动着成串的话语说不出来，他手足无措，呆了一会儿，一撒手往上游跑去，一头扎进还有点冰凉的江水里，才降下这一身滚烫的温度。

正往这走来的大耳朵眼见这一幕，莫名其妙地挠挠耳朵：三月的天气，有这么热吗？大耳朵是忠信的伙伴，一双耳朵特别大，大家都说他像三国时的刘备，他没有刘备的贤德，只有一身蛮力，天天在码头背水竹，家里就他和老娘，破旧的瓦房也在后半路。

大耳朵敞开喉咙高喊："信哥，不管水竹了？"江面上没有回音，只有一圈圈往外荡漾的涟漪，还有一小个一小个往上冒的水泡，恰似一串洒下的珠子。

林大先生今天从青田拜访朋友回来，雅娇想来迎迎父亲，双眼在游鱼般的船只间搜寻，不料一只蜜蜂往眼里冲来，她伸手驱赶蜜蜂，想不到岸边布满苔藓的石头湿滑，脚底一打滑摔倒了，没摔进江里，却摔在忠信身上。她无心再迎，顺着大马路（一条北通山福，经大塘码头，南通瞿溪的古道，现叫大塘路）往回走，双脚在石板上敲击着清脆的足音，恰如她此时的心，怦怦乱跳。

她从未对男子动过心，村里村外好多小伙无事在她面前献殷勤，甚至不管不顾地往她家送东西，也有不少正儿八经的媒人来提亲，林家药堂的门槛没被踏烂也矮了一大截。

尤其是她家隔壁的高个，个子很高，走过门框都要微微低头，人也帅气，皮肤白，额头宽，眼睛忽闪忽闪，像明亮的小窗子。

高个父子仨是有名的工匠，父亲是大木，人称大老司，专上新房栋梁；高个是雕刻师，在房梁窗户和床柜子上雕出栩栩花纹，兰花正散发着芬芳的香气，小鹿能听见咕噜咕噜的喝水声；高个弟是油漆老司，描得一手好画，人物逼真，花草鲜活……高个家的房子在村里最出挑，五开间大瓦房，高耸的门台上写着"清风明月"，三层砖雕将相出征、仙鹤起舞、花朵绽放，屋里更是雕梁画栋，让人瞠目结舌。

高个自小就觉得雅娇是命定的媳妇，不管是幼时游戏，还是大后相处，话里话外一心维护着雅娇。雅娇家人也觉得高个办事牢靠，一升米落镬，用到廿四件家生火（做事认真）。林大先生跟高个谈过，他愿意入赘林家，高个父亲也中意，两家心照不宣。

偏偏雅娇觉得高个是亲近的大哥哥，根本没想过要嫁他，头岬起拨浪鼓恁，直头不肯。林大先生觉得孩子小玩兴大，船到桥头自会直，亲事就这样一天天耽搁下来了。

雅娇知道忠信家原先是读书人家，有人中过秀才，办过私塾，后来败落了。忠信父亲朱贵走南闯北赚过一些钱，最终生意失败，欠下一大笔债，父子俩日夜跑船运水竹，偿还着债务。母亲阿花身体不好，隔几天到林家药堂拎回一袋中药，家境还是窘迫。

忠信皮肤黝黑，个子高挺，壮得像头牛，常年把短褂甩在肩上，一块块肌肉裸露在外，似乎能蹦跶起来。人如其名，一言既出，如白染皂。有次帮人带布料，半路上，布料掉进瓯江被急流冲走了，不顾他人劝告愣是掉头回城，自掏腰包买了布料回来交差。

雅娇摔到忠信身上，娇嫩的肌肤触碰到厚重的男性肌肤，亲近地看到那双漆黑的眸子时，从他快速缩回的双手中感到前所未有的热血奔涌，心脏猛烈地跳动。看着他手脚无处安放的样子，有点可笑，又有点甜蜜。忠信的身影没入水中，她还站了好一会儿。

她跑到村口苦槠树下，托着腮帮想了好一会儿，也想不明白，为什么对忠信有了不一般的感觉，有激动有紧张还有喜悦，好似开了个油酱铺，酸的、甜的、咸的、辣的，各种味道说不清。

　　太阳渐渐下沉，橙色的光芒变成了暗沉的青色，雅娇不安分的心才恢复往常的节奏，她踱步回家，父亲问她去哪儿了，她端起饭碗只顾吃饭。

　　日子犹如十五六岁男孩穿的衣裳——越来越长，转眼到了端午，村里龙舟训练多时，三十六名青壮小伙犹如上天降下的猛龙，胳膊上的肌肉像皮肤里藏着小老鼠，一骨碌一骨碌地跳跃着。

　　大塘和毗邻的坑古村比赛即将拉开序幕，前四、后四、旗手、鼓手各就各位，桨手紧握船桨严阵以待，男女老少把河边围得水泄不通，摩拳擦掌。

　　正是：

　　　　端午时节斗龙舟，戌浦两岸人潮涌。
　　　　落只船来生只船，呐喊声震船埠头。

　　有的说："大塘今年增加两个好手，当然旗开得胜。"有的说："坑古是多年胜者，肯定会拔得头筹。"双方争执不下，脸红脖子粗，很想找个空地干上一场。又有的说："龙舟比赛，重在强身健体，何必过于计较输赢?"众人才勉强拉扯平静。

　　雅娇和柳叶挤在人群里，柳叶是她的小姐妹，一双眉毛细细弯弯，像柳树上刚长出来的小嫩芽，人叫柳叶。

　　雅娇一眼看到船头的忠信，乌黑头发下一双黑亮的眸子闪闪发光，正像戌浦江里的水，深沉含蓄，双臂肌肉上一层薄薄的汗珠微微闪动着。雅娇的心里打起了小鼓，那次相撞后，她一见到他，就会莫名地激动，有种按捺不住的欢喜窜上心头。忠信一回头，也看到了雅娇水汪汪的大眼睛，又一次天雷地火的碰撞，火光满天飞，又快速离开。

　　只听一声鼓响，两只龙舟像离弦的箭嗖嗖往前冲去，旗手拼命挥舞旗帜，小伙子们低头弯背用劲划，一支支船桨齐整又迅疾地击打水面。龙舟像两把锐利的长刀，把水面分成四长片，哗啦啦的白色水花溅起一大片。"加油！加油！"振臂高呼声、击掌声、跺脚声响彻云霄。

　　"哎，你看后半路的忠信做了领头，划桨的样子挺好看！"柳叶推了下雅

苦楮树下定终身，月老见证永相依。
海枯石烂一心守，地老天荒无尽时。

娇的右臂，雅娇瞬间红了脸庞，恰似树上娇羞的桃子。"你是不是喜欢他？"柳叶调皮地眨眨眼。"乱说！"雅娇拍了一下柳叶。"我看你们俩挺般配，郎才女貌。"柳叶躲了一下，嬉笑着用两个食指比画。"再说，撕烂你的臭嘴！"雅娇拽住柳叶往脸上打去，柳叶像一条光滑的鱼从她手下溜走了。

忠信的脸庞深深地镌刻在雅娇心里，再难抹去了。她老是想起他，想见他，又怕见到他。秋天的月亮变得像织布机上刚织好的土布一样白，地上白茫茫一片。

雅娇从柳叶家出来，看着苦槠树上月色圆满，光华皎洁，不禁跪在树下，虔诚地祈祷："都说姻缘配合凭红叶，月老夫妻系红绳。月老，我的姻缘是忠信吗？"

话音刚落，苦槠树后猛然转出一个人影，她不禁往后一退。"我，我……"是惶恐的声音，她定睛一看，不是别人，正是她日思夜想的忠信。

码头相遇后，忠信心里也装满雅娇的倩影。一想起她，就抑制不住地兴奋，全身充满了力量，似乎能上山敲石鼓。看看自家破旧的瓦房，再看看堂皇的林家药堂，心中又是一阵冰凉，天地之差，怎能相配？他强压住心里的念想，这念想却似春天山头的野草一般，连大石块都按不住，从石头缝间又悄悄冒出来，长成一片翠绿的勃勃生机。

他无法安睡，看着月光如积水空明，苦槠树影如藻荇交横，不觉转悠到这里，竟然遇上了心爱的姑娘。

"你怎么在这里？"两人同时说出，又同时咧嘴笑了。

两人不约而同地坐到苦槠树下，"你跟父亲跑船，到过不少地方吧？"看着忠信窘迫的面容，雅娇率先开口。"那是……"一提起这些，忠信的尴尬被抛到了一边。

他说，温州城内有三十六坊，最神奇的属五马坊，传说有五匹马站在这里久久不肯离去，也有说是王羲之在这里乘坐五匹马的车；福建海边有很多妈祖庙，祭拜陈十四娘娘，就是第一堂里供奉的娘娘……

第一堂在村头大马路边，前有天井，当中是殿堂，殿后有院子，院里栽种大片花木，常年结着累累硕果。堂里供着陈十四娘娘，两边是怒目圆睁的四大金刚，门口写着对联：虔诚谒堂瞻仰圣母，真意求赦涤净秽尘。娘娘特别灵，求财得财，求子得子，求雨得雨，堂里住持慧明和尚鹤发童颜，身披灰色袈裟，端坐蒲团，念诵佛经。

雅娇定定地看着忠信，痴痴地想：原来外面世界这么大，忠信知道这么多，这辈子跟定他了。

"信哥，我跟你去跑船，帮你洗衣做饭！"雅娇脱口而出。

"阿，阿娇，跟着我，你会受苦……"忠信说起见闻滔滔不绝，这句话犹豫半天才出口。看到阿娇，满身的喜悦从每个细胞里膨胀出来，一想起自家的破瓦房，欢喜又被担忧代替。

"我不怕吃苦，有手有脚，什么都能干！"雅娇看见忠信黑亮的眼眸里有自己的身影。正是：

> 苦槠树下定终身，月老见证永相依。
>
> 海枯石烂一心守，地老天荒无尽时。

"可是船上不能带女人。"忠信为难地看着雅娇。"没事，我在家里等你。"雅娇深情地望着忠信。忠信在她眼里也看到了自己，心里一阵激越，就握住了雅娇的手，两人静静地仰望着天空。

正是皓月当空宝镜飞，山河浑然影绰约，冰盆玉盘凉气传，却似银轮悬碧天。

"咕咚"一声响，两人拉着的手迅速松开。"是谁？"他们同时问，却无人回答。

第一章

东方升起红云团　大塘降生神奇儿

"我，我，是我。"随着哗啦啦的水声，一个结结巴巴的声音传来，忠信和雅娇在月色下看清是拐脚。他一直跟在雅娇后面，瞅得入神，一脚踏空，摔到了溪里。

忠信一把扶他上来。"不准把看见的事告诉别人，眼眉毛打个缲（记住）！"雅娇一本正经地嘱咐。"嗯，嗯。"拐脚抹了一把脸上的水，慎重地点点头，傻傻地笑了。

雀飞鸡走非一日，不觉已是几月过，村头苦楮树上冒出嫩绿的新叶，抽出长条的淡绿花穗，溪边石头缝里蔓延着细细碎碎的绿意，人们脱下棉袄，换上夹袄。

阿顺嫂拦住了从第一堂出来的大娘子。阿顺是赫赫有名的南拳师傅，藤桥泽雅一带都有人找他拜师学艺。他虎体熊腰，眼若流星，迅疾富有力量。阿顺嫂是他的妻子，头上盘着一个光溜溜的发髻，常年穿着清爽的靛蓝色上衣、黑色裤子。

阿顺家在门前路西头，院子有四五间房子大，四角摆着大水缸，当中铺着清一色的鹅卵石，他常年带着弟子在这里练功，嘿哈声震得门前两棵梨树上的叶子微微抖动。

阿顺嫂凑近大娘子耳边说："前几天，阿福嫂看见阿娇和忠信很亲昵地走在一起。"

忠信家隔壁的阿福嫂是阿福的妻子，阿福正月初一出生，原名正一，大家觉得这个日子生的人肯定很有福气，母亲就叫他阿福。

阿福嫂圆圆的脸庞，小麦色皮肤，两块颧骨突出，左眼下一颗粗大的黑痣，大家都说是这颗痣破了相，嫁个老公爱打赌，家里穷得四壁光光，阿福嫂经常在锅里烧上水，拿一条蓝色手帕出门借米。

大娘子一听瞬间凉透了心，这几天雅娇确实不对劲，东奔西跑，不见人影。

为雅娇的亲事，她操碎了心。原想就一个女儿，嫁妆齐全，床柜一色樟木雕刻；高桶低桶圆桶扁桶，一律描画；锡制的酒壶茶壶花瓶，花纹精细；银做的碗勺，锃光瓦亮；蜡染的被子衣服，层层叠叠，金、银、铜、锡、瓷、牙、竹、木一应俱全。

再说模样也不赖，亲事该是溪水哗哗往前流淌一样顺当。哪知雅娇的眼睛朝着天上长，高矮胖瘦都看不上，眼看年岁一天天上涨，大娘子心慌得如

同无意中挖到一大桶金子无处安放，只能到第一堂烧香让娘娘保佑她早日与高个成亲。想不到被野男人勾走了魂魄，她无心多言，匆匆往家去。

一问雅娇，大娘子更是傻了眼，好说歹说，雅娇就是一块大磐石——油盐不进，愣是要嫁给朱忠信，真是拣过拣，拣个破灯盏。她无计可施，只能告诉林大先生。

林大先生一听，呵呵的笑容凝固了，双手僵在半空好一会儿，才连连摇头："不行，不行，败落的人家，四处游走的人，没个依靠。"

朱王生平地大塘村全貌图（2022年摄）

"他最可靠了，都说牛皮写字不如人老实。"雅娇眼神笃定，紧咬牙关。

"胡闹！终身大事怎能儿戏？"林大先生竖眉睁目，怒气在胸。

"我生是朱家的人，死是朱家的鬼。"雅娇一字一句，掷地有声。

"只要我睁着眼睛，你就不能嫁！"林大先生霍地站起身，拉起雅娇，推进房里，重重地挂上一把大锁。

"唉！"大娘子搓着手，如热锅上的蚂蚁，没一处可安。

几天不见雅娇，忠信的心里像猫爪挠着，很不是滋味。他知道自己配不上她，可她已深深融入他的血脉，揉入他的骨髓。虽说家境悬殊，可他有的是力气，只要努力干活，一定能让她过上好日子。

夜色深沉，月亮从圆圆的大玉盘变成一艘弯弯的小船，朦朦胧胧地照着大地，留下一片婀娜摇曳的身影，苦楮树下再没有雅娇，只有忠信转着一个又一个圈子，揪耳挠腮，长吁短叹……

几天时间，忠信变得双眼呆滞，身体消瘦，游魂一样。阿花急得卧床不起："唉，我们怎能高攀林家药堂的女儿？月光影当番钱总成空（空想）。都是我半死不活拖累了你们，光吃饭不干活，还成天耗银子……"

忠信父亲朱贵顶着一头花白的头发，有点伛偻的腰身，棕褐色脸庞上斜织着密密的皱纹，不断念叨着："稻秆绳，与丝线，一个粗来一个细。若把渠俩拉一起，真难打成一个缏（两个人配不到一起）。"

他没法再去林家药堂拿药，只能乞求神婆给点香纸灰泡水给妻子喝。眼看妻子病情一天天加重，瘦削的脸庞薄得像一张纸包着鼓突的骨头，喉咙一上一下呼着沉重的气息，他想倒出罐里的铜钱到温州府抓药，摇着不多的铜钱，又将罐子放下了，儿子婚事就在眼前，用钱的地还多呢。他阴沉着脸进进出出，除了叹气还是叹气。家里的空气越来越沉闷，惯常飞舞的灰尘都安静下来，不在门外射进的光线里上蹿下跳了。

"不吃就不吃，饿死算了。"林大先生大口喘着粗气，吹得胡子一翘一翘。他的皱纹深了几分，胡子白了一些。"让她嫁吧，这孩子从小就倔得很，尿拉在裤裆里——死执（倔强）。"大娘子撩起围裙擦着双眼。"想都别想，都是你一味宠着孩子，唉，家门不幸哪！"林大先生瞪着眼，似乎要喷出火来。"可怜的孩子呀！"大娘子的双眼肿得几乎看不见细小的眼珠子。

趁丈夫不注意，大娘子偷偷塞给雅娇一些馒头和水，雅娇不哭也不闹，吃得很少，渐渐地躺在床上不再起来。

一个月后，林大先生长叹一声交出钥匙，发誓从此不见女儿，也不许妻子见她，更不许抬走满屋子的嫁妆。雅娇毅然决然地迈出林家药堂，没看到父亲在她身后头一晕，病倒在床上。

忠信带着雅娇进门时，他家的门口围满了人。"人活脸，树活皮，没羞没臊！""中央路的姑娘哭着喊着要嫁入后半路，千古奇闻呀！""蛮人蛮颓犟，潮落倒搭生。裤头反搭着，捣臼下磕上（违背自然规律）。迟早遭报应！"……

"荒唐，真荒唐！"身穿一身绸衣的里史（村长）站在大石头上威严地下结论。二十岁的里史，右眼上有一块大大的黑斑，犹如飞着一只小蝙蝠，明面上大家恭敬地喊他一声里史，背后都恨恨地叫他大黑斑。他父亲是上一任里史，他刚接了班，就上凳上桌，还想上佛堂阁。总想着高人一头，踩人一脚。

"对兮，对兮。"对兮呵呵笑着。对兮原名阿勤，从小就特别勤快，起早贪黑地在田里摸索，高粱高人一头，谷穗壮人几分，说话也强势，就遭人嫉恨。一次争吵中有人想下药毒死他家的老母鸡，两岁的儿子误食身亡，妻子伤心得再未生育。至此，阿勤脑子出了问题，不仅田地荒芜了，还见什么都说"对兮"，见谁都傻笑，大家就叫他对兮。

"这样乱了纲常，上天会降下惩罚的！"旺太公一顿手中拐杖。旺太公今年六十五，脸色红润，嗓音洪亮，像敲响的铜钟。他不是村里最年长的，却是辈分最高的，一心仁义，善心常切，善道大开，谁都尊敬地喊他"旺太公"。

雅娇低着头，感到皮肤上一层针扎一般细密的刺痛。她在忠信家喝着稀粥，恢复了血色，忠信满脸笑意地有了力量，走路呼呼带风，出门跑船了。朱贵和阿花看雅娇进门，自是欣喜，想到会受惩罚又发愁。"要惩罚就惩罚我吧！"朱贵默念着出门了。

一个个柿子像小灯笼高挂在光秃秃的树枝上，秋霜来临，橙黄的果实更显得浓艳。

忠信家的瓦房修缮过了，墙上刷了一层混着稻草末的泥浆，屋顶换上全新的瓦片。阿花脸色红润，衣衫洁净地坐在床上。"娘，喝药了。"雅娇抿一小口，试好温递给阿花。她向柳叶借钱让忠信到城里给婆婆抓了药。朱贵双手放在火笼上烘烤，看着雅娇忙里忙外，笑容像池塘里的涟漪一层层荡漾出来，心想：天光吃饱一日饱，老安摸着一世爽（早饭吃饱一天饱，娶到好老婆一辈子爽）。

忠信修补着鸡笼，欣然想：一定要造起大瓦房，让爹娘和雅娇过上好日子。雅娇白天上山下河操持田亩，夜晚烹煮羹汤侍候公婆，犹如织布的梭子里外穿梭不息，却总说挺好。

林大先生在床上躺了一个多月才起来，大娘子想偷偷给雅娇送点粮米，被他发现，盛怒得一把抢了回去。

杏花开了又谢，嗡嗡的蜜蜂飞走又来，树上的果子黄了又青，三年过去，雅娇的肚子没一点动静。朱贵一回村就往第一堂烧高香，乞求娘娘原谅孩子的错，阿花天天在床上默默念佛。

高个眼看雅娇进了忠信家的门，看谁都斜着眼，似乎被猛烈的阳光刺激得无法正视。

两年后他娶了桥上村的长辫子，大塘西部是上埠头，上埠头过去是桥下和桥上村。长辫子有一根长长的辫子，一直挂到腰间，辫子黑漆漆的，带着闪闪的亮光，散开就是一个黑色瀑布。长辫子一年后生了女儿，女儿一出生就有一头乌黑头发，人们叫小辫子。高个脸上有了笑容，不过，看雅娇的眼神还是有点复杂，看忠信的眼里还能蹦出火星，忠信总是绕着他走。

"你怎么不死在外面？"雅娇刚摆好晚饭，给阿花递上碗筷，隔壁就传来阿福嫂凄厉的喊声。

"呵呵。"是阿福眯着眼谄媚的笑声。他穿着薄薄的短褂推开家门，双眼通红，厚实的外套输掉了。他是个不错的泥瓦匠，一拿到工钱就忍不住去打赌，每次输得精光才回家。

"噼啪"一声响，阿福嫂抓起桌上的碗朝阿福扔去，碗撞在石头门槛上碎了，阿福头一偏躲了过去。他往床上一躺，被子一拉，呼啦呼啦打起如雷的鼾声。阿福嫂坐在地上拍着凳板，一边抹泪咒骂阿福家的祖宗十八代，一边心疼破成碎片的碗。

雅娇摘下围裙，擦擦双手，让阿花先吃，自己转身去劝慰阿福嫂了。

太阳下西山，皎月升东土，又三年过去，雅娇的肚子还没有动静。苦槠树下有人说："雅娇中看不中用，是一只不会下蛋的母鸡。"也有人说："这是上天的惩罚，父母之命媒妁之言的事，怎能坏了规矩？"

"就是这样。"阿福嫂自豪地挺挺大肚子，边接嘴边回家，发现好像丢了一只母鸡。"我的鸡怎么会跑到你家鸡窝里？"她钻进雅娇家的鸡窝，一把抓起一只大母鸡。

雅娇一看那只黑翅膀，明明是自己的，不过没声张，大着肚子的阿福嫂不容易。

阿福嫂像打了胜仗雄赳赳地把大母鸡往鸡窝里一塞，关门睡觉。第二天打开鸡窝门一看，傻眼了，鸡窝里有两只黑翅膀。

她拎起母鸡悄悄放在雅娇家门口，雅娇看到回来的母鸡，淡淡地笑了。

秋风起，雁南归，树叶落，鸣虫歇。夜深时，已有几分凉意，阿花的咳嗽重了几分，她说没什么，雅娇听着忧心，想让忠信去温州府换个方子，一想起忠信，她睡不着了，就趁着月色到溪边洗衣服。

周边寂静无声，树枝悄悄，流水脉脉，石头沉沉。

突然一只大鸟飞过树梢，"啪啦啦"一声响，震得空气微微颤动。雅娇定定神，埋头洗衣服，哗啦一声，一条大鱼犹如一道红光跃到盆里，她睁眼一瞧，吓了一跳，这鱼竟是龙头鱼身，两只红犄角、一把长鬃毛、一双乌眼珠、一个宽嘴巴、两根长胡须上下舞动。村里这段小溪多得是鱼，成群结队地游来游去，可这种龙鱼从没见过。

她端起木盆，往水里轻轻一倒，大鱼摆着尾巴回到水里。木盆一放下，哗啦一声，大鱼又回到盆里，如此再三，雅娇就小心地端着大鱼回家。

一到家，天色已亮，她想端给婆婆看，盆里已空空如也，四处查看，不见踪迹。她决定等忠信回来问问，他就要回来了。想到这里，她的嘴角微微上扬，一抹甜甜的笑容在腮下融化开了。

傍晚时分忠信走在大马路上，走着走着笑出了声。他想起昨夜在船上睡觉，听得岸边稻田蛙声阵阵，蒙蒙眬眬中青蛙不是往常的咕嘎咕嘎，而是隐隐叫着："你有儿子了，你有儿子了！"忠信心里一喜，揉揉眼睛，竖起耳朵再听，却没了。

父亲朱贵想抱孙子，不知到第一堂塞了多少铜板，修缮过的瓦房又破了，想造瓦房的钱也没了，却一直不见孩子。这次是个好兆头。"我要有儿子了，我要有儿子了！"忠信越想越有兴头，像一只翱翔的雄鹰往村里俯冲而去。

雅娇坐在灶边想得出神，忠信吱嘎一声推开家门。雅娇脸上立即浮现出一朵甜美的花儿，端着箩筐飞奔上楼拿面条。

两个月后，忠信从福建回来，雅娇果然怀孕了，端起饭碗，呼啦呼啦两碗饭下肚，她的肚子微微鼓出来时，就觉得很沉，像装了个大铁球，迈不开步子。

忠信劝道："别下地了，我们籴米吃吧！""我这么会吃，够吗？娘还要看病呢！"雅娇紧皱眉宇，忧心忡忡。"放心吧，我能养活你们，还要给娘看病。"忠信目光炯炯。

买来的一百斤谷子倒进谷仓，占了谷仓一半，说也奇怪，从这开始，仓里谷子怎么也吃不完，旺太公说："这是忠信家有福，把别人家的谷龙买来了。"

雅娇挺个朝天的肚子，超过十个月，还一仰一仰走在路上，拐脚笑嘻嘻地跟在身后，拍手喊："阿娇要生太子了！""一个村妇生什么太子？怕是要生冤孽了吧！"阿福嫂没好气地揶揄。"就你，六月出门带布袄是老客（有经验），别瞎说。"阿顺嫂瞪了她一眼。

十二个月，雅娇还没生，阿花等不住，闭了眼；十五个月，雅娇还没生，朱贵也悄无声息地走了。

雅娇怀孕十八个月，那天早晨薄雾在荷塘里渐渐散去，太阳如橙红的橘子跃上天空。只见满目香风，丹丹芙蓉铺绿水，迎眸翠色，田田荷叶凝碧纹。

东方突然冒出一大团一大团的红云，翻滚着，挪移着，像天边着了火，熊熊烈焰染红了整片天空。这是鲜亮的红，耀眼的红，透彻的红，好似鲜红的血浆凝结在一起，又像刚冶炼好的朱砂。云朵样子也怪，一层叠着一层，像宝塔，像高山，红得渐渐发黑，像血液慢慢凝固了。

"要大旱了吗？"阿福嫂一屁股坐在地上，一篮白菜撒了一地。"海龙王与玉皇大帝争天下吧！"阿福两个眼珠子紧盯着天空，好似要掉下来。"那怎么办？"阿顺嫂也急了。众人都如箭穿雁嘴，钩搭鱼鳃，怔怔地看着天空。

一团团红云黑云快速变换着，长的变短，小的变大，左往右来，下来上往，像无数人手持器械正在拼死一战。

"溪里水烧开了，烧开了！"拐脚惊慌失措地跑来。"对兮，对兮。"对兮的笑容也没了。

"快去看看！"旺太公大手一挥，众人往溪边跑去，只见溪里的水流发疯一般奔腾跳跃，好像海龙王和虾兵蟹将就要喷涌而出。

"快回家！"旺太公大喊。大家才回过神，急急奔回家中，慌慌地关门闭户。

没人知道雅娇正临盆，肚子疼了四五个时辰，才艰难落下一个血红的肉球。忠信一看血球顿时傻了眼，犹疑半天，跺跺脚："果然是妖孽，留不得！"端起血球疾步往溪边去。"这是我的孩子，我的孩子……"雅娇哭喊着，头重脚轻地往外追去。

忠信一狠心，把血球倒进溪里，血球在水里翻滚着摇摇晃晃向前，雅娇眼看血球随着水流往一个小瀑布奔去，雪白瀑流下掩盖着狰狞的怪石。"不要啊，不要啊……"雅娇快步向前，却赶不上行进的血球，哭喊着跪倒在地上，用手捂住双眼，泪水顺着指间哗哗而下。

"快看，你快看！"忠信大喊起来。"你这个狠心的男人！"雅娇抬手要向忠信打去。她睁眼一看，血球不见了，翠绿的水潭里一群金灿灿的龙鱼托起一个婴儿，那龙鱼跟跳进雅娇盆里的鱼一模一样，十几条鱼围成圈，一个胖嘟嘟的婴儿正在龙鱼顶上发出咯咯的笑声。

正是：

> 多年不孕遭奚落，一孕神孕一年半。
> 生个血球欲抛弃，龙鱼顶起婴儿来。

忠信跳进水里抱起孩子，龙鱼倏忽间不见了。一缕阳光洒在婴儿粉嫩的肌肤上，像扣上了一个亮闪闪的金光罩。雅娇一把搂过孩子，泪水顺着脸庞缓缓滑落。

他们刚回家坐定，一个白胡子飘飘，面容祥和的老和尚来到忠信家门前，对蹲在门槛里的忠信说："东方红云其上，西方乌云行走，紫气升天，贵子落地，恭喜也。"

忠信抬头看天，没有红云乌云，连白云都没有，只是湛蓝一片。就问："大师恭喜什么？"

老和尚缓缓道来："贫僧路过前面的戈恬村，发现石窝门处有个坟墓甚是奇特，旁边有块砚台石，石头隙里有一眼泉水，清冽可口，山坳外边是笔架山，龙气蒸腾，汩汩其上，行到此处，闻婴儿初啼，贺喜贺喜，不过……""不过什么？望大师直言。"忠信想起那地方就是爷爷坟墓所在。欣喜过后又心急如焚，忠信向老和尚连连拱手。

老和尚抬头观此时天象，东方文笔既显，西方催官亦猛。前有朱雀平坦，后有玄武高耸，四面巩固，八将归堂。再低头看看婴儿，微蹙眉头："小儿驾驭红云而来，天降龙鱼护卫，自带祥瑞，绝非凡人。可惜一团乱云正在煞位，生不逢时，乱世苦情，恐有不测啊！"

多年不孕遭奚落，一孕神孕一年半。
生个血球欲抛弃，龙鱼顶起婴儿来。

第二章

忠信深山救高个　雅娇智设悬赏碑

一听恐有不测，忠信吓得身如筛糠，老和尚已飘然不见踪影，思来想去，只有奔往第一堂。

他一把抓起罐子里准备给雅娇买补品的铜钱，跑了出去。看见忠信气喘吁吁地闯进来，堂里烧香的人都转头惊异地看着他，心想：是不是雅娇生了个妖孽，需要住持前去捉拿？

慧明和尚端坐蒲团，轻敲木鱼，慈祥地看着忠信，并未开口。

忠信急慌慌地把钱一股脑儿塞进箱子，虔诚地拜了三拜："住持大师，请你救救我的儿子啊！""你儿怎么了？"住持悠悠开口。"我儿有不测啊！"忠信心急如焚地说。"你儿何时所生？"住持问道。"卯时，卯时所生。"忠信的舌头打了个结。"卯时……"住持掰着指头算了一会儿："煞云乱位，其名不正。是有点不利，取个名儿镇一镇吧！""望住持大慈大悲，赐我儿一个名儿吧！"忠信心里一缓，呼出了一口气。

"大道阴阳，无极太一，人法地，地法天，天法道，道法自然……仰首苍穹，俯首大地，北斗星移，物尽天极……天罡地煞，叫朱罡吧！"住持走进后屋写下一个"罡"字递给忠信，"只是……"住持欲言又止。"住持大师，还有什么？"忠信弯下身子，折成了一根鲁班尺。"天地之间，茫茫万物，皆为因缘，来有处，去有处，来来去去皆是缘。"住持说完，顾自坐下诵念经文。

"朱罡，好听！"忠信喜不自胜，他从未见过这个字，但明白这个字包含着一股神力。他神情端肃，一路举着回家，郑重地递给雅娇，雅娇像拿到皇帝圣旨，轻轻抚摸着，放进柜子。

此时，阳光正照射在朱罡宽阔的额头上，一抹金黄笼罩着他，像是一条明晃晃的小龙，昂首摆尾……雅娇有点恍惚，好一会儿才回过神抱起孩子喂奶。朱罡吮吸着奶水，干瘪的小嘴一张一合，很有力量。雅娇欣慰地想：这

上溯千年古庙"第一堂"（2022年摄）

下有了住持佛法护佑，三灾八难肯定会远走，孩子能平安康泰了。

"可惜爹娘早走了一步，没能看上罡儿一眼。"忠信叹了口气。

"唉！"雅娇也叹了口气，自家爹娘健在，又不能来往。

她不知道大娘子早就操了一肚子的心，这么久孩子没降生，忧愁百结又不敢来看望。听烧香回来的人说，住持取名了，能镇住一切拦路妖神，才忙不迭回家告诉林大先生。

她知道，林大先生不见雅娇，心里却比谁都惦记，半夜做梦时常呼喊雅娇的名字，醒来连说："没有，没有，不可能。"

"哦，雅娇生了，还是个儿子？"林大先生放下开药方的笔，一脸欣喜怎么也掩饰不住，声调也不由高了几分。"对，是儿子，快去看看吧！"大娘子迫不及待地拉着他往外走。

"这，这……"林大先生脸上还是下不来。"不要这啊那的，快走吧！"大娘子拽住他的手臂不放手。

"阿娇，快给我们看看！"父母亲从门外哗啦一声拥进来，雅娇恍如在梦中，傻傻地看着父母好一会儿，狠狠扭了自己手臂一把，才相信是真的。

她慌忙起身抱起儿子递给大娘子。"呀，长得真好！一双眼睛乌溜溜像忠信，俊俏的脸蛋像雅娇，不对，比你们俩都好看。"大娘子抱着孩子，喜悦在脸上肆意荡漾着，犹如三月满天满地明媚的春光。

都说人无千日好，花无百日红。林大先生看着雅娇，七年未见，女儿的眼角有了两条细细的鱼尾纹，皮肤也不像以前那么水灵了，怎么看怎么心疼。雅娇看着父亲，六十未到，背驼了，上眼皮有点下盖，双眼变得细小。她的鼻子酸酸的，有股热流径直往上奔，眼眶湿润了，很多话在喉咙口奔涌着，嚅动着嘴唇，却说不出来。

看着一家人其乐融融，忠信觉得自家瓦房真是螺蛳壳里做道场（太狭小），暗暗发誓：以后一定好好干活，早日造起大瓦房，让雅娇母子享享福。

"忠信啊，你别跑船了，一年到头在外面风吹雨淋，太辛苦了。"林大先生在房里逡巡一遍，站在忠信面前，满眼期待像春天的阳光倾泻下来，"跟我学医吧！林家药堂是正宗的永嘉医派传人，我老眼昏花，年岁不饶人，该退后了，这医术不传下去可惜呀！你跑了这么多年船，也没让雅娇过上好日子。"

"爹，我不想学医，我从小就性子野，脚底像抹了油，又是个橄榄臀坐不牢，我喜欢四面八方奔波，也习惯风里来雨里去。你相信我，我会努力赚钱，造一座高个家一样的大瓦房，让阿娇娘儿俩过上好日子！"忠信愧疚地看着老丈人。

"唉！"林大先生颓丧地在一张粗陋的椅子上坐下来，心想：真是扶不起的刘阿斗呀，跟他还是门神贴反爻（意见不合）。

"爹，我跟你学！"雅娇严正色（认真）地说。"你，你不是从小就不肯学吗？"林大先生喜出望外地迈到雅娇身边，鼻子一酸，眼眶湿润了。

"我现在愿意学，愿意跟你学！"雅娇的两行眼泪哗哗地流下来，河流般布满脸庞。她明白了父亲的苦楚，也明白了父亲肩负的家族重任。

"这是天大的好事，莫哭莫哭！"大娘子欢喜地给雅娇抹着眼泪。从此可以光明正大地跟女儿往来，还可以把满堂嫁妆送来，只是瓦房太小放不下，只能等到新房造好了。

雅娇的月子还没满，忠信就跑船去了，他感觉双脚能飞翔，船到岸就卸货，一卸完就起身，他要跟时间赛跑，让罐子里的钱像三月的江水——快速满起来。朱罡一天天长大，眼看大瓦房很快可以开建，他的喜悦像被吹起来的鱼鳔，鼓鼓囊囊的，就要爆炸开来。

两个多月没见到雅娇和朱罡，忠信很是惦记，从山洲岭下来，穿过三个村庄到了石鼓山，他的步子越迈越快，巴不得扇起翅膀飞回家里，抱抱肉嘟嘟的罡儿。他幻想着朱罡乌溜溜的双眼正在眼前，自己的一颗心都要融化在里面……

"哎哟，哎哟！"一阵呻吟声从黑夜里迷迷糊糊地传来。他伸耳细听，拉紧背包，拨开树丛往林子里走去，循着呻吟声，在山崖下，看到一个人躺在地上。忠信伸手想扶起他，"你，你走开！"原来是高个，在迷蒙的月光下，他看清是忠信，用手驱赶着忠信。看着忠信夫妻俩甜甜蜜蜜地在村子里进进出出，一粒米对半咬，一碗水也分着喝，高个很不是滋味，他总觉得紧握雅娇双手的应该是他，让雅娇吃了很多苦更是忠信的错。

"你怎么了？快说，这山上没别人了。"忠信生气了，看他躺在地上有气无力的样子，不是从崖上摔下来就是被蛇虫咬了。"我，我被蛇咬了。"高个犹豫了一会儿还是说出了口。他也确信山上没别人了，谁还会这么迟待在山上？估计很多人家吃好饭洗好碗，坐在床边闲闲地拉家常了。

这几天女儿小辫子高烧不退，高个上山来找鱼腥草，把鱼腥草的根煎起来一喝，或把叶子捣成汁喝下去，退凉效果最好。平时随处可见的鱼腥草，今天不知去哪里聚会，全不见踪影。他瞪大眼睛，细细搜寻，林间都是成片成片的罗衣（一种蕨类植物）高低交错着。

他东找找西找找，哪知迷了路，左转右转，好不容易找到路，走到石鼓山，家里的灯光就在眼前，他往下飞奔着，哪知，一不小心踩在一条盘着的蛇身上，左脚被蛇咬了，整条腿发麻，迈不动步子了。

"给我看看。"忠信急切地说。高个指指左腿，明显发肿。忠信趴下身子，二话不说，吮吸起来，吸一口吐一口，吸得差不多了，撕下衣服把伤口包扎起来，再挣扎着把他背回家。等他蹒跚着回自己家，雅娇已睡熟了。只听外面扑通一声，雅娇披衣出来一看，忠信满脸乌紫地倒在门槛上，赶紧扶到床上，还没躺稳，爹娘就着急忙慌地赶来了，林大先生医治了高个，知道忠信口吸蛇毒，肯定也中毒了。

高个养两天就好了，背着一大袋白米上忠信家感谢，忠信还昏迷在床上，一张脸肿得像个大锣，雅娇抱着孩子坐在床边默默垂着泪，高个满脸愧疚，不知说什么好。

两天后，忠信才慢悠悠地醒来。"你呀，真傻！都说青竹蛇儿口，黄蜂尾上针，毒得很。怎么能这样不管不顾地吸蛇毒呢？没有你，我们怎么活？"雅娇又是欢喜，又是难过。"没事，我不是好好的吗？我的身体可是铁打的，把心放回肚子里吧！快让我看看罡儿，可想死我了！"忠信抱过朱罡，朱罡喊了声"爹"。"呀，我儿子会说话了！我儿子会说话了！"忠信大声叫喊着，恨不得把屋顶都给吼破。"别傻叫了，他认得你是他爹。"雅娇嗔怪道。"他才三个月呀！都说七坐八爬九出牙，对对（一周岁）会走会说，他不仅会爬会走，还会喊爹，太神奇了！"忠信抑制不住的惊喜铺满脸庞。雅娇也忍不住笑了，两人紧紧抱着罡儿，好像抱着整个世界。

　　忠信痊愈后，高个邀请忠信一家到门前新屋做客，桌上摆着一大桌美味佳肴，八个红色的高脚碗里摆着红红白白的鸭舌、花蛤、花生等，围成一个圈。忠信第一次看清他家门窗和房梁上精美的雕刻，小鹿的细毛清晰可见，花瓣的斑纹缕缕在目。寻思：我家大瓦房也要雕得这么好看！高个似乎看穿了他的心思："你家什么时候造大瓦房，雕刻免费做，不管是房梁，还是门窗，都照我家的样子刻起来。"高个把胸脯拍得咚咚响，像敲在一面大鼓上。"好，好！"忠信微笑着。他的眼前浮现出那座崭新的大瓦房，雄伟地站立在后半路，与高个家遥相呼应。

　　物华交泰，斗柄回寅，桃粉梨白，燕啼莺啭，一眨眼，小石子般的桃子拳头大了，青绿的皮肤在太阳烘烤下，显露出一片羞答答的粉红，像姑娘水灵灵的脸颊。

　　忠信兴冲冲地推开家门，递给雅娇一包东西。"你傻呀，我不坐月子，买什么红糖呀？"雅娇嗔怪地看了忠信一眼。"爹，爹！"朱罡像一只小鸟扑向忠信的怀抱。他的皮肤饱满透亮，小手小腿上都是肥嘟嘟的肉。

　　"抱抱。"罡儿奶声奶气地说。"爹给罡儿造三间大瓦房，不，造五间，好不好？"忠信伸手比画着。"好！好！"朱罡拍起胖乎乎的小手。

　　"你跟着我老是受苦，我想给你补补。"忠信满脸愧疚，当初只想给她全世界，眼前却只有苦日子。"不用，我能吃能睡，挺好。我们还是攒钱造新房吧，娘给我银子，我没要。自己攒起来更好，娘说瓦房造好了把嫁妆抬过来。哦，前两天，长辫子身子不爽，我拿这个去看看她。"雅娇把红糖放到柜子里。

　　雅娇每天到林家药堂，跟父亲认草药，看父亲把脉，有时也上山挖草药。林大先生一有空就抱着朱罡亲个不停，看着他白里透红的脸蛋，像一个粉嫩嫩的水蜜桃，怎么亲都不够。

林大先生教给他的字，他能跟着读，叫他做算术，他也能跟着算，三岁的孩子，十个手指头数得门清，加个数减个数都差不离。林大先生盘算好了，等朱罡七岁，就送到藤桥私塾去读书，这是个学医的好苗子。

雅娇把朱罡紧紧带在身边，洗衣服的时候，刷刷衣服，看看他，冲洗一下衣服，又看看他，恨不得把眼睛缝在他身上。到山上就让他坐在田埂上，他也乖，一个人拔着草芯玩，一会儿是两只手拉一根草芯，一会儿是把两根草芯套在一起拉断。

这天，雅娇一回头，不见了朱罡，心里一惊，立即转身寻找，找到村口才发现他正站在苦槠树下，拍着双手仰头喊："喜鹊乖，喜鹊靓，姆佬（孩子）想要果果，快快扔下来。"树上的喜鹊叽叽喳喳叫了一会儿，很快扔下一颗颗褐色的圆果子，不到一顿饭工夫，地上就铺了浅浅一层。"呀！这么多果子，可以做苦槠豆腐了！"雅娇惊喜地弯腰捡起果子。

从此，只要有孩子在树下喊话，喜鹊就会扔下很多果子，人们剥掉外壳，碾成粉，做成清凉解毒的苦槠豆腐。

这几天橘园主人阿海睡不着觉了，他三十多岁，前额宽阔，身材矮胖，他儿子大胖也胖乎乎，倒叫他爹矮冬瓜。橘园是阿海的命根子，他照顾橘树可细心，当宝贝儿子一样照料着，春天满山坡地割草施肥，秋天松松土，冬天培培土，片刻不得闲。

春天，橘树上绽放小小的白花，浓郁的香味沁人心脾；夏天，一个个橘子圆溜溜地挂在枝头，阳光阵阵曝晒，雨滴哗哗滋润，从深绿一点点变得金黄金黄，沉甸甸地晃动着成熟的芳香。

眼看橘子越来越黄，总有人下黑手，阿海一双眼睛像鹰隼一样盯着橘园，夜半时分起来上下巡查，还是免不了被偷走。路边的人口渴了，摘一两个橘子吃算不上偷，好几棵树上的果子一夜之间被摘得精光才叫偷，偷橘子就偷橘子，连枝丫都掰断好几根，阿海看着橘树上白拉拉的断痕，心疼得直落泪。

这不，一大早他又拿着几根被掰断的枝条从大马路上气冲冲地走来了。

"阿海，又有人偷橘子？"正洗衣服的阿顺嫂抬头问。

阿海气得身子发抖，嘴唇发白："七月半（鬼节）出世的，偷了橘子不说，还折断枝条，花了两三年才长起来的，你看看，硬生生掰断了！""都是你太小气，一粒米饭掉在狗头上也要拉直狗尾巴捡回来，早知道让我们去摘了多好！"阿福嫂一撇嘴，一脸不屑。"赖歪肉，吃不壮。"阿顺嫂鄙夷地说。

"让阿顺去看橘园吧！他拳脚功夫了得，两下半就把人打得满地找牙！"阿根嫂说。阿根嫂是阿根的妻子，住在中央路，阿根是个篾匠，大大小小的箩筐、孔子粗粗细细的筛子、高高矮矮的畚斗摆满店堂，阿根整天眯缝双眼坐在店后编织，人们只见一大团淡黄的竹丝包围着他，谁都没看清他抬头的样子。店铺生意都是阿根嫂照料，阿根嫂嘴巴宽，嗓门亮，一声热络的招呼，客人都会进来看一看。

长辫子起身甩了一下油光发亮的长辫子："靠阿顺一个人可打不过来，你干脆在橘园边上点亮火把，照得像白天，谁还敢来摘？"阿福嫂也站了起来："你站着说话不嫌腰疼，整个橘园整夜点着火把得耗费多少火把，半夜灭了又得点上，阿海没得睡觉了。"阿顺嫂一甩衣服："干脆来个狠的，偷摘橘子罚银三两，看谁还有天大的胆子来？"

"我看还是这样，谁发现有人偷橘子就奖白银三两。"雅娇搓着衣服接上嘴。"咦，你怎么会想到奖发现的人呢？"长辫子很好奇。"奖发现的人，人人瞪大眼睛，都成了守林人，谁还敢偷？""对，对，这个主意不错。"阿海扔掉断肢，不住点头。

下午，这个牌子就在橘园里直直地竖起来，大家纷纷上前，看着这个新奇的牌子。每每走过橘园，不管白天还是黑夜，都恨不得把两只眼睛变成透亮的小灯笼，上下左右全方位搜寻着，期望找到偷橘子的人得到白花花的银子，偏偏从此，再没人来偷橘子。

阿海一看这计可好，就找坑古的石匠刻了石碑，稳固地立在橘园里。大家一走近橘园，就能看见这座显眼的石碑，直到现在，石碑还立在橘园里，字迹依稀可辨。

此后，阿海一见雅娇就远远地露出笑脸，不停招呼着："阿娇，吃个橘子吧！""不用，不用！"雅娇总是摇摇手，从来也不肯接一个橘子。

橘子熟了，大豆也黄了，这天，雅娇把豆秆铺在门前空地上晾晒，等太阳快落山时，豆荚热情地卷起表皮，露出白白胖胖的身子，拿个木头连杆一路敲过去，把豆荚敲碎，抓起豆秆轻轻一抖，豆子在底下齐整整躺着白花花的一层。

有了豆子，可以做豆腐给朱罡吃，忠信喜欢吃雪白的豆腐生，刚压好的豆腐切下一块，用酱油蘸蘸，鲜嫩美味。朱罡口味不同，他喜欢豆腐鳖，雅娇把豆腐切成四四方方薄薄的一片片，放在菜油里煎，两面煎得黄澄澄，撒上一点盐花，一口咬下去，外面韧韧的，里面软软的，满口留香，几天不忘。

想到朱罡，雅娇回头叫了句："罡儿，罡儿！"无人应答，只有滚烫的阳光照射着门前红红白白的指甲花，翠绿娇嫩地摇晃着身子。

雅娇扔下豆秆，满村子跑着喊："罡儿，罡儿！"一听叫唤，大娘子和林大先生也赶紧跟上来。

正是：

住持慧施朱罡名，欲震灾难远离身。
忠信高个释前嫌，怎料罡儿无踪影。

难道应了老和尚的话，罡儿有了不测？雅娇一想，出了一身冰凉的汗水，心肝五脏被提到了九霄云外，双腿一软，犹如一摊青泥，瘫坐在地。

果实累累金灿灿，连遭无名小黑手。
雅娇智设悬赏碑，橘园从此享太平。

第三章

朱罡井钓出河鳗　忠信聚力扩码头

"不要急，再找找，我们家姆佬（孩子）精灵着呢，丢不了。"林大先生扶起雅娇。一行人一条道一条道地寻找着。

"罡儿，罡儿！"雅娇的喊声从高亢到低沉，再从低沉到凄厉，从凄厉到心焦。"罡儿，罡儿！"大娘子和林大先生呼喊。"罡儿，罡儿！"拐脚用双手做成大喇叭状，高一脚低一脚地叫喊。

阿海儿子大胖气喘吁吁地从大马路上跑来，胸前一团团肥肉一抖一抖，像一只只振翅欲飞的小鸟。"阿罡，阿罡在田里抓泥鳅呢！"他停住脚步喘了口气。

一行人急忙往村外跑去，早稻收割完毕，农田在牛犁耙下深耕，一层浅薄积水的田里，一群群白鹭低飞着，很多泥鳅钻来钻去，正是白鹭的美食，随着耕田人的脚步，白鹭时飞时落，恰似一串串跃动的音符。

"罡儿，罡儿！"雅娇飞奔而去。朱罡正在田里鼓捣着，满身污泥，就像一个泥孩子。雅娇一把抱住他，不一会儿又放开他，朝着屁股狠狠打下去。"你这孩子，谁叫你到处乱跑，我们翻遍整个村子都找不到你，急死了，知不知道？"她的眼泪吧嗒吧嗒掉下来，滚烫地滴在朱罡脸上。

"我抓泥鳅呢！"朱罡小声嘟囔着。"你能抓到泥鳅？"雅娇不太相信。"你看，好多呢！"朱罡举起小木桶。小半桶泥鳅不见头不见尾，上上下下钻来钻去，活像一大股拧成的黑绳子。

"泥鳅都往阿罡手里钻。"大头委屈地噘起嘴。大头是阿福的大儿子，比朱罡大三岁。

"我教你办法，用两个手指扣住泥鳅头部，另一只手在前面等着，泥鳅往前一钻，就到了另一只手上。"朱罡快活地眨着眼睛。"还抓？赶紧回去。"雅娇发怒了。"我分一些给你！"朱罡举起木桶往大头的桶里倒。

"孩子平安就好。"大娘子要到第一堂感谢娘娘显灵。"你也早点回家吧！

免得你娘担心！"雅娇对大头说。"我娘才不会担心。"大头头也不抬地用朱罡教的方法去抓泥鳅了，果然抓到一条，咧开嘴笑了。"走吧！"林大先生拉起朱罡往村里走去。"呵呵呵。"拐脚憨憨地跟在后面傻笑。

雅娇把泥鳅剖洗干净，加上一点盐和面粉搅拌均匀，放在油锅里一炸，瓦房里弥漫着浓浓的鱼香味，透过窄小的窗户，散发到后半路上，拐脚拍手叫着："好香啊！好香啊！"

"拐脚，你过来。"雅娇把一碗金黄的泥鳅递到拐脚手上。"不，不要。"拐脚嗫嚅着。"拿去吧，本想养两天吐吐污水，罡儿小馋猫等不及了。"雅娇抬头抱怨着，嘴角不自觉地咧开了。

拐脚有事没事爱蹲在雅娇家门口，像一只亘古不变的守门狮子。"罡儿棒棒！"拐脚抓起一条泥鳅，口水从嘴里滴滴答答流下来，啪嗒啪嗒落到泥地里。

中秋一过，石鼓山上的枫叶红了，有红得发紫，有黄中带红，有半青半黄，也有些是全绿的，像坡上着了火，秋风吹过，枫叶翩翩而下，台阶上铺着厚厚一层，踩上去软绵绵的。渐渐地，草枯地阔，木落山空，天蓝风凉，夜静月明。

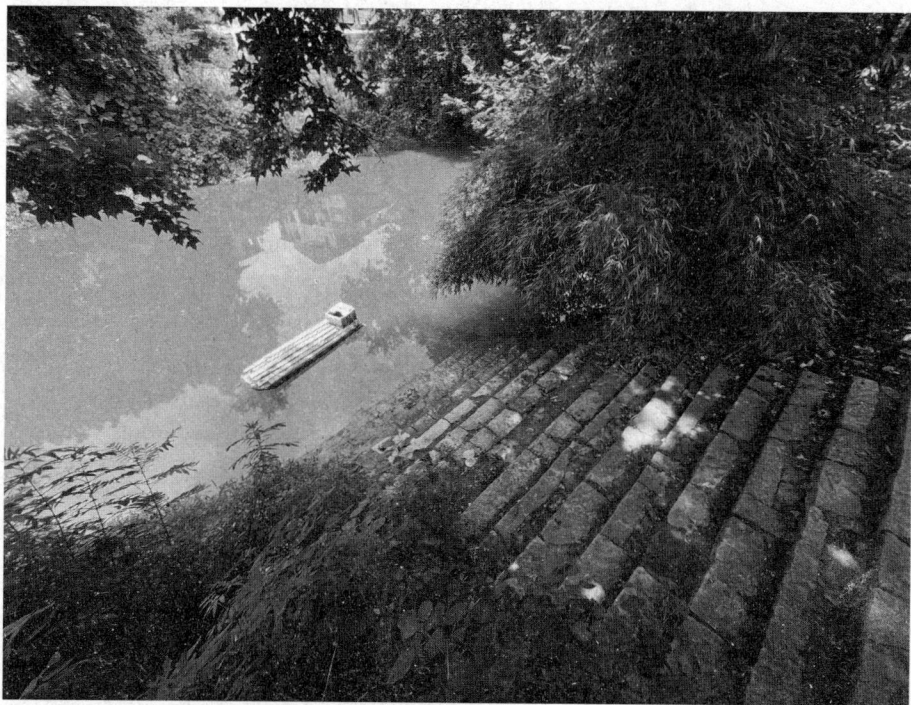

古老的大塘殿码头（2022年摄）

忠信坐在凳子上劈着竹丝做锅子刷，雅娇在洗碗："罡儿真是脚纱丝冇缚炙（小孩调皮好动），到处乱走，我可担心。""嫲嫲（孩子）就是好动，我小时也一样，这里跑跑那里跑跑，像个小陀螺。再过几年，我带他去跑船。"忠信不紧不慢地说。"不行，他不要像你一样东奔西走，爹要送他上学堂。"雅娇双眼一亮，把身子一挺。

"那敢情好，我爹说，我们祖上就是读书人，你看，这张雕花大床就是祖上留下来的，床底还有一箱书，我和爹没怎么念过，不认得。"忠信钻到床底下，拖出一只暗红色的大箱子。雅娇一看，箱子四周雕刻着墨绿色的松梅竹菊，精巧雅致。

忠信吹掉灰尘，打开箱子，拿出一本，纸张发黄，薄如蝉翼。雅娇如获至宝，小心地把书放回去，盖好箱子，拿来抹布细细擦净。

"我们明年再干一年，后年开春请老司来动工造大瓦房，高个说帮我们雕刻，他的技艺了得，雕什么像什么。我们家也要房梁窗子都雕上花纹，再做一张雕花大床，我们一张，罡儿一张，不过要付工钱！"忠信满脸喜悦。

"那敢情好，床不用了，我的嫁妆里有张四退（四层的床）。"雅娇放下抹布，看着远处，好像大瓦房已在眼前，她的嘴角微微上扬，咧出一抹甜甜的微笑。

忠信看见雅娇眼角的鱼尾纹，心里一紧：这么多年，雅娇受苦了，无论如何要让她们母子住上大瓦房，他的眼前也浮现出了那座崭新的大瓦房。

"人有四百四病，药有八百八味。你看，这是党参，主要产于山西党山谷，就叫党参，很多时候可以替代人参，肉桂气味俱厚，不可久煎……"林大先生指着一味味药材说。"我知道了，党参可以代替人参，肉桂不能久煎。"朱罡脆生生地叫起来。

"罡儿的小脑袋好使，长大也来学医。"林大先生慈爱地抚着朱罡的头。"不，我要跟着爹爹跑船。"朱罡脆声回答。"跑船风吹日晒，太辛苦。跟外公学医吧，治病救人，流芳百世！"林大先生刮着他的小鼻子。"好，治病救人，流芳百世。"朱罡认真地点点头。林大先生抱起朱罡，狠狠亲了一口，朱罡咯咯笑了，林大先生也呵呵笑了。"嫲佬肉胀起豆腐乳的皮惩（亲人间动作亲昵）。"雅娇笑了，大娘子也笑了……

"你只知道赌赌赌，怎么不把自己赔进去，你还知道有个家呀？"阿福嫂尖利的噪音，随着噼噼啪啪的扔东西声，刺破了村庄夜晚的宁静，"我的命怎么这么苦？当初被猪油蒙了双眼嫁了你这样的赌徒，娘呀，这日子怎么过？"震动屋瓦的号叫声刺痛了很多人薄薄的耳膜。

忠信和雅娇坐了起来，"唉，整天打赌，老婆孩子有没有吃的都不知道，真是过分！"雅娇叹了口气。"我过去看看！"忠信披上外衣出去，深秋的风吹在身上有着丝丝凉意，他打了个寒噤，跟在后面的雅娇也打了个哆嗦。

"阿娇，你说说，他一个大男人只知道打赌，潮涨吃鲜，潮落点盐，家里米缸见底好几天也不管，我们娘四个靠着野菜芋头塞牙缝，他一回家倒头睡死。这日子可怎么过呀？"阿福嫂拉着雅娇的手，眼泪一把鼻涕一把地诉说着，双腿一软坐到了地上。

"你起来，我去拿点米来。"雅娇转身回屋。"我也拿点！"阿顺嫂也转身回家。

"感谢好心的邻居呀！"阿福嫂双手合十，想起那次到雅娇家捉老母鸡，很是羞愧。

"阿福啊，老人靠饭力，后生儿一餐也省勿得，你家三个儿子等着吃东西呢，你一个大男人总要担起责任来，都说十赌九输，不赌最是！"忠信看着缩在门后的三张小脸，对直直躺在床上的阿福说。"都是这烂婆娘，整天像老乌鸦呱啦呱啦叫得太烦。"阿福用被子蒙住脸。

"他呀，就是头倒西瓜园睡不醒，还埋汰别人……"阿福嫂拿起扫把收拾地上瓷碗的碎片，又心疼碎了的碗。众人都回屋睡觉了，静静的夜晚只听见秋虫的呢喃，秋风扫过树梢的唰唰声。

冬天的日子越来越短，像田里割完稻子后剩下的稻桩，在一层浅浅的水映衬下，显得更矮，山坡上像脚踝高的麦子翠绿得像染坊里的染料哗啦啦地倒在了上面。

朱罡歪着脑袋问："怎么种这么多葱？""傻孩子，这是麦子，葱的杆子粗粗壮壮，里面空心的，麦子秆细细的，长大的麦秆才空心。"雅娇解释道。"知道了。"朱罡用力地点点头。

"罡儿，罡儿！"雅娇铲完麦地回来，朱罡又不见了，她拔腿往村外跑去。

朱罡正带着大胖和大头趴在桥儿井口。"又偷偷乱跑，不知道娘担心你吗？"雅娇喘着粗气，又气又急。"我钓到了大河鳗！"朱罡兴奋得手舞足蹈。"瞎说！谁见过井里有河鳗？"雅娇打断了他的话。"你看，我钓了好几条。"雅娇一看，木盆里真有四五条河鳗，跟小孩手臂差不多粗，比手臂还长。

三岁朱罡非寻常，童趣智识点子多。
稻田巧计捉泥鳅，井中神钓冒河鳗。

大塘村的水井可有讲究，八口井都建在村外河东面，挑水前，大家都把水桶放在河里清洗干净，再往井里打水，以免把灰尘带进井里。

八口井各有用处。苦槠树下的望埠井朱家用，河边埠头也是朱家人洗刷；林家挑水到桥儿井，河边埠头归林家人，两家埠头都有规定，上部洗菜，中部洗衣，下面洗马桶；曾家挑水到望山井；做酒挑水到马鞍山脚下水井；瓦窑用水在陈宝井；过客喝水在码头边水井；村民上山喝新山井；林雅桥边上的林雅井大伙公用，千百年来，无人违反。

这之前谁也没见过井里出河鳗，这之后，大塘村每个井里都有河鳗摆动着两腮悠然游动。

"我用泥鳅做诱饵，钓到了它。"朱罡指着河鳗。"你这个机灵鬼！"雅娇用食指戳着朱罡的脑门。

年一过，一个个麦穗高举着尖尖的麦芒，金灿灿地成熟了，收割毕，雅娇又种上玉米。几场雨，几轮日，玉米的叶片长长地垂挂下来，随风摇摆着。

六月的阳光直直照着码头，码头成了一个大蒸锅，冒着丝丝热气，似乎要把戍浦江里的水给煮开了。人们脱下短褂，身上还是汩汩地冒汗。

"砰！"忠信的船撞上了青砖的船。"眼睛长到天边去了？"青砖用船桨敲着忠信的船。

青砖是柳叶的丈夫，跟忠信年龄相仿，他们家世代烧青砖。这青砖不一般，采用大塘特有的青泥，双脚一踩，咕咕直响，韧性十足，无任何杂质，不用和水，浑然天成。

做坯也有讲究，须横平竖直，跟泥水工拉的丝线差不离，做好的坯在阴凉地方阴干，被阳光晒到就会有裂缝，干透了的坯整齐地码在瓦窑里，经大火烧一个月才成。

烧窑是青砖家的大事，说大典也差不多。早早地选好时辰，青砖爹恭敬地烧香祭拜天地，再宰杀一只活鸡，用滚烫的鸡血祭奠窑神。青砖爹屏气凝神，庄严地大喊："点火！"青砖就点起熊熊大火，这场面只有青砖父子。青砖爹说，女子身上阴气太重，一掺和，青砖就烧不成了。

这一个月青砖和他爹睡在窑里轮流看火，要保证火势一直雄壮高昂，切不可忽高忽低，否则青砖会变色或断裂。青砖娘做好吃好喝的送到窑门口，父子俩拿过去，吃好后再把碗勺放回。

一个月后封窑，冷却后搬出来的青砖细腻光滑，青得纯正，坚韧无比，能抗过风吹日晒，更能经历霜冻严寒，建的房子经久耐用，还冬暖夏凉，砌的城墙雄伟气派，千年永固。青砖家的生意红红火火，在门前路造起气派非凡的门前新屋。

青砖和爹都是光头，常年穿着粗布短褂，邋里邋遢，一看就是在泥地里打滚的；他娘和姐妹一个个打扮得花枝招展，一看就是大户人家出身。柳叶进门后也是穿红着绿，成日里甩着双手，只顾张家长李家短，说白道黑。

"我后退几步，你先出来！这是去哪呀？"忠信憨憨一笑。"到梅岙舅舅家呢！六月天，热汤流火一样，你慢点。"青砖嘱咐。

"大耳朵，我看码头越来越挤，忙碌时一下子靠不了岸，真是船多碍埠头，该想个法子。"忠信跟大耳朵坐在树荫下闲聊。"有什么法子，只能互相退让。"大耳朵不太在意。"我们可以从山上打点石头，再砌上几排，位置大了，船只来往自然方便，泽雅纸山生意越来越好，大塘码头越来越重要呢！"忠信看了一会儿江面，深思熟虑地说。"那也是。"大耳朵附和。

"泽雅人的债很难清，他们地方不够，腌塘忙不过来，不如我们也挖几口腌塘，把水竹腌好卖给泽雅人，他们省了一道工序，我们也多赚几块。"忠信转身望着仓库里堆积如山的水竹。"这倒是个好主意，腌水竹也方便，只要把腌塘挖好，谁都能做，我们增加收入，泽雅人得了便利，脸色自然好看些。"大耳朵拍着忠信的肩膀。

太阳从戍浦江上升起，像一个圆圆的大鸡蛋，绯红的光芒把江面染透了，像太阳融化在江里，半江瑟瑟半江红。

"嘿呀，嘿呀！"一批年轻人从石鼓山上打下一大堆石头，石鼓山上有的是一块块白色的大石头，颜色纯正，质材坚韧，有人说是多年前仙人用鞭子赶来的。不管是做捣臼，还是砌墙，这些石头的用处可大。

忠信弯腰摆弄石头，突然一阵疼痛袭来，肚子里像尖尖的锥子刺过。他想：许是早上热了昨晚的粥吃不好了。他想让雅娇多睡一会儿，悄悄起来热了粥吃，大概没热透。他在石头上坐了一会儿，疼痛慢慢消失了。

"慢点放，小心脚下。"忠信有条不紊地指挥。"我们从山上下来，一条千足虫掉在我头上，可吓人！"大耳朵摸着短短的头发，心有余悸。"掉在高个家长辫子头上才叫吓人，你顶上才几根毛呀！"青砖呵呵笑起来。大家也跟着哈哈大笑，笑声铺满江面，震得波纹一颤一颤，转眼间，绯红退去，江面已是一片碧绿。

"谁像你，头上没一根毛！"大耳朵翻了青砖一眼。"那倒是，千足虫滑溜溜就下去了。"青砖摸着光头笑了。"谁在背后嚼我家舌根子？"高个的声音响起来。"你怎么来了？"忠信疑惑着。"我来帮忙呀，你的事就是我的事。"高个拍着胸脯咚咚响。"你是雕工，造房子用得上，砌石头用不上，回去吧！"忠信心里一暖。"有什么帮什么。"高个弯下腰搬起了石头。

"我也来帮忙。"朱罡奶声奶气的声音传来。忠信扭头一看，雅娇和朱罡来了，还跟着一瘸一拐的拐脚，呵呵傻笑着，流着滴滴答答的口水。"对兮，对兮。"对兮也跟在后面。

"好呀！"忠信笑了。"你怎么来了？"转头问雅娇。"帮忙呀！"雅娇捋起袖子跳下来。"我也来。"拐脚傻笑着跳下来。"对兮，对兮。"对兮也跳下来。

"你看，这是我搬过来的！"朱罡用袖子擦擦脸上的汗。"呀，罡儿是大力士。"高个惊叫着。"叫你大力吧！"大耳朵接嘴。"我叫朱罡，行不更名坐不改姓！"朱罡满脸严肃，把外公教的话用上了。"哟呵，小不点很厉害！"大耳朵一惊，摸了一下朱罡的脑袋。"君子动口不动手！"朱罡又说了一句。"呀，呀，了不得，老起八月的茄种恁（小孩子说话很老练）！"大耳朵连连后退。"哈哈哈！"高个笑得捧住肚子，青砖笑得蹦起来，忠信笑得直不起身子，雅娇也浅浅地笑了。

林大先生从潮济村出诊回来，潮济村在大塘的南面，他看着宽阔的码头，一只手放在背后，一只手捋着胡须，微微点头。

他迎着夕阳回到村里，看到家家户户都在门口挖着腌塘，有的一口气挖了十几口，有的挖了两三口，腌塘里水波盈盈，恰似仙女洒下的大颗珍珠。

从此，大塘三条路上都能看到有人坐在门口把水竹砍成一米长短，用一个木柄铁锤把水竹敲碎，排在门前晒干，用竹条打包，往腌塘里码好，倒上石灰，腌在塘里，定期上下翻动，以免有的熟透了，有的半生不熟。腌好的水竹放在溪里冲洗干净送到泽雅，果然更受欢迎，大家都夸忠信有头脑，林大先生和大娘子暗自高兴。

正是：

稻田巧计捉泥鳅，井中神钓冒河鳗。
码头宽宽平平整，腌塘盈盈片片竹。

"大先生，我家孙儿老抽搐，怎么办？"林大先生刚进药堂，朱大娘颤颤巍巍地走进来。"没事，我去看看。"林大先生跟着朱大娘来到后半路，这条路上有了忠信一家，他觉得整条路都变得亲切了。

他搭了搭孩子的手腕，摸了摸额头，翻看一下眼睛："孩子得了绵风，生明乳香三钱，生明没药三钱，朱砂一钱，全蜈蚣一条，把这些药一起碾为细末，放点在婴儿嘴里再喂奶，一天五次就好了。"

"谢谢！谢谢！"朱大娘双手合拢直拜。"你跟我去拿药吧！"他把方子递给雅娇，雅娇碾好药，递给朱大娘细细交代一遍，朱大娘满意地走了。

"阿娇，朱大娘的孙儿虎头虎脑，甚是可爱。你们再要个孩子吧，我给你抓点药调理一下。"林大先生盘算已久。"好呀，罡儿也大了。"雅娇看见朱罡在门口摆弄一堆小石子。

"罡儿，干什么呢？""打仗。""谁跟谁打呀？""大王跟大王打。"

"娘给你生个弟弟怎么样？""好呀，好呀！"朱罡放下小石子，一眨不眨地看着雅娇。"现在生吗？"他迫不及待了。"哦，那得慢慢来，看你急的。"雅娇怜爱地抚摸着朱罡，"你等着，也许明年生。""好，我想跟弟弟打仗！"朱罡满脸欢喜。

"你好兴致，蹲在地上干什么？我有大喜事告诉你！"雅娇回头一看，是柳叶来了。

大塘文化廊亭（摄于 2022 年）

第四章

忠信得病离世早　朱罡振臂学蝶飞

"什么大喜事？看你笑得牙儿塌开糖金杏捣裂爻恁（笑得很开心）。"雅娇眉毛一扬。"阿顺嫂说我这胎肚子尖顶圆圆，肯定是儿子！"柳叶挺挺大肚子，一脸欣喜肆意蔓延着，像春天的油菜花，漫山遍野一片娇黄，什么都挡不住。

"太好了！"雅娇摸了摸柳叶的肚子。柳叶嫁给青砖后生了一对双胞胎，大女儿眼睛大大的，是双眼皮，就叫双眼皮，小女儿眼睛也大大的，是单眼皮，就叫单眼皮。两个孩子穿一样衣服，一样鞋袜，一样唇红齿白，常人很难认出来，内行人说看眼皮就行。

"我公公婆婆想孙子想疯了，天天煎一碗碗苦水让我喝，又逼着青砖喝童子尿。整天嘀哩叨唠没有孙子，青砖的技术要绝了！掘地三尺也要生出个孙子。哪像你，不生不生，一生就生了朱罡，多神气！"柳叶扶住腰部，慢慢蹲下身子，揉着朱罡的脑袋。朱罡伸出脏乎乎的小手，摸着柳叶的肚子，想象母亲也挺着大肚子生出个弟弟，扑哧一声笑了。

"你笑什么？小家伙。"柳叶好奇得瞪大了眼。"娘明年给我生弟弟了。"朱罡自豪地歪着头。"你也有了？"柳叶的嘴张成圆形，可以塞个鸡蛋了。"早得很，爹让我调理一下。"雅娇摇摇手。"赶紧调，生个弟弟给罡儿做伴。"柳叶也急了。

"我倒想要个女儿，看你家双胞胎多乖巧，羡煞我了。"雅娇想：快把身体调好，等忠信回来，再要个孩子，生个女儿，像双眼皮和单眼皮，明眸皓齿，多养眼！生个儿子，跟忠信商量一下，老二跟着林家姓，那样的话，爹娘睡着都要笑醒了，林家终于有后，可以告慰列祖列宗了。

这段时间，雅娇才感觉到自己真正长大了，越来越体会到当年的叛逆给父母带来的伤害。还好，父母对忠信越来越满意，夸赞之情溢于言表，雅娇觉得日子越来越美，可惜公婆走得太早。

太阳星西边落下，太阴星东方升起。"爹，爹，不要走，不要走！"朱罡挥舞着双手大喊大叫，踢掉了被子。雅娇伸手一摸，他后背出了一层冷汗，衣衫湿透了。

"罡儿，醒醒，娘在，不要怕。"雅娇抱起朱罡。"娘，娘，爹爹走了。"朱罡睁着惊恐的眼睛，嘴里喃喃着。"爹爹很快就要回来了。"雅娇上上下下地抚摸着朱罡的后背，他又迷迷糊糊睡着了。

听着朱罡均匀的呼吸，雅娇陷入了沉思：吃了几个月中药，身子明显好了很多，力气见长。忠信快回来了，明年春天好事成双，怀上孩子，新房动工……她越想越美，看窗外月色满天，霜华遍地，不由想起那年中秋与忠信在苦楮树下相遇，月光融融，月影绰绰，两人月下定情，终成眷属。一晃，朱罡四岁了，忠信哪天回来呢？她强烈盼望着忠信早一天推开家里的木门。

天渐渐冷了，这天彤云密布，朔风凛冽。初起，一片，两片，似鹅毛飞卷，次后，千团万团，如梨花盈盈飘洒。俄而，纷纷扬扬，密密层层，片片飞琼，团团碎玉，似豆秸灰四处扬起，像柳絮漫天回旋……

大雪下了三天三夜，只见苍松绽玉蕊，干柳挂银花，翠竹吐琼片，古柏妆晶眉，就是粉饰乾坤，银装世界。石鼓山成了白馒头，马鞍山成了白马鞍，屋子成了白屋子。路上也是一片雪白，一脚踩下去，一个深深的脚印，一路走去，两行清晰的脚印，顷刻间两行脚印又被飞雪盖住，还是一片白茫茫。

旺太公乐得弯了眉，连连说："今冬麦盖三层被，来年枕着馒头睡。"谁都想收获沉甸甸的麦穗，吃上松软的白馒头。

雅娇听着刷刷的落雪想：明年开造新房，老天就送来大丰年，真是肚子饿的人遇上了白米饭——再没有比这更美的了。她心满意足地盖上被子，笑眯眯地闭上眼睛，听见门"吱嘎"一声被推开了。

"呀，你回来了？"她欣喜地抓过凳子上的棉衣，披着走到门口，发现忠信坐在小板凳上，像一头耕了很久农田的老黄牛呼呼喘着粗气。"你怎么了？"她关切地问。"没什么。"忠信的声音有点疲软。

雅娇不知道他肚子疼得直不起身，一小步一小步挪移着才回了家，原想着回家赶上吃晚饭，可到家已是半夜。他冥冥之中感觉自己得了重病，不是吃坏肚子，也不是饿了。疼痛犹如掉落水中的墨滴在肚子里一圈圈蔓延开来，又在全身一层层地扩散，整个身子一丝丝被刀割一般疼。忠信尽力压抑着遍布全身的痛楚，紧咬着牙关，在雪花飞舞的深夜，豆大的汗珠一颗颗掉落地上。

"我给你下碗面条吧！"雅娇要去取笤箩。"不用。"忠信勉强抬起头。雅娇一回头，在昏暗的灯光中，模糊觉得忠信的肚子有点鼓，就放下了笤箩。她不知道，忠信这几天只喝一点点汤，强忍着疼痛把手中的活干完，只觉得他有点不同往常。

他从没有这样蔫蔫的，像被遗落在篮子里好几天的茄子，他一向走路都会卷起一阵不小的风，回家都是嗓音敞亮。他躺上床，不像以往兴奋地伸出手臂，而是顾自闭上了双眼。雅娇一动也不敢动，原本激动的心变得七上八下，又不敢翻来翻去，怕吵着忠信，睁着双眼就到了天明。忠信约是疲惫，慢慢地打起了鼾声。

第二天忠信没下床，雅娇炖了嫩嫩的鸡蛋羹，他勉强吞了一两口。他的肚子里像藏了个大西瓜，把棉被都微微顶起来。雅娇急急找来父亲，林大先生搭了脉，看看舌苔，摸摸肚子，立时变了脸色，一张脸煞白煞白，像窗外飘落的雪花，双眼发直，好一会儿说不出话。

雅娇吓得嘴里三十六个牙齿成对地厮打着："爹，你要救救忠信啊！"林大先生叹了口气："阿娇，这病有点复杂，我下个方子看看。"

"爹啊，你救救他，救救他呀！"雅娇顿觉刀剜肺腑，火燎肝肠，眼泪吧嗒吧嗒地滴在地上，不一会儿面前的地就加深了几层颜色。

"他这病还未深入，可以用十枣汤，拿甘遂、大蓟、芫花攻下，现在已深入骨髓，很可能回天无力啊！"林大先生满眼的泪水哗哗而下。

雅娇只觉得天旋地转，眼前黑乎乎，渺渺漫漫，模糊中看见朱罡目不转睛地盯着自己。她晃了一下身子，稳住神，为了朱罡，为了忠信，无论如何得挺住！难怪朱罡做梦爹爹要走了，是老天要召回忠信了。雅娇只觉得自己被扔进了一个大筒子，筒子快速旋转着，自己全身的肉被搅成一颗颗肉末，痛心切骨，泪水如决堤的洪水，在脸上肆意地纵横交错……

林大先生一天来好几趟，药抓了一次又一次，忠信的肚子还是越来越鼓，就像那个西瓜种在他的肚子里，喝足药水，越长越大。"像怀了个孩子，快生出来了。"阿福嫂肆无忌惮地笑着。"你也不积一点口德，一张破嘴五十三七十四只管瞎嘈，平日里他可帮你家不少！"阿顺嫂朝她翻着白眼。阿根嫂也直摇头，阿福嫂这才意识到失言，紧紧捂住了嘴巴。

"大先生妙手神医，我家孙儿老是抽搐，喂三天药就好了，他肯定能救忠信！娘娘保佑！"朱大娘双手合十，念着阿弥陀佛。"娘娘保佑……"身边的人都跟着念起来，念着念着一个个都双眼湿润，喉咙哽咽，钳口不言。

早晨，雅娇一睁眼就一骨碌起来，看看忠信，问他想吃点什么，忠信总是默默摇头。雅娇的泪水悄悄地涌出眼眶，她不敢伸手抹，也不能发声，只怕忠信见了更难过，她只有走到门口，坐在石头上，一把一把抹去脸上不停流淌的泪水，行人见了，也不由得鼻子发酸，无言地摇头。

雅娇从罐子里抓了一把钱跌跌撞撞地跑到第一堂，希望陈十四娘娘能救忠信的命。只要忠信能好起来，给娘娘塑个金身也行，她郑重地许着愿望。看着她像小鸡啄米一样不停地磕头，慧明和尚顾自念经，不发一言。

林大先生看着忠信瘦削的身子、毫无血色的脸庞、鼓胀的肚子，绞尽脑汁，也无半策可施，只是坐卧不安，如芒刺背。他像被抽走了大部分精血，说话软绵绵，搭脉的手也软绵绵。他眼睁睁地看着雅娇一双眼睛深深地陷在眼眶里，毫无光彩，木讷得像一块冬日里被风干了的石头，心里说不出的心疼，除了摇头只是叹气，一句安慰的话都说不出来。

大娘子的心里沉甸甸的，像注入了铅块，急得半夜偷偷抹眼泪，眼圈比雅娇出嫁时肿得更大，眼睛的缝隙更小，上下眼皮就要合拢了。

不是有朱罡哩哩啦啦地念叨着，几个人吃饭就吃得泪水涟涟，饭也越吃越少，只是意思一下。

朱罡从大人凝重的面容上已明白家里发生的事，在他记忆里，父亲从未大白天在床上躺过这么长时间，他看着昏睡的父亲，学着母亲的样子默默祷告上天。以前只想父亲能在家里多陪陪自己，举着自己高高地飞翔，带着自己去看戏，现在他只想父亲一下子坐起来，精神抖擞地去跑船，跑多久都行。

饭桌上，看大家拄着筷子难以下咽，他故意多说点话，想办法逗大家开心；看谁也吃不下，他又只能自己多吃点，想让大人放心。

雅娇拖着虚弱的步伐，一趟一趟地往第一堂跑，几乎把罐子里的钱都送了进去。忠信还是越来越萎靡，好几天水米未进，那双乌黑发亮的眼睛变得枯黄散漫，眼皮似有一千斤重，睁开都不容易。大胖和大头在门口叫喊，朱罡只是摇手，默默地在家陪伴父亲。

雅娇看着床前定定坐着的朱罡，欣慰不少，看看昏迷的忠信，又焦急万分。拐脚的脸上也没了笑容，一瘸一拐地跟在雅娇后面，一声不吭，对兮也好长时间不说对兮了。

大耳朵来看望忠信，忠信清醒了一会儿，拉着大耳朵的手，直直地看着朱罡。大耳朵双眼润湿了，豆大的眼泪刷刷地滚落下来。"我明白你的意思，信哥，罡儿愿意跟着外公学医就学医，不愿意就跟我跑船，我光棍一条，就拿他当亲生儿子！"大耳朵郑重其事地说。

"让他跟我做雕刻吧！我把手艺全教给他。"高个一天来好几趟，看看什么地方需要帮忙就自己动手。

"跟我做青砖也行啊！我家的青砖是独门绝技，不是重五卖菖蒲——短命生意，而是山上的青松古柏——千百年流传呢！"柳叶又生了个女儿，青砖把朱罡当作了自己的儿子。不说雅娇跟柳叶是小姐妹，自家的青砖没有忠信帮忙牵线运输，哪能卖到温州府和青田龙泉，最远还到达福建呢。

忠信努力抬起手指着码头方向，又指指大耳朵。大耳朵明白了，忠信要把码头上的船送给他，码头上的事交给他，他含着热泪使劲点头。忠信指指朱罡，又指指高个和青砖，他们也赶紧点头，泪水不顾一切地冲出眼眶，他们知道忠信要把朱罡托付给他们……

腊月二十一，好多人家掸新（大扫除），把东西搬到埠头刷刷洗洗，兴高采烈地迎灶神，为新年做好准备。

忠信躺在床上，皮肤白得像门口的积雪，额头和下巴凸出来，五官下陷，一层薄薄的皮肤包着嶙峋的骨头，活像一个脱了水的山核桃。

他清醒了很多，一只手拉着雅娇，另一只手指着朱罡，喉咙里咕噜咕噜发着声，雅娇趴在他胸前，听了很久也听不清楚。突然间，雅娇明白了，眼里盈满泪水，拼命点头，泪水随着脸颊吧嗒吧嗒地往下掉。

忠信的双眼直直地停留在四岁的朱罡身上，他的身边围着一大圈人，林大先生、大耳朵、青砖、高个……大家都在狠命点头，这一刻谁都愿意把朱罡当成自己的孩子，看着忠信逐渐变得死灰的脸庞，雅娇撕心裂肺地喊了一声："忠信！"就像一袋面粉软软地晕倒在床前。

大家把雅娇扶到床上躺下，林大先生拿出银针扎了几针，她才悠悠地醒来，心里默默地喊：信哥，我真想跟你一起走，生同被，死共衾，生生死死在一起。可是，黄发的爹娘、垂髫的罡儿，谁来照顾？你走了，我得站直身子，变成一根擎天柱子，撑着这个和你共同的家。

她挣扎着起身，端出大罐子，罐里的钱屈指可数，摇一下就能听到哗啦啦的声响。她的力气都被忠信带走了，只剩下了一层干枯的皮肤包裹着毫无生机的骨头，泪水流光了，只剩下空洞的眼珠子，喉咙里发不出声音，只是上下嚅动着。

林大先生和大娘子拿出积蓄给忠信买了一副上好的柏木棺材，全村人流着泪把忠信送到了父母身边。

雅娇变成了一个木偶人，脸色白得像碗里的米饭，双眼无神，像一段死板的木头，一会儿坐着，一会儿站起来，不过没忘不时喊上一句："罡儿，罡儿！"

桃花开遍村头巷尾，东风过处，玉花琼瓣飘悠悠，落起阵阵桃花雨。雅娇才扛着锄头上山，她想一定要让罡儿顺利长大，才对得起忠信临终的嘱托。

她跟父亲学医更刻苦了。"甘草，其味至甘，得土气最全，能解一切毒性，甘者主和，故有调和脾胃之功；朱砂味微甘性凉，生于山麓极深之处，其质为阴阳团结，且又性凉体重，故能养精神、安魂魄、镇惊悸、熄肝风……"雅娇听着父亲讲解默默记着，朱罡也默默记着。

"罡儿，快跟上来！"雅娇在林雅桥头叫唤着。罡儿像条小尾巴跟着雅娇，他有自己的小把戏，踢一脚路边的小石子，摘一根草茎放嘴里咀嚼着，逮一只蚂蚱拴在一根草上看它跳跃……"哦。"他应一声，紧走几步，不一会儿，又蹲在路边研究蚂蚁搬迁的路线。"罡儿，快跟上来。"雅娇再次叫唤。"哦。"朱罡迈腿跟上，不一会儿，又落下……

"罡儿，把你记的中药背给我听听。"晚饭后林大先生把朱罡抱在膝盖上。"当归、独活、紫苏、防风、贝母……"朱罡奶声奶气地背着。

"罡儿的小脑袋里装了这么多药材，以后一定是个大先生！"林大先生笑眯眯地盯着朱罡。"我是大先生，我是大先生了！"朱罡的小脸涨得通红。林大先生乐开了花，看着他乌亮的小眼睛，好像看见美好的未来在眼前徐徐展开了。

"罡儿是大先生，跟外公好好学，外公教你念：人之初，性本善……"林大先生摇头晃脑地教着朱罡，朱罡也跟着摇头晃脑地念，声调语气都很相似。雅娇和大娘子脸上露出了欣慰的笑容。

"罡儿，快跟上哦！"雅娇又在马鞍山前桥上喊叫。"知道了。"朱罡捏着一个蝴蝶上下左右翻着看。"娘，蝴蝶翅膀一扇动就能飞起来，为什么我双手

蚂蚁为何要搬家？蝴蝶为何能飞翔？
摘得松枝作翅膀，振臂学得蝴蝶飞。

怎么扇都飞不起来？"朱罡疑惑地盯着蝴蝶。"是不是蝴蝶的翅膀比较轻呢？"雅娇柔声回答。忠信不在了，雅娇不能像以前一样说问爹爹，她尝试着回答朱罡问不完的问题。"那我把双手变轻一点，怎么变呢？"朱罡绞尽脑汁。

"娘，你看这样是不是飞起来了？"朱罡兴奋地叫喊着。雅娇正在麦苗间锄草，麦苗到她膝盖这么高了，她像一只小船漂浮在碧绿的麦浪里。她抬头一看，朱罡拿着两根小树枝上下挥动着，从田埂上像一只快活的小鸟俯冲下来，边冲边咯咯笑着。

"小心点，别摔着了。"雅娇担心地叫唤。她想：孩子在山上跑来跑去，怪让人担忧，还是早点送到学堂去念书吧！造大瓦房的钱没了，幸好爹爹可以帮着出学费。

雅娇加快了速度，一片麦地铲好了。他们走到村头，天蒙蒙黑了，一轮半圆悄悄爬上山岗，夜凉风静，月白江清，水影山光，上下一黛。

"罡儿，快跟上来。"不知什么时候，罡儿又落在了后头，雅娇站在桥头等着，看他小小的身子跑来，还没忘记上下挥动着两根树枝，就像一棵快速移动的小松树，又像一只翠绿的大蝴蝶，雅娇不禁掩嘴笑了。

"娘，我想明天跟大胖一起上山挖竹笋。"朱罡手上两根树枝还在不停地上下扇动，竟不觉疲倦。"不行，不行，你们小孩子家家，摔倒了也没个照应。我跟你一起上山吧，挖多一点，送点给外公，他可喜欢凉拌笋。白白的笋里加点绿色的毛豆，好看又好吃。"雅娇摸摸朱罡的头。"红烧肉加笋最好吃，咬起来嘎吱嘎吱有味道。"朱罡舔舔嘴唇，上下牙齿不禁咬动起来。"好，好，挖过来做给罡儿吃，你个小馋猫。"雅娇怜爱地说。

"我还要摘映山红吃。"朱罡伸出舌头舔了舔嘴唇。"不行，吃了映山红会流鼻血。"雅娇想起小时候也在山上摘一大把映山红往嘴里塞，母亲这样告诉自己，不知道会不会流鼻血，现在跟爹爹好好研究一下。

正是：

人人只想万年长，哪知阎王不容长。
孤儿寡母舍不下，幸有众人来相帮。

"罡儿，罡儿，我到处找你，原来你在这里。"雅娇看见有个男人远远地向他们跑来。

第五章

雅娇续志造新房　小小朱罡立大志

"罡儿，明天跟我去雕刻吧！"高个喘着粗气从岭下桥跑来，递给朱罡一个雪白的馒头。

朱罡扔下树枝，接过馒头一咬一大口，形成了一个月亮弯，再递给雅娇。"我不饿，你吃吧！"雅娇摆摆手，"他这么小，能做什么呀？""我指点他看看，慢工出细活，从小慢慢学，就能学成出名的雕工喽！"高个拉着朱罡就想走。

"人还不及板凳高呢，不就是看着爬上爬落，着红着绿（外行看热闹）？"雅娇笑着阻止。

遗留几百年的朱家老宅（2022 年摄）

"跟我走吧!"后面跑来了大耳朵,"我带你吃香的喝辣的,走江湖去!"大耳朵也拉住了朱罡。朱罡双手都被人拉着,半个馒头捏在手里只能看不能吃。他抬头看看高个,又看看大耳朵,咧嘴笑了。

"他还是个孩子呢。"雅娇坚决地摆摆手。"跟着历练历练,忠信也是这么小就跟他爹上船。"大耳朵对朱罡眨眨眼。他答应忠信的事一定要做到,他忘不了那次在瓯江口掉入急流,是忠信跳下水把他救上来。忠信走了,货船连着生意都送给了他。

"还是跟我到瓦窑玩泥巴,小姆姆(孩子)都喜欢。"青砖手捏旱烟管慢悠悠地走来。

"我跟大耳朵叔叔。"朱罡挣脱了高个,快速把半个馒头塞进嘴里,用两只小手拉住大耳朵。"你什么也不懂,只会捣乱!"雅娇连连摇头。"我乖乖的,什么都听叔叔的。"朱罡一本正经地说。

雅娇叹了口气:"唉,毕竟是忠信的孩子,像忠信呀!""跟我走吧。"大耳朵得意地一眨眼,拉着朱罡就想走。"明天早上我送到码头吧!"雅娇很舍不得,伸手拉回了朱罡。

第二天一早,岸边槐柳绿如烟,塘里荷花红漾水。雅娇带着朱罡来到大塘码头,看着码头上宽阔的台阶、整齐的船只,不由得鼻子一酸,泪水在眼眶里直打转,这是忠信带着大家扩建的码头,码头上生意越来越忙碌,忠信原来还想再买两只货船,现在码头依旧,人不在了,坟上芳草已萋萋,生死两茫茫……

"罡儿,快来!"大耳朵穿了一件簇新的蓝色短褂和黑色裤子。朱罡应声跑去,跑到一半回头对雅娇挥挥手:"娘,回去吧!"雅娇点点头,任由泪水在脸庞哗哗地流淌。

"你多劳了!"雅娇对大耳朵说。"什么呀?篱笆靠桩,穷人靠帮,关老爷靠周仓。我还不是靠着信哥才有了今天?我们是猫帮猫,狗帮狗,搓扫帮畚斗,呸,呸,不对!"大耳朵连连打自己的嘴巴,一下子不知道该怎么表达。

"罡儿,你到哪里去?"大娘子大喊着跑来了。"外婆,我跟大耳朵叔叔出去一趟!"朱罡挺直了胸膛,自豪地说。"唉,当着不着,勿着偏偏着(该干的不干,不该干的偏干),你沫儿大的人出去干什么呀?"大娘子的泪水哗哗地滚落在衣襟上。"我到温州府看看就回来。"朱罡挥挥手。大耳朵把竹竿在石壁上一点,船缓缓离开了。

"阿娇，你的心真是石头捣臼这么大，把五岁孩子送出去！"大娘子忍不住一顿数落。"娘，忠信的孩子随忠信的性子，让他出门长长见识吧！"大耳朵的船转过一个弯看不见了，大娘子还想踮脚看。"回吧！"雅娇一再劝，她才往回走。

"阿娇，搬回家吧，后半路的房子又破又旧，家里这么宽敞，你也不用跑来跑去，比急送铺的铺兵还忙。我们都是黄土埋半截的人了，这屋子，屋里的东西不都是你的吗？"大娘子早想说，忠信刚走，开不了口，现在朱罡出门，正是好时机。

"不行，那是忠信的家，我得守住，朱罡一两个月就回来了。我要努力赚钱造房子，忠信早说过，要在后半路造一座大瓦房，白墙黑瓦，还要雕梁画栋，跟高个家一丝一赛（一样）。"雅娇的嘴角微微咧开，似乎崭新的大瓦房就在眼前。

"那也可以，我们一起完成忠信的遗愿！""你们老了，好好享受晚年，忠信在的时候，我没要你们的钱，忠信走了，我要靠自己造起这座大瓦房，才能对忠信有个交代。""夔古板，夔死执（不要太倔强），做人灵活算第一。我们现在帮你，你以后帮我们，不一样吗？""不一样，我自己造才好！""唉，溪里的大青石一样，没一点改变！"

大娘子看着女儿直摇头，嫁妆拆开也没机会用，还是等她造起大瓦房吧！

"叔叔，让我划船吧！"朱罡看着长长的竹竿，早就心痒痒得像小猫爪子在挠着。"你划不动，你的身子没它半截呢！你看看风景，上岸了，叔叔带你吃遍美食。"大耳朵划动着竹竿。

"让我试试呗！划不好，马上还你。"朱罡乌溜溜的小眼睛直直盯着大耳朵。"好吧！"大耳朵边讲解边演示。朱罡立定脚步，把竹竿在水底用力一戳，再拔起来一戳，有模有样。"罡儿划得不错！"大耳朵笑着竖起大拇指。过了一段平缓的水流，大耳朵拿回了竹竿。

"叔叔，为什么瓯江这么宽？""为什么船不会沉下去？""鱼儿睡在哪里？"朱罡的问题一个又一个，像江面上的浪花层层涌来，问得大耳朵直头疼，只能说："回去问外公吧！你外公最有学问了。"

"罡儿，快跟上！都说好逛不过温州府，好吃好喝去！"大耳朵大声叫唤着。

朱罡被眼前的景象惊呆了，五马坊比中央路热闹好几倍，客栈里各色人来来往往；茶馆里人们喝茶聊天；有在戏台上唱南戏，有敲大鼓唱鼓词，也有在地上摆个碗，把身子卷成一个球……他的眼睛忙极了，只觉得到处都是行走的双腿，到处都是响亮的吆喝声。

"罡儿，吃碗馄饨吧！这是温州府最有名的馄饨！"两碗热气腾腾的馄饨端上来了，薄薄的馄饨皮像透明的丝绸，映出里面红彤彤的肉馅，金黄的是蛋丝，漂在汤上晃的是虾皮，翠绿的是菠菜，酱紫的是紫菜……

朱罡急不可耐地舀起馄饨往嘴里送，被烫得哇哇大叫。"别急，慢慢吃，没人跟你抢。"大耳朵满眼爱怜地看着他。

朱罡把馄饨放嘴边吹着，突然，抬头看见面前站着一个女孩，面容憔悴，衣衫褴褛，双眼直勾勾地盯着他的馄饨，两个眼珠子像要掉进碗里，一根食指伸进嘴里用力吮吸着，口水顺着她的手滴答滴答往下流。

"你也想吃？"朱罡问。她快速点点头，一阵惊喜绽放在眼底。"叔叔，给她买一碗吧！"朱罡恳求道。"罡儿，不是我舍不得钱。"大耳朵解释，"她站在你面前，还有好多小孩在后面等着呢，他们都饿得皮包骨头，我给她买一碗，等我们出门，很多孩子会拉住我们，就没法起身了。去年文成闹了雪灾，麦子成片冻死了，很多灾民涌到温州府。"

"我不吃了，给她吃吧！"朱罡站起身就往外走。"哎。"大耳朵往外追去。朱罡一回头，看见女孩端着馄饨飞快地往外跑，一群孩子一拥而上，那些孩子个个蓬头垢面，比大头还难看，头大得像个球，身子却骨瘦如柴，胸前的肋骨一条条清晰可见。他们用双手抓起馄饨，飞速地塞进嘴里，连汤汁都喝得光溜溜，外围还有一大圈孩子没尝到，瞪着眼，顿着脚，仰着脖子大叫："馄饨！馄饨！""我的碗，我的碗！"店家跺着脚大声喊。

温州县前头汤圆老店（摄于2022年）

幼童为何无饭吃？弱小身子怎经受？
小小朱罡立大志，终要天下皆温饱！

朱罡想：这么多孩子饿着肚子怎么办呢？"我长大了要让天下的孩子都有饭吃！"他重重地发誓。"罡儿好志气！"大耳朵定定地看着朱罡，朱罡的眼里射出坚毅的眼神。"罡儿好好干，做个大能人，让天下的孩子都有饭吃。"大耳朵叹了口气想：人胎坏，佛胎盍（人靠底子）。忠信的孩子就是有志向，可惜忠信这么早走了，没能看到朱罡出息的那天。

两个月后，大耳朵带着朱罡回来，他的身影刚在林家药堂门口一映现，雅娇就像射出的箭直冲出来，紧紧地抱住朱罡。好一会儿，才松开手，上上下下打量着朱罡，他长高了一大截，皮肤黑了，双眼更亮了。

"娘，温州府可大了，五马坊可热闹，瓯江那么长，那么长。"他尽力把双手伸长，还觉得不够长，就踮起脚。"罡儿长见识了。让我好好看看！"大娘子赶出来，抱了他好一会儿，朱罡觉得要喘不过气了。

"罡儿，明天去雕刻吧！"高个又找上门。"好吧！"雅娇爽快地答应了，她发现朱罡出门一趟后，懂得不少。

跟着高个到藤桥，朱罡惊得一张小嘴张得大大的，怎么也合不拢。高个跟藤桥的木工一起做一张五退（五层的床），比家里的雕花大床大得多，第一层放两个圆鼓凳摆放鞋袜杂物，第二层摆婴儿车，第三层陈设两张太师椅，第四层箱子里藏着马桶，小抽屉放手纸，对面是小柜子，第五层才是睡觉的床。一层层都是一幅幅精雕细刻的木头画，有鸳鸯戏水、小鹿食草、喜鹊叫枝……

高个说这是千工床，要做一千多个工，三四个工匠做一年多。有的人家女儿一出生就动工，做到出嫁时。单是木头雕刻还不是最难的，刻好骨头镶嵌进去，外面摸起来光光滑滑，不见一丝痕迹的骨雕才费工夫。骨雕讲究精细，人物的头发，衣服的皱褶、动物的筋脉都要一一显现出来，还有绘画、贴金、罩漆等。

朱罡蹲在边上，目不转睛地看高个一手持凿，一手拿锤，一点点雕刻着，两只小手也忙活起来，拿一根木条当凿子，另一根木条作锤子，跟着高个的节奏一上一下敲击着，在泥地雕刻出丝丝缕缕的图案来。

自此，朱罡对各种工匠有了兴趣，不管谁家，见朱罡过来，都会慈和地递个小板凳，顺手塞个橘子或一把糖果，他是忠信的孩子，也是林大先生的外甥，谁家都待见。

他站在锡匠门口就是大半天，双眼炯炯地注视锡匠拿小锤子敲击着圆鼓鼓的壶身，又拿起一块薄薄的锡片，用小刀一点点削掉，细丝卷成小卷子掉落下来，直到完整的图案呈现在手里，慢慢贴在壶上；站在阿根家门口，聚精会神地看阿根镇定自若地指挥着长长的竹丝，竹丝乖巧地绕来绕去，箩筐一截截地长高；站在麻袋家越看越有兴致，不知不觉就走到了院子里。

麻袋比忠信大几岁，一看朱罡的小脑袋探进来，就笑呵呵地招手。朱罡神情专注地看着麻袋爹把变软的蓖麻皮一缕缕钉在钉耙上，拉扯成细细的麻丝，再把麻丝捆扎起来。麻袋娘用纺车滋啦滋啦地纺成麻线，麻袋老婆把纺好的经线均匀排列好打经条，图案在经条上穿插好，缠绕在滚筒上放在制袋机尾部，手脚并用，手拿梭子左右来回穿梭，像一只小鸟飞过来飞过去。

织好的布料剪成麻袋大小，一只只堆起来进行惊险地轧料。几十条袋料平放地上，上面放一个石头滚筒，滚筒上加一块元宝型大石头，有一千多斤重，上面垂挂两条竹子杠杆，麻袋两手紧紧抓住杠杆，两条腿蹲在"V"字形石头上前后来回摇滚，像杂技演员在空中表演，把袋料轧平。轧平的袋料缝成一个个袋子，打包放在店里售卖。朱罡的小脸惊得发白，看着看着，又来了兴致，想要上去试一试，麻袋可不敢让他冒险。

麻袋告诉他，别看这些麻袋长得粗鄙，用处可大了，装运食盐、药材、矿石都需要，坚韧的麻丝让它经久耐用。

"罡儿，来，跟我去瓦窑。"青砖一叫，朱罡扔下麻袋一溜烟去了。

瓦窑在大马路边，一条神气的泥龙一样停在山脚，正面是烧火的瓦窑，侧面有四个矮矮的门，还有很多四方的透气孔。

"瓦窑是我们男人的天下，你跟我好好学，学成我们家的独门绝技。"青砖指着一排排摆放整齐的青砖，自豪地说。

青砖有的像小板凳那么长，两个板凳面那么厚，有的跟手臂那么长，手掌伸直那么厚。朱罡明白了，小块造房子用，大块砌威武的城墙。

"你先玩玩泥巴，想怎么玩就怎么玩。"青砖指给朱罡一堆青泥就忙活去了。

朱罡脱掉鞋袜，蹦到泥地里，双脚踩在软和的泥巴里，冰冰凉凉，他好奇地看着泥巴从脚趾间一点点鼓起来，往两边倒去，觉得特别有趣。再用双手抓起一团泥巴，这泥巴就像母亲揉的面团，想压扁就压扁，想拉长就拉长……

朱罡手握泥团，一会儿搓成圆球，一会儿捏成圆柱，一会儿拉成长长的面条，面条对折，加上两片扁扁的腮，用两个手指捏一个宽宽的嘴巴，就成了一条河鳗。看着摇头摆尾的河鳗，朱罡有了更多想法，一捏是抬头咩咩叫的小羊，一捏是俯首啃骨头的小狗……

"柳叶说罡儿真聪明，肯定是天上的文曲星下凡，小动物做成活的一样。"雅娇在店堂里说起朱罡眉飞色舞。"罡儿长大肯定有出息！"大娘子也很得意。"把罡儿送去藤桥私塾念书最要紧。"林大先生从医书上抬起头。"爹做主吧！"雅娇点点头。"我哪天去看看。"林大先生合上医书。

田野处处，瓜儿滚滚，麦子饱饱，稻谷坠坠。雅娇挑着一担沉沉的谷子从田里出来，六岁的朱罡背着一捆小小的稻草。高个从大马路上走来，想接过雅娇的担子，雅娇一口拒绝了，都说寡妇门前是非多，还是避嫌好。高个从兜里取出刚做好的弹弓递给朱罡，朱罡眼前一亮，放下稻草就跑出门。

朱罡在村口一声呼唤，大胖和大头应声而来。朱罡站定身子，捡起一颗小石子，夹在弹弓上，闭上左眼，对着柳树上的麻雀弹去，"嗖"的一声，一只麻雀应声而落。大胖兴致勃勃地跑去捡，大头伸过大大的头对朱罡说："好阿罡，教我们呗！""好呀。"朱罡讲述要领：左手握住前面的皮，右手抓住弹弓的木头把手，眯上左眼，对准树上的麻雀脑袋，尽力往后拉，猛地一放，小石子就飞出去了。

大胖和大头轮番试了一下，大胖立刻上手，大头让朱罡指导了几次，也射下一只麻雀，高声欢呼着："我射中了！我射中了！"

大胖滴溜溜地盯着大头手里的弹弓不放，朱罡立刻明白了他的心思，爽快地说："送给你吧！"大胖欣喜若狂，一蹦三尺高。

"我们烤麻雀吃吧！"朱罡伸手一指。"好呀，好呀！"矮了一截的朱罡走在前头，大胖和大头跟在身后，甩手甩脚往石鼓山去了。

他们爬上高高的石鼓，用手搭成凉棚，四周看顾一圈。"众将听令，往前冲锋！"朱罡伸手往前一指。"你先冲吧！"大头眨巴一下眼睛，冷不防在朱罡背后一推，朱罡站立不稳，一个趔趄，吧唧一声摔到下面的乱石堆里，直挺挺的，一动不动了。

大头和大胖往下一看，吓得魂游天外，魄散九霄，一颗小心脏几乎跳出胸腔来。

他们愣怔一会儿就高声哭喊着往下跑去，"阿罡，求求你，不要死，我不是故意的。"大头满脸愧疚，泪如雨下。大胖惊得一张脸如成精了的冬瓜，一会儿青，一会儿黄，心爱的弹弓也不知落到何方。他们拽着朱罡的衣袖，不知所措，魂飞无地。

"我当然不死喽！"朱罡一个鲤鱼打挺，挤眉弄眼地站在他们面前。他们一看，两块嶙峋的石头间恰恰容下朱罡一个小小的身子，底下还有一丛软绵绵的小罗衣。"天哪，这也太神奇了！"大胖和大头情不自禁叫了起来。

"废话少说，烤雀吧！"朱罡弯腰找来两块石头搭架子，大头找柴火，大胖去找弹弓了。等他们抱着柴火回来，朱罡用一根小棒子在石头上摩擦生起了火。

三只雀儿烤得焦黄香嫩，大头的口水滴滴答答地流满前襟，大胖拿雀儿递给朱罡："阿罡，你先吃。"朱罡转手递给大头："一起吃！"他又递一只给大胖，自己拿最小的，三人有滋有味地啃起来。几只雀儿落进肚里，朱罡找块大石头灭了火，三人抹抹油汪汪的小嘴回家。

自此，大胖天天手捏弹弓，看什么射什么，竟成了百步穿杨的神弓手，指什么射什么，天上飞的，地上跑的，水里游的，只要个子不是太大，都逃不出他的神弓。

大胖娘可害怕，叫他千万别再射，不然的话，到了阴司地府，这么多活货来要他命，怎么得了？

正是：

温州府里立志向，年少学尽百家事。

伙伴顽劣推下崖，恰幸罗衣来救命。

冬残春尽，野花山树，景物芳菲，没几天，又热起来了。

骄阳威猛地炙烤着大地，狗热得向外吐着舌头，滴滴答答流着口水；蝉热得在树上"斯拉斯拉"疯狂地歌唱；苍蝇热得躲在阴凉处，耷拉着翅膀，一声不吭。

朱罡坐在凳子上折着豆角，他从豆角头部拉下一根丝，再从尾部拉下一根丝，折成一段一段放在碗里。低头想：明天要去学堂，娘把衣服都准备好了。唉，不能跟大胖和大头一起玩了，真不想去呢！

"不好了，大事不好了！"大胖慌里慌张地跑进来。"莫慌，莫慌，慢慢道来。"朱罡学着外公的样子，伸手捋着并不存在的黑胡须。

第六章

朱罡姜村遇张姐　女孩天意开金口

"我……我和大头到姜村偷梨子吃……被人……扣住了。"大胖断断续续地讲完。"偷梨可不对，得赔礼道歉！"朱罡义正词严。"我可不敢去，费了九牛二虎之力才跑回来的。"大胖做了个鬼脸。姜村巷口在大塘的北面，当中隔了五六个村子。

"我们一起去。"朱罡带着大胖快速到了姜村。

"各位，对不住啊！大头偷了你们的梨子，我们来赔礼道歉。"朱罡大大方方地说，照着外公样子，向着前面一大堆人作起揖。大头被绑在一棵树上，十来个孩子围着羞辱他。一个脸色黧黑，广额阔面的男孩拿着一根杉树枝，用尖尖的刺戳着大头裸露的上身，大头龇牙咧嘴地惨叫着。其他孩子高叫："贼胚子，大塘的贼胚子！"

"你是谁啊？凭什么替他赔礼道歉？"高个男孩翻着青白眼，挑衅地睥睨朱罡。"我是他的兄弟朱罡，他偷梨子犯了错，我来替他赔礼道歉。请问你的尊姓大名。"朱罡不卑不亢地向着高个男孩拱拱手。

"瓶儿罐儿也有两个耳朵，说出来吓死你，他是我们姜村有名的棍神——大壮，棍舞得神出鬼没，人人惊惶！"旁边一个男孩说。

"哦，久仰大名，承教承教！"朱罡又是一番拱手，他听说过姜村大壮无师自通，舞的长棍犹如电闪雷鸣，无人能及。

"你就是大塘的朱罡呀，听说你娘怀了一年半才生，是天上星宿下凡。我出三道题，你能答上来，就带着兄弟离开，答不上来，你们也绑上游街。"大壮扔下棒子，哼哼笑起来。

"出题吧！"朱罡稳步上前。"靠了你了！"大胖扯扯朱罡的衣襟。"什么鱼不会游？""木鱼。""什么老虎会飞？""纸鸢上的老虎。""什么鼓不会响？""石鼓山上的石鼓。"大壮急速出题，朱罡应声而答，众人啪啪地鼓起掌。

"可以放人了吧！"朱罡胸有成竹，大手一挥。"可以，你过来。"大壮狡黠一笑。朱罡快步走到树下，眼看就要到大头身边，大壮抓起一粒小石子往树上一扔，"砰"的一声，一团黑乎乎的东西掉在朱罡头上，一大群马蜂正做着美梦，突然间被炸开了锅，"嗡嗡嗡"地高举毒箭，怒火中烧地飞出来，誓与仇人共存亡。

"呀！"大胖和大头吓得胆战魂飞，浑身哆嗦。大胖转身就跑，大头被绑着，惊得麻木了，动弹不得，只能紧紧闭上双眼，心想：今天小命丧在这里了。朱罡倒是沉稳，挥挥手，犹如掸掉轻飘飘的灰尘，依然大踏步向大头走来，不管三七二十一，帮大头松了绑。大头睁开眼，发现命还在手里，喜不自胜地揉揉被绑得通红的双手，摸摸身上一个个红肿的包，跳了下来。

"哈哈哈！"大家笑得正欢，熟料一大窝子马蜂犹如被倒出袋子的面粉，向四面八方分散开来，似乎一身有九条命，逮人就咬，见肉就扎。这下一个个都恨不能腰间生翅，脚上腾云，四处乱窜，还是在劫难逃，脸上、身上都有了大大小小的包，疼得直跺脚，倒是朱罡安然无事，只是背后有点痒，伸手一摸，正中心有个小小的包。

张姐出自姜村巷口自然村（2022 年摄）

好一会儿，这一大群马蜂才悻悻地飞回树上的窝里，男孩又七七八八地聚在树下。

"待人自待自，害人自害自。"大胖捂住红肿的双眼嘻嘻笑着。"都是兄弟，开个玩笑而已。"朱罡严肃地拽住大胖。大胖止住笑，大壮捂着脸，握住朱罡的手说："对，都是兄弟，开个玩笑，不要见怪。想不到你小小年纪，吃了磨刀水——秀气在内，看来真是星宿下凡！""客气了，不打不相识嘛！"朱罡微微笑着。

大壮搂住朱罡的肩膀，朱罡伸长手臂，搭住大壮的肩膀，两人差了一大截，勾肩搭背地往前走。

"到我家摘梨吃吧。"大壮带着众人往自家走去。他操起一根竹竿啪嗒啪嗒敲下几个梨子，大家弯腰捡起来，用衣襟擦擦就往嘴里送，"嘎嘣嘎嘣"一阵啃咬，地上扔满了梨核。

"短命鬼，雨伞骨，底戳出，又带人来祸害我的梨子，看我怎么收拾你！"大壮娘厉声地责骂，随着一块石子飞来。

"撤退！"大壮大手一挥，众人哧溜一声往他家后门飞跑而去。

梨子吃完，疼痛也没影了，接下来是最常规的巷战。

"我们以这条线为准，我们在这边，你们在那边。哪方人全被抓了，就算输，背着另一方，从这头走到那头。"大壮蹲下身子，用一块石头在地上划了一条粗粗的白线，指着小巷两头对朱罡三人宣布着规则。

队员们咬紧牙关，紧绷面孔，神气十足，似乎弯弓能射虎，提剑可诛龙，战争一触即发。"冲啊！"大壮一声令下，十几个队员犹如猛虎下山，向朱罡三个气势汹汹地冲来，朱罡三个分头向边上的巷子里跑去，大壮一方分成三路紧紧追击着。

大壮带着两个队员死死地咬住朱罡，就像皂雕紧紧追紫燕，猛虎汹汹啖羊羔。朱罡转过一条巷子，双方距离越来越短，眼见就要一把抓住他，熟料朱罡犹如吃了太白金星的金丹，一下子加了速，左奔右突，倏忽间，不见了人影。

大壮几人前后左右搜寻个遍，竟了无踪迹："咦，人呢？不见上天，难道遁土了？"他们一个个分开寻找，终无结果。大壮只能带着众人去追大胖，大胖前后被堵截，上天无门，入地无路，只能束手就擒。大头还在飞跑，一大群人从四面八方围追堵截而来，他眼看成了瓮中之鳖，情急之下，躲进一

朱罡情急落院子，秋千架边遇张姐。
女孩天意首张口，说天道地斜阳短。

条墙缝里，墙缝外面有几捆木柴掩盖着……

大壮不知道朱罡情急之下，迅疾地爬上路边一棵香樟树，坐在一根粗壮的树枝上，他瞭望了一圈，发现面前是个精巧的院子，一阵馥郁的香风扑面而来，盆里兰花腰肢摆，篱边苔藓凝碧痕。秋千架上坐着个小女孩，头上飞着两根小辫子，满面春风，恰似三月的桃花。她摆动着双脚，迎着春风，沐着暖阳，恰似花丛中一只娇媚的蝴蝶。

她抬头一眼见到树上的朱罡，花容失色，正欲跳下秋千，张大嘴巴喊人。朱罡一急，如同雄鹰展翅，从树上一跃而下，紧紧捂住了女孩的嘴。

"我不叫了。"女孩掰下朱罡双手，轻声道。朱罡一惊，顿时面红耳赤，手足无措，犹如做了错事的孩子，站在母亲面前。

"来，吃个瓯柑。"看到朱罡惊慌不已，女孩顺手拿起秋千上的瓯柑递过来。"我……我……我不渴。"朱罡变得口吃了。"拿着吧，我娘说：大吉大利，揣在兜里，吃到肚里，出门不会打脚绊（吃了瓯柑很舒服）。"女孩执意递过来，一双乌亮的小眼紧盯着朱罡。

朱罡只好接在手里，剥开金黄的皮，递一半给女孩，剩下一半一股脑塞进嘴里，鼓鼓囊囊地说："我知道。我外公是大塘的林大先生，他说重五瓯柑赛羚羊（端午的瓯柑比羚羊角还要凉），能拔毒，让人六根清净，清爽无比。"说起这个，朱罡一下子有了很多话。

"对，三国时孙权赠送温州的瓯柑给曹操，挑夫在半路遇上左慈，左慈帮他们挑了一阵，担子就变轻了。柑子送到邺郡，曹操兴冲冲地剖开一看，全是空的，听说是左慈捣的鬼，就叫人找来左慈，左慈剖开吃，竟鲜汁淋漓……"女孩放一片在嘴里，嚼了一会儿，缓缓地讲起了故事。

"哦，哦。"朱罡从没听过这些，心里充满了敬佩。

"权贵喜欢它，老百姓喜欢它，很多大文人也喜欢它，苏轼还写诗：侍史传柑玉座傍，人间草木尽天浆。寄与维摩三十颗，不知蕡卜是余香……"朱罡静静地听着女孩悠悠的话语，犹如一条小溪缓缓地流淌。

他想不到这个丁点大的小女孩懂得这么多，就一个瓯柑能讲出这么多来历，母亲和外公不知道，高个和大耳朵不知道，他和大胖、大头在田野疯跑的时候，女孩父亲抱着她讲了许多历史故事。明天还是乖乖跟着外公去藤桥学堂读书吧！朱罡无奈地想。

"你怎么会到树上去？"女孩很是好奇。"哦，我们玩抓人呢！"朱罡有点不好意思。他感觉跟博学的女孩比起来，自己也太顽劣可笑了。

"抓人？我从没出去过。你怎么可以随便走呢？"女孩满脸羡慕，她从没出过这个院子，也没有伙伴，每每听见外面的嬉戏声，是多么向往啊！

"这些只是随便玩玩，我还跟着大耳朵叔叔去过温州府……"一说起这个，轮到朱罡滔滔不绝了。女孩仰起头，入神地盯着朱罡，憧憬着有一天自己也能去到热热闹闹的温州府，吃上一碗香喷喷的馄饨。

"我还会钓鳗鱼、雕刻、编竹筐……"朱罡打开话匣子就关不上了。天哪，他年纪小小，怎么会干这么多事？这次轮到女孩诧异非常了。

说着说着，两人很快熟识了，各种各样的话题说不尽。

院外日光弹指过，席前花影架上移，一个时辰很快溜走了。

"阿罡，阿罡！"外面传来小伙伴此起彼伏的叫喊声，有高昂，有低沉，有急切，有慌张。朱罡才如梦初醒，原来外面还有一场游戏等着呢，朝女孩拱拱手，一纵身如猴子般从矮墙上翻出去。

"呀，你刚才去了哪里？"大壮疑惑不解地一把抓住朱罡。游戏未知输赢不要紧，以为丢了人才要紧，大家都在急着找人。

"隐身术喽！"朱罡哈哈笑着。"快说，不然现在隐了你！"大壮用手戳着朱罡的胳肢窝。"好，好，我说还不行吗？"朱罡抓着大壮的手，"我从树上跳下院子里……"

"你犯规，重来。"大壮手一挥，队员们又恢复了满满的活力，伸出手就要抓对方。朱罡眼睛一眨，大胖大头心领神会，新的战斗开始，孩子们在巷子里飞跑着，呼啦呼啦爬上矮墙，又从矮墙上蹿下来……

不一会儿，天变得黑沉沉，小伙伴们意犹未尽地回家。朱罡还在寻思：这个女孩怎么懂得这么多？

正是：

朱罡情急落院子，秋千架边遇张姐。
女孩天意首张口，说天道地斜阳短。

他不知道女孩的院子里发生了一件惊天动地的事情，整个像烧开的一锅水——沸腾了。

原来这院子是姜村巷口鼎鼎有名的张府，屋主人张清正清癯面孔，脸红眼俊，细髯微垂，未到耳顺。原是朝廷命官，官至礼部主事，克勤克俭，一心为民。五十岁那年，受朝廷委派到黄河赈灾，原想尽职尽责地把皇恩带到乡间，治理黄河，造福黎民。

哪知一路下去，眼见救济粮被层层克扣，灾民遍野，饿殍遍地，整治黄河的工程被层层转包，材料以次充好。想要彻查，却阻力重重，最终莫名被人按上玩忽职守的罪名，幸好皇帝了解他平时为人，并未治罪。

他环顾身边，同僚相处，尔虞我诈，阿谀上级，力保乌纱，罔顾黎民，无可奈何，思量一人之力终究无法回天，干脆辞官归乡，两袖清风，退居山林，耕耘闲读。

两个儿子俱已成家，饱读诗书后弃政从商，大儿在大都做茶叶生意，二儿在杭州经营酒肆，为人实诚，生意做得红火，带回银两，在巷口造了这幢大房子。

大房子入口是一个高耸的四角门台，两头飞翘，正中是张清正亲笔书写的"耕读山水"，边上是淡雅的花草虫鱼，砖雕上的松梅竹鹤是他一手绘成，古朴典雅。

门内是宽阔的院子，容许几百人站立，几株墨松冉冉立，数茎翠竹斑斑摇，更有夭夭灼灼花盈树，橙橙黄黄果枝头。宽阔的厅堂上摆着一张暗红色的长条桌和两张褐色的雕花太师椅，两边是长长的游廊，顶上房梁粗壮，四五个人都抬不动，支撑房子的有二十多根方形柱子，一个男子伸手还抱不住，左右两边共九间屋子坐北朝南，房后是宽敞的后院。

木头结构的屋子，间间敞亮，窗明几净，正是王安石的《书湖阴先生壁》："茅檐长扫净无苔，花木成畦手自栽。一水护田将绿绕，两山排闼送青来。"张府在以后的几百年里，都被人称为大房子，张姓子子孙孙在这里繁衍生息。

张清正为人道合天地，德配阴阳，宅心仁厚，以乡事唯一，修建祠堂，铺路搭桥，资助乡邻，不遗余力。不管是路桥，还是祠堂，施工期间，他都放下书卷，顶着烈日，冒着寒风，亲自督察，总说这是百年大计，须处处落实，石石齐整。

人们感念他一心为公，路上见了，都尊称他为张老，他更是句句良言，话话金石，见了老幼妇孺，都微微一笑，点点头，问声好。

张夫人深居简出，人们基本不识其面。五十岁那年，有天忽见后院树上

姜村张府张清正，为人良善多称颂。
九间房子犹化身，一心为公好美名。

金光万道，凤凰于飞，和鸣锵锵，很是欣喜。不料几天后就厌食嗜睡，精神不振，肚子日渐隆起，以为生瘤，命将不久，日忧月愁，家人急得四处奔忙，几个医生都说脉象混乱。

慕名来到大塘，请林大先生一看，才知怀上身孕。张夫人羞赧不已，生下女儿，张老倒是心花怒放，连说是正月初一送元宝——好好好，欣然提笔取名张莹，宠爱异常，捧在手里怕掉了，含在嘴里怕化了。

两个哥哥对这个年幼的妹妹，比父母有过之无不及，像天上掉下的珍珠美玉，身在异乡，也是时时惦念。一家上下，从张老到底下丫鬟，都亲热地喊她为张姐。

张姐聪明伶俐，记忆超人，所听之语，过耳不忘，只是五岁了，还未开口讲话。别人与言，全能会意，张老抱着她讲故事，也能以微笑难过等各种表情应对自如。

大家都说，她过于聪慧，开口就迟，等啊，盼啊，就到了五岁。这天张老夫妻有要事前往藤桥拜访周先生，临行前千叮咛万嘱咐丫鬟小红照顾好张姐。

哪知他们前脚一出门，小红后脚就被村里李婶叫走画鞋子图样，小红拜托后厨的张妈，张妈看张姐一个人在院子里荡秋千，安闲自在，就顾自在厨房削土豆。

想不到傍晚时分，张老夫妻一踏进家门，张姐就脆生生地叫上爹娘，那嘴一张开，竟似门前小溪里的水，哗啦不绝，且嗓音甜润，犹如春风拂耳。

张老夫妻笑得合不拢嘴，连说："上天眷顾，好话不怕迟。"全府上下狂喜不已，恨不得点起烟花爆竹来好好庆祝一番，都觉得张姐是上天降下的星宿，自是本领不凡。

当晚，朱罡一觉睡到大天亮，该上学堂了。雅娇激动得一夜未眠，该带的东西检查了一遍又一遍，默默与忠信言说，朱罡上学堂念书了，要看顾孩子勤谨好学，步步上进。

"罡儿，快走！"林大先生领着朱罡来到藤桥。朱罡穿着簇新的深蓝长褂，觉得有点别扭，袖子一扯一扯。

"先生，孩子交给你了！"林大先生把朱罡领进学堂，恭恭敬敬地对着周先生鞠了一躬。周先生祖上是朝里进士，从小饱读诗书，满腹经纶，满心期待高中榜首，治国平天下，可惜朝廷重武轻文，科举开了又废，英雄无用武之地，就在村里办起学堂。

"林大先生不要客气，孩子几岁了？"周先生慈爱地看着朱罡。"七岁。"朱罡朗声回答。"好，正是少年读书时！"周先生一脸期盼。"是啊，少年麒麟赶龙，老年糊溏粕浆（时间过得很快）。光阴似箭，得好好用功！"林大先生嘱咐。

学堂里坐了六七个孩子，有的高，有的矮。朱罡跟着先生拜了孔子像，被领到第一排坐下，他跟着先生摇头晃脑地念："人之初，性本善，性相近，习相远……"念着念着，他不耐烦了，这些句子外公早带他念得滚瓜烂熟，全无他从女孩那里听来的有趣。

"你叫什么？"朱罡趁先生不注意，用草茎捅了捅同伴。同伴饶有兴趣地转过来，朱罡一见，珠如点墨，眉似刷漆，甚是欢喜。"我叫阿章，别人叫我浓眉。""我是朱罡，从大塘来。"朱罡向他拱手。

"我是大鼻子，从潮埠来。"后面一个声音传来。潮埠村依山傍水，在姜村的北面，跟姜村只隔了一条小溪。他们转头一看，大鼻子有一个跟大蒜差不多大的鼻子，稳稳当当地站立在一张脸正中央。先生宣布散学，朱罡拉着浓眉和大鼻子一起出来，约定明天到院子里挖蚯蚓。

浓眉大手大脚，他娘说："脚大踏田岸，手大捧饭碗。"让他脚长慢点，手长快点。可他的手脚都像春天的竹笋——长得很快，力气也很大，一块大石头被他哼的一声抬起来了。他父亲是村里的蛇手，专门抓蛇，训练蛇，也治被蛇咬的伤。浓眉从小吹得一手好笛子，他一吹，家里的蛇都能跳舞，他时不时给小伙伴表演绝招。

大鼻子也有绝招，朱罡带着两人挖蚯蚓，大鼻子东转西转，总能找到很多蚯蚓聚集的地方，浓眉一端起石头，大鼻子用手一指，朱罡抓起蚯蚓，做好诱饵，带他们到大塘井里钓河鳗，夜幕降临，他们拎着河鳗回家，笑嘻嘻地听着大人无休止的责骂……

日转星移，一转眼朱罡上学已一年。这天，他一进门，雅娇就吩咐："罡儿，明天学堂休息，娘有重要的事交代给你！"

第七章

脚盆救起落水郎　划浮搭救众乡亲

听到有重要的事，朱罡懂事地点点头。原来朱罡家轮到放牛了。

山前花山后树，俱发新芽；地里麦田中禾，皆回生意。春天走进了山村深处，朱罡甩手甩脚地赶着大黑牛往村外去，心想：还是在家里上山下河自在，坐在学堂里憋得慌，偷偷溜出去，被先生发现还得挨尺子。

大黑牛属于几户人家共有，大家轮流养，耕田时轮着用。它全身的皮毛油光发亮，一双牛角尖又硬，比成熟的玉米还长。它身强体壮，全身蓄满力量，一见别的牛，就像喝了兴奋剂，撒开蹄子，以迅雷不及掩耳之势冲上去，用一双尖角死死顶住，不到你死我活绝不罢休。

"不要碰上别的牛啊！"朱罡一路念叨。两牛相斗必有一伤，临出门时，雅娇千叮咛万嘱咐：不能让大黑牛有一点闪失，春耕刚刚结束，身子疲惫，要养精蓄锐，以备夏耕。

朱罡赶着大黑牛往石龙头去，石龙头在村子东南，比石鼓山高出许多，爬上去后，也大得多。这里有一个高大的石龙头，比两层房子还要高，自古以来就一直矗立在这里，石龙张着大嘴，流出一股清澈的水流。龙头上并无眼珠子转动，也无龙须挥舞，却有一种不可侵犯的威严，四面流淌。

石龙头底下是一片宽阔的草地，平平坦坦，上百间房子那么大，一律是软绵绵的草甸子，脚踩那么高的草儿，长得齐齐整整，不时绽开一些红红白白的小花，像铺了一层天然的地毯。踩上去软绵绵的，不管在上面摔跤，还是翻跟斗，都不会疼，俨然一个游乐场。最为重要的还是四面林木茂盛，竹子摇曳，阳光温暖，微风轻柔，在里面上天下地也无人知晓。

朱罡想象着让大黑牛在边上吃草，自己悠闲地躺在草地上，跟放羊伴瞎聊海砍，奔来跑去，打空仗、斗草茎……

想象正美，现实已到，怕什么来什么，刚到山脚下，就遇上大头赶着大黄牛来了。"大头，不要过来，不要过来！"朱罡向大头急急地摇手。

大头替村里一户人家放牛，他以为朱罡在跟他打招呼，在大黄牛屁股上一拍，紧赶着来了。好几天没见朱罡，正烦闷，今天遇上一起放牛，满心欢喜，正好掰扯掰扯。大黄牛越来越近，眼看就要与大黑牛在桥上狭路相逢。

"大黑牛，你是乖乖牛，往那边走吧！"朱罡想调转大黑牛的头往边上的马鞍山去，马鞍山因山势形如马鞍得名，有几个石鼓山大，山上千层悬削，万壑崖深，苍苔碧藓，古榕高槐，蓊蓊郁郁。

大黑牛雪亮的眼睛已看到大黄牛，哼哼喷着气，摩拳擦掌，正想好好干一仗，哪肯掉头？大黄牛也发现了劲敌，竖起牛角，撒开四蹄跃跃欲试。

大头这才发现形势不对，别人家的牛，可不能有一点点闪失，他拉着牛绳想掉头往北边的石鼓山去，大黄牛的牛劲上来了，一打响鼻，一甩黄头，绳子哧溜一声滑脱了。

眼看四只牛角就要在林雅桥上冲撞在一起，天罡遇地煞，惊天又动地。朱罡纵身一跃跳上牛背，大黑牛身子往左一偏，大黄牛锐利的牛角扑了空，牛头砰的一声蹭到大黑牛，大黑牛蹄子一滑，站立不稳，扑通一声从桥上掉了下去。

大黑牛在潭里一甩头上的水，哗啦一声站起来。朱罡本有水性，抓住一棵水草就要上岸，哪知水草经不住他的力道，顷刻滑落了，一个大大的漩涡卷来，他被一股急流冲了下去。

大头一见，吓得三魂荡荡，七魄悠悠，呆呆地愣在原地。眼看朱罡像一件衣服，被翻滚的水流快速往下冲去，经过一段段急流，直往村口去。他这才反应过来，迈腿顺着河道疾跑，高声呼喊："救命啊！救命啊！"

"抓住它！"正在埠头洗衣服的芸儿听到叫唤声，灵机一动，把脚盆往朱罡身边推去，朱罡在沉浮间，顺势抓住脚盆，芸儿和母亲阿顺嫂拿来竹竿，把他推上了岸。

朱罡抹了一把脸上的水，对着芸儿母女深深鞠了一躬："谢谢！"就盯着地上的脚盆出了神。芸儿与朱罡同年，今年八岁，唇红齿白，单眼皮，双眼看着有点蒙蒙眬眬，动作伶俐，古灵精怪。

她跟父亲阿顺学过些拳脚功夫，精明干练，遇事不乱。大头看朱罡顺利上岸了，停下身子好好松了口气，转过身子去追赶大黄牛了。

"难不成你想好好感谢脚盆的救命之恩？"芸儿看朱罡一身的水往地上流着，流成了一个圈，还在目不转睛地看着脚盆，就笑着调侃。"没有，没有。"

朱罡后退两步,眼神像被蛛丝黏住了,还是没离开脚盆。"那就是我的脚盆上雕花刻草喽!"芸儿抿着嘴丝丝地笑。"不是,我觉得脚盆在关键时刻救下我的命,作用很大,如果把它做得大一点,加上一根船桨,就成了一艘小船,可以在河面上划动,轻巧灵活,可以捉鱼捕虾了。"朱罡依然紧盯脚盆不放。

回家后,朱罡把想法对高个说了,高个一拍大腿:"不错,可以试试看!"想伸手摸摸朱罡的头,一看只比自己矮一个头的朱罡,又缩回来在裤腿上蹭了蹭。村里人都惊异,朱罡的个儿是日也长,夜也长,一天不见就是一大截上去了。

朱罡和大胖、大头上山砍来杉树,把木头锯成木板,做成一个大大的脚盆,可以容纳三四个人,加上一根船桨,就成了一只圆形的小木船。

"得取个名。"朱罡歪着脑袋。"大木盆呗!"大胖挺了挺大肚子说。"就是大脚盆。"大头歪着大头哈哈笑。"这些都不是正经的名字,它能划动又能浮在水面上,叫划浮吧!"朱罡灵机一动。"这个名儿好!"大胖和大头齐声说。

"走,抓虾子去。"朱罡一声令下。"好!"大胖和大头边抬起划浮,边唱着:"落雨鲤鱼跳龙门,大旱团鱼倒翻身。水鸡泅泅多生卵,虾儿跶跶河坎……"边往河边去了。

烟波荡荡,江水盈盈,戌浦江清澈的水里游动着许许多多透明的小虾子,有着长长的须,黑黑的眼珠子,弯着身子,就像弯腰驼背的老公公,在水里一上一下跳动着。

"快,快,往这边划过来,一大批虾子在搬家呢!"朱罡叫喊着。大胖挥舞着船桨使劲划,大头用双手猛力往后推水,好让划浮行进得快一些。"停,停,快停下来。"朱罡轻轻命令。

三人让划浮自在地漂荡,双手摆好架势,瞅准虾子,双手快速合拢。"抓住了,我抓住了。"大头笑着露出两颗雪白的大板牙。"让我看看。"大胖急切地抓过他的手。大头的手一松开,虾子嘣的一声蹦回水里。"都是你,看什么看?"大头不住地埋怨。

"没事,看我的。"朱罡把短裤一脱,放在水底,"你们俩把虾子赶过来。"大胖和大头把成群的虾子赶过来,朱罡把衣服往上一捞,都是清一色蹦蹦跳跳的虾子,三个小伙伴乐坏了,河面上洒满清脆的笑声……

自此,大头对捉虾捕鱼感了兴趣,有伙伴,去;没伙伴,也去,天天在戌浦江里摸爬滚打,皮肤被晒得乌秋秋,大家都叫他黑泥鳅。

四百年前遗物水上工具"划浮"（2022年摄）

他时常拎着一小桶虾子回家，一家人打打牙祭，两个弟弟吃得欢，他娘阿福嫂却是骂骂咧咧："这虾子，咬咬就是一层皮，什么肉也没有，就是破嘴巴吃粥，吃得闹热无下肚。还是学个正经营生为好，好好跟着你爹做泥水工，千万不要去打赌……"

大头一听她絮絮叨叨，成日里数黄道黑，烦得很，就哧溜一声溜出去耍了。

"我昨天去藤桥拜访周先生。"林大先生缓缓地从医书上抬起头。"先生怎么说？"雅娇有点急切。"先生说罡儿调皮，趁先生不注意，带着小伙伴逃学抓蚂蚱逮蛐蛐。你得跟他说说，趁着大好时光好好念书。"林大先生微蹙眉头。"那是。"雅娇轻轻点头。

"罡儿啊，你得好好念书，你爹在地下盼着你有出息，我盼着你有出息，外公外婆都盼着你有出息！"雅娇语重心长地说。"可是，可是，先生教的我都会了。"朱罡理直气壮地说。"会念会背，你懂得意思吗？孔子曰：学而不思则罔，思而不学则殆。记得吗？"林大先生迈步进来，摸摸朱罡的头。看着外公严肃的面孔，朱罡羞红了脸，低下了头。

"当今社会，上层贵族醉生梦死，一心享乐，天愁民怨，祸乱自生。你不见温州街头，流民四窜，有人饿死，有人病死，有人横死？"林大先生仰天长叹，"男子汉大丈夫，不以天下为己任，庸庸碌碌，虚度年华，不与路边草木一样易腐吗？切不可在玩乐上耗费大好光阴，黑发不知勤学早，白首方悔读书迟啊！"

"嗯，知道了。"朱罡想起了馄饨店里那个蓬头垢面的女孩，想起五岁那年在温州街头许下的誓言。他暗暗发誓，从此努力学习，长大了让大家都有饭吃。

他下决心发奋读书，浓眉和大鼻子也乖乖念书了。刻苦了几天，听到蛐蛐的歌唱、小鸟的鸣叫，他又忍不住放下书本，趁着周先生打呼噜的时候，跟浓眉和大鼻子到院子里放风了。

雅娇能坐堂看病了，乡亲有点头疼脑热，拿点草药回去煎，基本不用钱，一有时间，她会带朱罡上山采药，摸着门道后发现满山遍野都是草药。石鼓山上的地石榴，学名叫地苓，遍地藤蔓青翠欲滴，紫色的小花有的半开，有的全开，也有的结出小酒杯一样的果实，果实变得红紫，可以摘着吃，能清热解毒，活血止血；石龙头上的金樱子绽放着白色的花瓣，露出娇黄的花蕊，绿色果子像算盘珠子，朱罡摘下来，除去外面一层尖刺，把果肉放到嘴里一嚼，酸酸甜甜的。它的根能活血化瘀，叶能治烫伤，果能治腹泻和流感……

鸟飞兔走，绝非一日，朱罡的个子眼见着一天比一天高，跟高个差不多了，在学堂念书也已五年。

都说东鲎日头西鲎雨，南鲎发大风，西鲎落大雨。落着落着就乱了套，这几天东南西北都是雨，谁也不知道这雨什么时候开始下，也没人知道什么时候能停，连旺太公也摇摇头说不上来了。

只见哗啦啦的雨线怎么也扯不断，天空老是黑沉沉的，就是睁不开眼。里史站在村口直跺脚叫唤："要大乱了，要大乱了呢！"说着用锥子般锋利的眼光四处搜寻，似乎为妖作孽的人就在身边，能被他一把揪出来。

旺太公说三伏长雨可不是好兆头，更让人心里惴惴的。谁也想不到，这个漆黑的夜晚，雨越下越大，如泼，如倒，好像天空被捅破了无数大洞，龙王爷储存的洪水从破碎的洞里奔涌而出，让人怀疑共工又发怒得撞倒了不周山。

处处都是骤然飞急水，忽地起洪波，洪波巨涛如猛兽般奔突而下，就像八月钱江潮汹涌，天上黄河水泻倾。沟壑水飞千丈玉，涧泉波涨万条银，小支小流涨涨满，戍浦江水冲两岸。

桥梁被淹没了，道路被淹没了，房屋被淹没了，几个村子都变成了汪洋大海，大家像被扔到水里的公鸡，一个劲扑腾着，眼看就要被一个个凶猛的浪头吞没。

"怎么办呀？"阿福嫂带着孩子坐在屋檐上着急不安地喊。

"不要慌，我来了。"一个浑厚的嗓音传来，大家一看，朱罡摇着圆圆的大脚盆过来了，他用力划动着船桨，大脚盆飘飘悠悠地向阿福一家人奔来，朱罡载着他们到了石鼓山。回来后，他又到三条路上转悠着，搭载着被围困的乡亲。

阿顺跟几个男人找出家里的大木桶、大脚盆、床板当小船，扁担、拐棍成船桨，有自救的，有救人的，划来划去，一拨又一拨人被运到石鼓山。

"快，快来救命！"朱罡正想停下喘口气，他的双手起了一层红紫的大水泡，手臂酸得像灌上了泥浆。听到清脆的救命声，他打起精神，往声音发出的方向划去，定睛一看，原来是芸儿抱着苦槠树，双脚泡在水里，正惊慌地大喊。

他扶着芸儿坐在划浮里，芸儿惊魂未定，脸色煞白，牙齿哆嗦，全身颤抖："吓死人了，吓死人了！""你爹在不停地救人，你怎么一个人落在这里？"朱罡甚是疑惑。"哼，我爹只知救别人，早忘了我！"芸儿气呼呼地噘起嘴，让朱罡想起小时候母亲说可以在嘴上挂一把油壶。

她其实冤枉父亲了，阿顺找到大木桶时，先把老婆女儿送到了石鼓山。芸儿觉得自己能干，也撑着一块木板出来救人，哪知一个大浪袭来，把她的木板掀走了，还好，她眼疾手快地抓住苦槠树，死死抱住这棵大塘的风水树保住了性命。

"这下我们扯平了。"芸儿眨着灵动的眼睛，坐了一会儿，她回过神来了。"嗯。"朱罡随口应着。

芸儿用脚盆救起朱罡时，就对他有了莫名的好感，有种想靠近他的欲望，又很想奚落他，获得一种征服的快感。看着朱罡心不在焉应答的样子，她有点像盛装的新娘，被取消了婚约，身子凉了半截，就赌气地闭嘴不言了。

小小脚盆得思路，朱罡独创划浮来。
洪水滔天满地滚，划浮救起众乡亲。

朱罡见芸儿不语了，倒是有点尴尬，想快点划到石鼓山，芸儿却想石鼓山永远也划不到才好，她想让朱罡不停地划下去，一直划到天边去……

朱罡回到石鼓山，雅娇才放下一颗悬着的心。

"我看罡儿这东西很不错，今天发挥了大作用，它叫什么呀？"旺太公迈步过来，拉住朱罡的大脚盆。"划浮。"朱罡认真地回答。"划浮，这个名好。我看以后可以备起来，不仅在洪水中可以救人，到水塘挖莲藕采水菱都不错，小巧便捷。"旺太公连连夸赞。"对，能发挥大用场！"阿顺接嘴。"采水菱，好呀好呀，娘，我们也做一个。"芸儿跳着脚拉住母亲。"好，你说做就做。"阿顺嫂总是顺着女儿，女儿想要天上的月亮，她也会下河捞一捞。芸儿一心想跟朱罡划着划浮，在戍浦江上采水菱呢。

"罡儿有出息了，文能念书，武能救人，算是文武双全。后生儿，几岁了？"旺太公笑盈盈地问。"十二！"朱罡自豪地挺直胸膛。"好啊！孩子真是山坡上的松树，转眼间就长大了，雅娇可以享福了！"旺太公转身看着雅娇。"十八个捣臼画在岩上，还早得很呢！"雅娇说着，浅浅地笑了。

正是：

> 小小脚盆得思路，朱罡独创划浮来。
> 洪水滔天满地滚，划浮救起众乡亲。

大水三天三夜后才退下去，大家饿得晕晕乎乎，回到家，清理被水泡过的房屋，屋子里的淤泥有一尺多厚，屋子里的东西，洗的洗，晒的晒，忙碌了好一阵子。

大家几乎安稳的时候，村里很多人红了眼睛。旺太公很有经验："大灾后必有大疫，很正常。"林家药堂早有准备，林大先生和雅娇把板蓝根、金银花和野菊花熬成一大锅汤水，摆在店门口，雅娇带着朱罡一碗一碗分给大家喝，红眼病慢慢好了，大家都感谢不迭，朱罡也有了满满的成就感。

谁也想不到，经过这次洪水浸泡，藤桥的周先生得了严重的伤寒，一病不起了。他紧握林大先生的手说："谢谢你，圣手神医啊！""这次病势凶猛，你得好好养上一年半载，安心养病吧！只是罡儿还得再学一学为好。"林大先生劝慰着。"唉，罡儿虽说调皮，但实在聪明，过目不忘。对了，让他跟着姜村的张老学最好了。"周先生突然想起了自己的老朋友——张清正老先生。

第二天林大先生带着朱罡来到张府，张老一看朱罡，滴溜溜两耳如悬明珠，明皎皎双睛似点黑漆，坐定时浑如虎相，走动时有若狼形。"好呀！后生儿，我听周先生常说起你，自小聪慧。再说了，林大先生，当年是你妙手神医，看出我家夫人怀有身孕，如今小女已有十岁，还要多多谢你呢！来吧，我免费给他授学！"张老一口应承，他看着朱罡，想起了当年踌躇满志的自己。

林大先生喜滋滋回了家。一听张老免费给朱罡授学，大胖央求父亲让他也去上学，他跟朱罡学了一些字，还想念得更多。朱罡到藤桥上学堂，就求父亲让自己去，阿海说："反正是背个锄头，种个橘子，有没有字认识有什么关系？那些小蝌蚪，就是白眼人看水碓——没有名堂还盯着看。"

一看朱罡搭救众人，得到旺太公赞许，阿海动心了，一听免费学，更是欢欢喜喜答应了。他挑着两大筐瓯柑来到张府，张老一听是大塘来的，还是朱罡的好伙伴，就一口应承了。

听说张老免费授学，很快就有十几个孩子上门了，听父亲带着一群男儿在书房里念得书声琅琅，张姐在后院坐不住了，他央求父亲让她跟着一起学。

"不行，自古以来男女授受不亲，食不连器，坐不连席。你身为女子，怎么可以跟男子一起读书呢？你想读书，爹爹可以教你，你身为张府的小姐，应该守好礼节，清则身洁，贞则身荣！"张老板着面孔。

"爹，我的好爹爹呀！子曰：三人行必有我师焉。我得博采众长，多多益善。从你身上学，还得从他人那里学，才能日渐丰盈，学富五车。你就答应了吧！"张姐不停摇晃着张老。

"你一个红妆的女儿身怎可与陌生男子共处一室呀？此事传扬出去，以后还怎么出阁呀？"张老紧紧抿住嘴，不肯点头。

第八章

朱罡张姐同学习　打抱不平露女妆

"好爹爹，我以为你开明无来者，豁达无今人，想不到也是一个老古板！哼！"张姐紧紧拽住父亲的手，死不罢休，"你不知东晋有祝英台男装与梁山伯同学三年，共化蝶飞，千古流传？你不知南北朝有花木兰替父从军，纵横沙场，功昭千秋？我也可以男儿装，神不知鬼不觉地与他们共学，我定朝乾夕惕，研精覃思，不负您的厚望！"

张老知道女儿个性如此，想要天上的星星也得想法替她摘，也是从小宠溺，长大骄纵，好在她并不刁蛮，基本遵礼守法，就勉强同意了。

"这是我儿，今年十岁，你们唤他张弟吧！"张老忐忑地向大家介绍。大家都盯着人才俊雅玉质娇姿的张弟看个不停，张老赶紧让她坐下来。

张弟一进学堂，她和朱罡都愣了一下，不知怎的，目光一碰撞，两人都是心里猛撞小鹿，面上顿起红云，犹如全身过了电，一阵震颤，像全身的血液逆流了一般。

她见朱罡，青云靛染，眉似新月，唇若涂朱，身材翩翩，行走昂昂，似乎早已在心里刻下了深深的烙印。

她紧蹙眉头，一下子想起那个从香樟树上一跃而下的男孩，跟自己很快熟识起来，滔滔不绝的男孩，自己也是从那天开口说话。她轻轻一抿嘴，两腮微微一红，淡然地笑了。

朱罡见眼前的男孩，相貌堂堂，青姿妆翡翠，丹脸赛胭脂，杏眼光炯炯，蛾眉秀齐齐。

这面容似乎前世就熟稔，梦里已常见，却怎么也想不起在哪里见过，绞尽脑汁，终于想起在这个后院见过一个学识渊博的小女孩，可面前明明是男孩呀，也许是孪生兄妹吧！想到这里，朱罡微微地笑了。

日出东山，月上山腰，光阴荏苒，朱罡跟着张老读书越读越有滋味。他觉得张老见过世面，历过官场，解释诗文，深入浅出，鲜活深刻，听着听着就入了迷，再没动脑筋偷偷出去游玩。

张弟跟着伙伴一起研读，习得更深，研得更广，悟得更切。这些曾在泥地里打滚的伙伴，头顶天空，脚踏大地，生活经验丰富，思考角度完全不一样，让张弟大开眼界，她如一块干涸的土地，贪婪地吸吮着来自天空的阳光雨露。

朱罡也被张弟深深吸引，他跟那个小女孩一样，锦心绣口，才华横溢，各种典故拈手就来，无人能及。两人都觉得相学共长，日久情深。看着张弟学问渐长，文章日渐丰盈，张老满意地点点头，对她与同伴的交往也不再过多干涉。

这天，窗外，绿的槐，碧的竹，青的松，依依斗华荣，白的李，粉的桃，赤的鹃，灼灼争娇媚。房里，少年们腰背挺直，精神抖擞地念着："子路曰：君子尚勇乎？子曰：君子义以为上。君子有勇而无义为乱，小人有勇而无义为盗。……唯女子与小人为难养也，近之则不逊，远之则怨。……"

"砰"的一声，张弟一拳捶在桌子上："孔圣人凭什么看轻女子，把女子跟小人相提并论？说起来，他也是女子所生，女子所养。女子，乃人之根也，源也……"众人刷地放下书，一脸诧异地看着张弟。

"他并不是看轻女子……"张老缓缓地说。"他就是以自己的男儿身轻视女子！君不见嫘祖出蚕桑兴，班昭提笔续《汉书》，第一女将妇好征战场，贞观之魂长孙后……"张弟打断了张老，一番慷慨陈词，如黄河之水滔滔而来。

"说得好！自古以来就有巾帼不让须眉。"朱罡接上话题，"乱世美神李清照才惊天下，试听：风住尘香花已尽，日晚倦梳头。物是人非事事休，欲语泪先流。闻说双溪春尚好，也拟泛轻舟，载不动许多愁。完全赶得上李后主：问君能有几多愁，恰似一江春水向东流。"他想：我的母亲就下得田地，上得药堂，不输须眉。

"是啊，我最敬佩易安居士了，不仅仅才情横溢，更有家国情怀。身为女子，有男儿的铮铮铁骨……"张弟一听朱罡的回应，更是满脸涨红，神情激动，每个细胞都兴奋起来，似乎就要冲破薄薄的皮肤，呼之欲出。

"当今天下，四海分崩，八方播乱，生民涂炭，日无宁宇，百姓惶惶。"朱罡感叹着，想起五岁那年在温州许下的誓言，不知该怎么实现，"可惜我们身为男儿，无寸箭之功，文不能安邦，武不能定国……"

朱罡张姐同堂学，男儿深愧无寸功。
张师启智为君子，少年欲成先有勇。

张老打断朱罡，抢回了话题："张弟，你确实误会了。这是孔夫子见卫灵公宠幸南子所发，是针对帝王而言，受宠的女子易恃宠而骄，干预朝政，而帝王易沉迷酒色，置江山不顾，此时女子就如小人，不可过于亲近，也不可过于疏远。"

张弟正想接嘴，听张老这么一说，羞红着脸坐下来，一颗心怦怦地跳个不停，自己也说不清楚，内心是羞愧，还是激动，或是兴奋，抑或还有莫名的甜蜜。不知为什么，看着张弟，朱罡也满心激动得不能自已，也许是知己相逢吧！

"孔夫子曰：君子义以为上。君子有勇而无义为乱，小人有勇而无义为盗。又曰：博学而笃志，切问而近思，仁在其中矣。"张老看着孩子们，满眼期望，"三更灯火五更鸡，正是男儿读书时。只要你们奋发努力，有勇有义仁为先，英雄总有用武之时！"

大家双眼炯炯，端肃地点点头，凝神聚精地继续诵读起来。

冬去春又来，红灼灼天桃绽帛，绿依依嫩柳含烟。日子一天天暖和起来，人们的冬衣五颜六色地晒在院子里了。

"爹爹，我和阿罡、大胖去戍浦江上捕虾子，何如？"张姐又拽着张老的袖子撒娇了，她一直惦记着跟朱罡坐划浮捕虾子呢！"不行，一个千金大小姐，怎能轻易抛头露面？"张老觉得女儿真是被宠坏了。

"爹爹，我最喜欢李清照的：常记溪亭日暮，沉醉不知归路。兴尽晚回舟，误入藕花深处。争渡，争渡，惊起一滩鸥鹭。可我从未下过水，爹，让我去看看一滩鸥鹭飞起的样子吧！"张姐把身子软成一团泥，紧紧粘在张老身上。

"好吧，好吧！就此一回。"张老无奈地叹了口气。

轻风吹拂，柳绿如丝，暖烘花发，遍地芳菲。一出家门，张姐就是出笼的鸟儿，双眼放光，见什么都新鲜，欢呼雀跃着，蹦蹦跳跳地往前。朱罡背着划浮，大胖拎着船桨，往戍浦江走去。

"救命！救命啊！"只听一个孩子的哭喊声伴着噼噼啪啪的鞭子声。他们快跑往前一看，一个身穿绸衣的男子正狠狠抽打着一个四五岁的男孩。男孩衣衫破碎，背上一条条鲜红的鞭子印清晰可见。

"住手！"三人异口同声地喊。"哟呵，狗拿耗子——多管闲事。我抽个奴才，碍你们什么事？"男子乜斜着三人。"他犯了什么事？你要这么下死手抽打他。"朱罡放下划浮。"说好一顿只吃一个窝头，他竟然吃了两个，这样饿痨一样的贱骨头不打怎么行？"男子气呼呼地用鞭子指着孩子。

"孩子饿呢，你就发发慈悲让他吃饱吧，看他面黄肌瘦的。"朱罡伸手拉起孩子。孩子扯扯衣服，艰难地站起来。

"说什么大话，让他吃饱，你来付铜钱吗？他是我的奴才，替我干活，吃我家饭，我说了算。"他愤愤地说，"一个小屁孩，自己都是牙口未齐，还想管别人的闲事，不怕被人笑掉大牙！"

朱罡拉着孩子走到一边，"你想拐走我的奴才吗？我看是你欠抽。"男子举起鞭子向朱罡抽来。张弟一见，冲上前想拉朱罡，哪知这一鞭子恰好抽在她头上，"啪啦"一声响，张弟的帽子掉落下来，发簪断了，一头秀发同瀑布般倾泻下来。

"啊！"朱罡和大胖愣住了。"哟，小女子，还挺好看，用你来换个小屁孩，倒划算，这上门的生意——好做。"男子伸手就要拽住张弟。

朱罡和大胖不管三七二十一，拉着张弟就跑。跑出很远，三人才停下来，弯着身子呼呼地喘着大气。

"你……你……你怎么是女的？"两人禁不住好奇。"是呀！我叫张莹，家人都叫我张姐，五岁时曾和你在后院相遇。"张姐落落大方地捋着秀发。"哦！"朱罡倒显得难为情，心里却升起一股无法言说的幸福。"难怪！"三人想起课上一幕，都忍不住笑了。

被这一弄，虾子无心捕了。回家途中，朱罡想：张先生说君子有勇有义仁为先，我想还是勇为先，有了力量，才能保护弱小，朱罡真想快快长大。

三人心照不宣，继续在张老书房里念书，但眼神里渐渐有了新的含意。张姐和朱罡心有灵犀，回眸一莞百媚生，凝然一笑千波起。草儿翠翠，阳光暖暖，微风轻轻，诵读声声，欣喜在两人心里慢慢膨胀，像皂角在衣服上擦出的泡沫，咕噜咕噜冒个不停，缤纷的甜蜜感满心满意地流淌开来。

大胖看张姐的目光痴痴的，却一直苦到心里。这个才貌双全的女子，是心中最美的白月光，从此，看别的女孩都是尘饭涂羹，不忍谛视。可他明明白白看出张姐与朱罡的两情相悦，朱罡是最要好的兄弟，当然不能横刀夺爱。

正是：

少年立志做君子，有勇有义仁为先。

街头想救小儿奴，张莹暴露女儿身。

读书之余，朱罡就上山放羊。羊群在吃草，朱罡跟伙伴在石龙头草甸子上，我顶着你你顶着我，摔累了坐着呼哧呼哧喘粗气，朱罡突然一拍脑袋说："大胖，我们把羊集中起来放，每人轮流几天，怎么样？""好主意，可以省出很多工夫呢！"大胖一口赞同。

"好呀，好呀！"大头雀跃着，一大群羊儿赶着威风凛凛，还有了空闲，两全其美。"明天从我开始，我家三只羊放三天。"朱罡想多出时间去张府念书，一天不见张姐，心里空落落的，张姐也盼着见他，一天不见就问短问长。

第二天一早，朱罡在村口吆喝："放羊啦！放羊啦！"大家把羊赶出来交给朱罡，朱罡带到山坡上，找一处鲜嫩的草让羊儿吃。

他看羊儿肚子吃得像装满谷子的布袋，在四条腿间摇晃，又把羊群赶到溪边，喝点清澈的溪水赶回村里，高声叫唤："收羊喽！收羊喽！"大家纷纷出来把羊带回圈里。

晚饭后，朱罡在大胖家玩了一会儿回家，发现家里黑漆漆的，并无一人，他来到小溪边，雅娇正在刷刷地洗衣服。"娘，这么乌漆嘛黑，怎么看得见？"朱罡走到雅娇身边。"习惯了，白天活太多，忘了洗，马上好了，你先回家吧！"雅娇利落地搓着衣服。

朱罡回家提了一盏明晃晃的灯笼过来，噌噌地爬到高高的苦槠树上，用绳子把灯笼牢牢绑在树上。灯笼散发出黄晕的光，照亮了苦槠树下一大片地方。"呀，怎么亮起来了？"雅娇一惊。"娘，你看，我给你点了一盏天灯。"朱罡在树上直挥手。"有这盏天灯，真好！"雅娇心里暖暖的，浅浅的笑容伴着黄晕的光在脸上浮现。

夜晚，朱罡就把苦槠树上的天灯点起来，照亮洗衣服的雅娇，也照亮路过的人，大家都觉得方便不少，长此以往，人们就把这条竖着的路叫作天灯路。

山草山花看不尽，春桃秋果时时新，转眼已是仲夏，朱罡跟雅娇到田里除草，他举着田楸（一根长长的竹棒，一头加上圆形的铁圈）往左边一伸，左边的杂草除下来，收回田楸往右边一伸，右边的草又除掉了，一行又一行，朱罡三板一眼地干着。

"嗨，这是什么呀？"朱罡大叫一声，睁眼细看，是一条小鱼在秧苗间左咬一下右咬一下。"田里怎么会有鱼呢？"朱罡停下家伙。"这倒有意思，从溪里流来的，放回溪里吧！"雅娇伸着田楸头也不回。"让它在田里试试吧！"朱罡心意已决。"它在溪里才能活呀！"雅娇抬头看着执拗的儿子。

几天过去，小鱼还在田里游得欢快。"能不能让更多的鱼跟稻子一起生活呢？"朱罡立刻到温州府买来大批鱼苗放到田里。绿油油的稻田里鲜红的鱼苗点缀其间，乍一看，好似大片映山红掉落田里，随波逐流。

稻子成熟了，沉甸甸地垂着谷穗，红鱼也长大了，比脚丫子还长，胖乎乎地闪着鲜红的鱼鳞。雅娇心头一暖：孩子长大了，有见识，有胆量，有魄力。

中午，雅娇在药堂坐诊，朱罡挑着两筐大红鱼回来了。看着欢蹦乱跳的大红鱼，她喜不自胜，林大先生和大娘子更乐得合不拢嘴。雅娇把田鱼一条条送给街坊邻居，拐脚拿到大红鱼直傻笑，口水滴滴答答往下流，连声说："罡儿好，罡儿好！""对兮，对兮。"对兮也傻笑着。"罡儿能干！"阿福嫂竖起大拇指，转眼看看大头，学做泥水工了，不知什么时候才有出息。

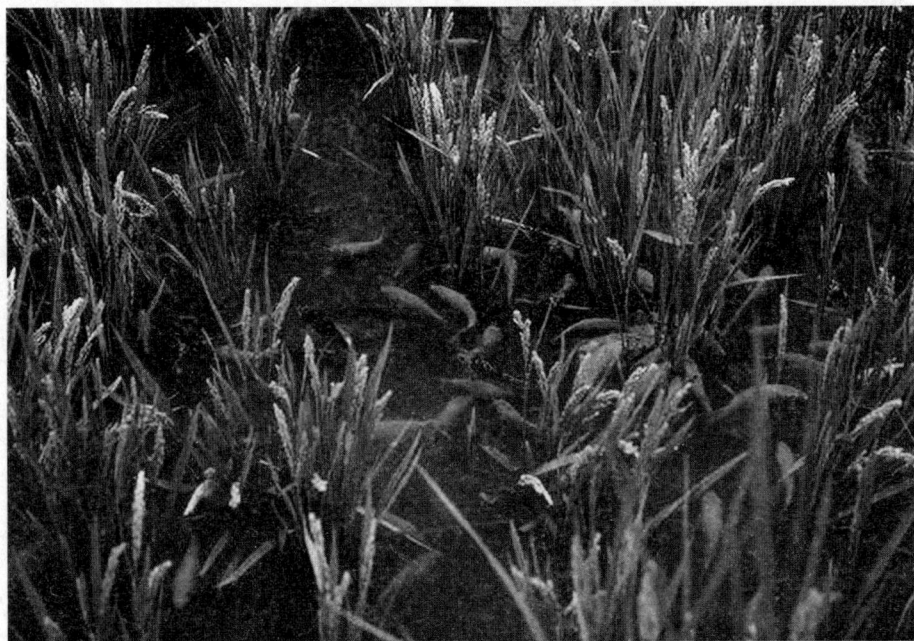

稻田养鱼（摄于 2022 年）

朱罡挑选两条最大的红鱼送给张老，张老喜笑颜开地直夸赞，张姐紧赶着端来洗脸水，递上雪白的毛巾，看着朱罡憨憨的笑容，心里的甜蜜像满山的映山红在坡上肆意地绽放。

这天大塘家家户户飘起浓郁的鱼香味，路过的人不由滋生了汩汩的口水。

第二年春天，村里每一块绿稻秧中都游着红田鱼，鱼吃掉田里的小虫和掉落水面的稻花，鱼产下的粪料养肥稻子，传说稻田鱼就这样世代流传。

夏尽秋初，新凉遍体，急雨唰唰收残荷，梧桐晃晃一叶惊。

"你这死鬼，破灯笼碰到回头风，终是被这双手害死！"大家又听到了阿福嫂的大声号叫。阿福出去打赌，欠了不少钱，这次被借高利贷的人追杀，逃上房顶，掉下来摔断了腿。他低垂着头，像一只斗败的公鸡。

阿福嫂红着双眼，头发乱蓬蓬，坐在地上哭喊："娘呀，我的命怎么这么苦？有娘有人靠，冇（没）娘尽命熬。嫁个死男人瘫在床上，死坑不用打坟井（死了不用葬），这日子怎么过呀……""不要太难过，大头三个长大了，像三个威武的将军，什么活都能帮着干，阿福哥躺在床上不会去打赌，也是好事。"雅娇帮阿福打着膏药。阿福犹如一个面团，阴沉着脸，任由雅娇翻来覆去。

"我就是命苦，这个死男人只知道打赌，一点点钱都送到赌场去，家里穷得草袋儿载白鳝生——滴卤（很穷），孩子们手长衫袖短。我一直想造三间房子，哪有钱……"阿福嫂讲起讲不歇，东山上西山落。

"他呀，也是六月戴天帽烂了自己头，你不眙（看）僧面，眙佛面。不看阿福，看孩子，把这个家料理起来，新房能造起来的。"阿顺嫂拉起阿福嫂。

"吃蛇人冇（没）鳗落镬里爻（不可能有余钱）。"阿福嫂自顾自抱怨着，没看见大头正怨恨地瞪着她。

雅娇想起自己明年可以开造大瓦房，舒出了一口长长的气。

"老不死，小不死，杀千刀的快起床！"一大早，阿福嫂的骂声又尖利地划破黎明。她老了一圈，花白的头发蓬乱得像一堆枯黄的茅草，双眼浑浊不堪，脸上的皱纹一层叠着一层，像山上的沉积岩。

"你不要讲话打栋柱映板障（含沙射影），每天骂个不停干什么？"大头出来对着母亲大吼一声。阿福嫂第一次发现儿子长大了，比她高出两个头，仰起头才能看见儿子，儿子正用凶狠的眼神瞪着她。"哦，吃饭了。"她的声音明显低了几分，从此，大家再没听到她的叫骂声。

大头兄弟三个成了泥水工，天天勤勉出工，没进赌场，阿福嫂照顾着床上的阿福，倒一天天显得精神了，原先层层叠叠的皱纹反而平服一些。几个月后，人们惊奇地发现阿福被大头抱到门口晒太阳，阿福嫂拿来椅子让他坐起来。

这天轮到朱罡放羊，他把羊赶到石鼓山上，看着大大的石鼓发了呆，都说有人敲动这个石鼓，鼓声能号令天下，谁有这么大力气呢？

"你好悠闲，什么时候带我去采水菱？"芸儿不知什么时候来了。

"好！"朱罡想起上次跟大胖、张姐没捕成虾，干脆一起去。

"说话算话，不要嘴里只管说，又是刀鹰拉个屁——影消消。"芸儿拉起一根草茎放到嘴里。"不会。"朱罡红了脸。"我也去。"大头不知从哪里冒出来，他偷偷喜欢着芸儿，正跟在后面。

"前面有一大片野草莓，小杨梅一样大。我们去摘吧！"芸儿拉着朱罡的手往山上去。"我放羊呢！你跟大头去吧！"朱罡挣脱了芸儿的手。

"没事，就一会儿。"芸儿拽着朱罡不放。"去吧，就一会儿没什么大不了。"大头接嘴。他知道，只有朱罡去了芸儿才开心，朱罡只好跟去了。

一路上芸儿吧嗒吧嗒讲个不停，大头听得入神入味，朱罡不时想着坡下的羊，不要出什么岔子。

山坡上果然有一大片莓子，娇艳欲滴，红彤彤的圆果子像红宝石，放到嘴里，一股甜甜的汁水瞬间喷涌四溅。

等他们吃好莓子下来，朱罡慌了，羊群不见了。他和大头、芸儿山上山下寻找着，找得上气不接下气，终于在山脚找到了羊群，几只调皮的羊偷吃了路边田里的秧苗，朱罡把羊群赶回坡上。心想：回去问问是谁家的，该赔偿他。

等他回到家里，发现大事已经不好了，家门口挤满了人。

第九章

朱罡练武把仇报　门当户对良缘定

朱罡赶紧摘下斗笠，疑惑地拨开人群挤进去，发现里史带了一大群人正在兴师问罪："眠床底角吃糯柿也有人晓得（要想人不知除非己莫为）。你儿子放羊吃了我的秧苗，怎么赔偿？"

里史的一身黑绸衣衬得脸上那块大黑斑更阴沉，满脸横肉随着怒气一上一下地抖动。"对不住啊，对不住啊！"雅娇一再鞠躬赔礼。"不要讲起花开恁，结果水洗恁（说得好听）。就说说怎么赔？"里史不耐烦地瞪着雅娇。朱罡大踏步上前："来个干脆，你说怎么赔。""好！明白人！你的羊吃了我一亩秧苗，一亩稻子产四担谷子，三粒板两条缝（很清楚），赔四担谷子！"里史

大塘平顶箬笠（2022 年摄）

掰着手指头。

"哪里吃了一亩，只是啃了路边几株，我们一起去数数。"朱罡盯着里史。"哟呵，愣头小子翅膀长硬了，小子，你家忠信都不敢这样对我说话，你得叫我一声爷爷！我说四担就四担。"里史口气坚决。

"该多少赔多少，乱说一气就什么都不赔！"朱罡一字一句地说，不顾雅娇拼命地使眼色。"赔，我们赔。"雅娇低声下气地说。

"狮子大开口就是不赔！"朱罡挺直腰板，不顾母亲不停地拽他衣袖。

"让我看看你的身子板有多硬，给我打！狠狠地打！"里史一只脚踩在凳子上，双手上下挥舞着。一群把式如狼似虎地扑上来，对着朱罡拳打脚踢，朱罡用胳膊抵抗着，无奈单线难成绳，寡单不敌众，不一会儿就被打得趴在地上，鲜血顺着他的嘴角慢慢流下来，滴到地里。

"小子，你是刚出土的小豆芽，还嫩得很！四担谷子，一粒都不能少，明天送到我府上。"里史张嘴嘎嘎地大笑，露出两排大黄牙，甩甩手臂，扬长而去。"不赔，就是不赔！"朱罡咬着嘴里的血，使劲往喉咙里咽。

"我们胳膊拗不过大腿，鸡蛋碰不过石头，不要跟他对着干。"雅娇心疼地扶起朱罡，抓把草药煎起来，帮他擦洗，边擦边落泪，"唉，要是你爹在，事情不会这样……"林大先生和大娘子跑来了，心疼地说："罡儿，不要跟那样的恶人斗，疯狗咬我们一口就算了，忍一忍，吃不尽。我们有谷子赔的，你被打了，我们才心疼啊！""他不能仗势欺人，明明吃了几株，却说一亩，真是信口雌黄！"朱罡心有不甘。

第二天一早，雅娇把四担谷子送到里史府上，大娘子守在朱罡身边，给他打着扇子。"此仇不报非君子！"朱罡紧紧握住拳头。

"你们村里史这么可恶，我去灭了他！"大壮听了朱罡遭遇，砰地竖起木棍。"不用，君子报仇十年不晚，我要苦练武功，把大黑斑打得趴在地上！他成日里作威作福，恃强凌弱，算什么里史？"朱罡拱了拱手。

张姐知道了，心疼得红了双眼，又不好表现出来，只能默默地忍住。张老叹着气直摇头，"总有一天，我要报得此仇！"朱罡信心满满。张老还是摇头："冤冤相报何时了？"张姐倒是亮起了眼睛。心里暗想：报，一定要报仇！

张老手拿书本，徐步巡视。"子曰：三军可夺帅也，匹夫不可夺志也……"朱罡跟着伙伴高声朗读，心想：要为君子，还是勇当先，等着长大太慢了，得先练武，让自己强大起来。

天蒙蒙亮，朱罡对着桃树练着飞毛腿，傍晚从学堂回来，又对着沙袋练铁砂掌。

芸儿走来一看，扑哧地笑了："你这样练上一百年都没用，练武功不是多打几拳就行，就像你天天在学堂读书，名堂大得很！跟我爹练吧，他的拳脚可不一般。"

朱罡看着自己血淋淋的手脚，点点头。他跟芸儿回了家，阿顺一向喜欢朱罡，爽朗地说："好呀，你一个读书郎学点武功，就是文武全才，长大能报效国家。不过，我得告诉你：第一要坚持，不可半途而废。不可冒进贪功，学武讲究慢火出细活，基本功不扎实，什么招数都没用。也许一扎马步就是一两年。第二，学武只为防护自己，保家卫国，不能臭显摆，切忌三脚蛤蟆儿趵儿趵儿（学艺不精瞎卖弄），更不能欺负他人。"朱罡郑重地点点头。

雅娇知道了，忙不迭地拎来两只大公鸡，让朱罡跪下拜阿顺为师。

阿顺叫他扎马步，朱罡就认认真真地扎马步，早晨扎一个时辰去学堂，晚上学堂归来又练一个时辰。几天过去，就能头顶一碗水纹丝不动。

屋檐下一排排晶莹透亮的冰锥融化了，滴滴答答的水儿流下来。没几天阳光已暖洋洋，莺儿唤日，燕儿哺雏。

"罡儿，想不到你几月蹲的马步是我几年的工夫，我现在教你五步拳。"阿顺欣喜万分地说，他完全想不到朱罡是个罕见的武术奇才，进展如此神速。

他缓缓蹲下身子，悠悠迈步出来，五步后，双手迅速出拳，"砰"的一声，树上的叶子被纷纷震落下来……朱罡双眼一眨也不眨地看着，脑门都看得发亮了。五步拳是阿顺多年观察猛兽捕食后揣摩出来的，前后左右挪移五步后迅猛发动攻击，抓住要害，置人死地。

没几天，朱罡就练成了五步拳，这也是阿顺想不到的。他想：过不了多长时间，他就没有什么可以教给朱罡了。

这天，朱罡在阿顺院子里练着五步拳，练着练着，功夫转移到了脚上，前后左右挪移，"啪"的一声，飞速上前，右脚一踹，"轰"的一声，矮墙塌了个大口子，一大堆砖头碎裂了。"好厉害！好厉害！"芸儿啪啪地鼓掌。朱罡涨红了脸，向芸儿拱拱手。"不过，你得替我们家砌墙了，踢掉很痛快，砌回去不容易哦！"芸儿吐了一下舌头，往屋子里跑去。

朱罡出门找青砖，青砖一听拍手叫好："罡儿威武，好武功！没事，我们家有的是青砖，只管搬，要多少有多少！需不需要我帮忙？""我能行。"朱罡低头搬砖。心想：这一腿，力度可以了，速度还得再快一点。

他弯腰忙活了一整天，看着崭新的小矮墙，心里有了一个主意，跑到村口找到阿顺。阿顺正跟旺太公聊天呢！

"师父，我们后半路太难走了，坑坑洼洼，天晴还好，下了雨，泥泞不堪，一个个小水坑，像满脸的麻子，难看不说，一不小心摔倒，全身的泥水滴滴答答地往下流，要多难过有多难过，我们把它修一修吧！"朱罡直直地盯着阿顺。

"这个好是好，整条后半路可不短，再说关系到这么多人家，大家会不会有什么想法？旺太公，你说呢？"阿顺转头问旺太公。"挺好呀！想不到朱罡小小年纪，心里装着大家伙，真不愧是忠信的孩子，林家药堂的后代，一心仁义！自古以来，铺桥修路就是最大的善事。我觍着一张老脸做一回主，明天开干！"旺太公今年八十七岁，身板笔直，声如洪钟，站起身子用力一顿拐杖，一言九鼎。

第二天一早，阿顺带着弟子在后半路上忙活了，有些人家打开门愣怔一下，立即"啪"的一声关上门；有些人家有点不解，歪着脑袋看半天；也有人没好气地说："哟呵，真是天出门，太阳从西边升起来，门前新屋的贵人屈尊到后半路来做善事！"朱罡一听，不由得一阵热血上涌，放下锄头，想要上前理论，阿顺一把按住了他。

旺太公一顿拐杖说："是朱罡了不得，小小年纪就想到跟师父一起替大家修路，有力出力，不出力快滚开！"

没人再吱声，有人捋起袖子上来帮忙，呵呵傻笑的拐脚来了，紧紧跟随的对亏也来了，有的搬石头，有的摆石头，有的修石头，有的运泥土……

看着朱罡忙前忙后，脸上的汗水滴滴答答往地上流，阿顺的嘴角露出微微的笑意，他递给朱罡一块毛巾："擦把脸吧！""不用。"朱罡抬起手臂随意擦了一下。阿顺想：罡儿如果能当我的女婿真不错，跟芸儿也挺相配，只是上杆子的亲不好提，等等看吧！

三天后，路修好了，平平整整的像刚织好的麻袋，大家都觉得惬意，再不用担心雨天了。更为奇妙的是，从这以后，门前路、中央路和后半路之间的往来似乎多了起来。

旺太公看看这条平坦的路，又看着迎面走来的朱罡，恍惚间，看见了忠信的影子。

正是：

修路为善好点子，众人共同来出力。

平平整整多踏实，来来往往真方便。

"罢儿，我们比画一下。"眼看要出师了，阿顺想试试朱罢的武功。"师父，我怎么能跟您过招呢？"朱罢缩着身子，连连后退。"没事，来吧！"阿顺摆开阵势，转悠起来。朱罢只得勉强跟上，只见他们你攻我守，我往你来，一招一式地比画起来。师徒两人，一个宝刀未老，如威武大蟒离岩洞，呼呼喷气力，一个年轻气盛，似勇猛青龙跃津波，哗哗展雄风。

阿顺一个猛虎扑食，窜到半空犹如一座高山压下来，朱罢闪在一旁，趁势对个半山砍柴，双手带风往师父腰间伸去；阿顺纵身一跃，灵活地跳出朱罢的手掌心，顺势来个擎天一柱，朱罢机敏地回应釜底抽薪……

几个回合下来，阿顺已是气喘吁吁，朱罢却是风头正好，他钢铁铸就般的拳头呼啦啦凌厉出击，右腿刷啦啦一扫，阿顺一个踉跄扑倒在地。朱罢赶紧扶起师父，连声道歉。阿顺呵呵笑着说没什么，心里却得意着呢，弟子胜过了师父，青出于蓝胜于蓝呀！倒是外人知道了，都笑话阿顺："这么实诚，怎么没有猫教大猫（老虎）——留一手？一年时间就被徒弟打倒在地！"

战胜师父，朱罢算是正式出师了，日子如水哗啦啦流去，他依然每天勤奋练武。

一日，雅娇让朱罢到田里看看，水太满了放掉一点。朱罢刚把缺口打开，里史就拄着拐棍来了，他今年四十二岁，有的是力气，拄着拐棍是表明身份贵重。

"你怎么把水往我家田里放？"里史气势汹汹地质问。"水总是从高处往低处流，不往下面放，往哪里放？"朱罢理直气壮。"小子，上次没把你教好，今天好好教训一下，让你知道皇天后土在哪里！"里史举起拐杖向朱罢敲来。

朱罢不慌不忙地侧身一躲，里史用力过猛，身子一斜摔倒在地。"哎哟，哎哟，馒头最大也大不过蒸笼，你这小子，反了，反了，看我怎么教训你！"里史张开双臂迅猛地向朱罢冲来，就像老鹰在岩石上磨好尖爪，凶狠地扑向猎物。

说时迟那时快，朱罢快步上前抓起里史来了个"老虎背猪"，里史被

"啪啦"一声掀翻在地，甩出一丈多远。

"你这奶毛没干的小破孩居然敢对我动手，真是活腻歪了，忠信穷小子墙边草碰到搭横雨（穷人好运气），捡到仙女样的林雅娇，生出你这个孽障，胆敢以下犯上……"里史气得头顶冒烟，破口大骂。朱罡听到父母被辱，怒从心头起，恨不得把牙齿都咬碎了，快步上前，提起拳头，飞起脚尖，打打踢踢，几圈下来，里史的脊背、胸脯、肩胛、胁肋、脸颊、头额……无处不着拳脚，只空得个舌尖儿。

里史只觉脑袋嗡嗡，像做了个水路道场，磬儿、钹儿、铙儿一齐响起来。"啊哟，啊哟！"他只剩下叫唤的份，过了好一会儿，挣扎着想爬起来，也起不来，把式扶着他才站起来，他边喊边揉着屁股。

"还不快上？你们这些饭囊衣架，唯知饮食。给我打！往死里打！打死！打死！"里史声嘶力竭地狂喊。两个把式冲着朱罡飞起一脚，朱罡往后一闪，两人踢空了，朱罡前后左右挪移五步，五步拳如幻如影，如闪如电，"啪啪"两声，两个把式倒下了，躺在地上好一会儿，才像蜈蚣一样蠕动着爬起来。

"窝囊废，一个黄牙未退的小毛孩都搞不定。"里史捡起拐棍带着手下一瘸一拐地往村里跑去，"你等着，看我怎么收拾你！我不信了，青天白日下还有没有王法？"

"我等着！带多少人来都没关系！"朱罡鼓起腮帮子，双手放在嘴前，做成一个大喇叭对着里史喊。

阿顺带着徒弟赶来了，朱罡站起来对他拱拱手："师父，对不起，我惹事了。你们回吧，我等着他们，横也三扁担，直也三扁担。"

"没事，里史欺下瞒上，横行乡里，该收拾一下。你一个十四岁的小孩，对付不了。"阿顺吩咐，"我们围成一个花瓣形，教训一下，不能出人命……"

话未说完，里史的大部队抄着棍子刀子恶狠狠地来了。"给我打，往死里打，打死一个赏钱十贯，打伤一个赏钱两贯。不知天高地厚的臭小子，记住了，明年的今日就是你的忌日！"里史高喊着，一张脸涨得通红，那个大黑斑更显得乌黑如鸦。

他们把朱罡等人紧紧围成一圈，棍子刀子犹如一道道疾风闪电迅猛地砍来。阿顺等人往后一闪，不急不缓，悠悠转五步，若隐若现的拳头带着呼呼的风儿飞来，只见刀子棍子纷纷落地，把式们趴在地上捧着肚子嗷嗷叫。

朱罡苦恨遭毒打，苦练武功一年整。
再遇挑衅不相容，大仇得报快人心。

朱罡使出连环腿，人们看不见腿，只见一阵阵狂风扫落叶般卷来，犹如鲸鲵出水腾巨波，更像蛟龙潜渊吐长气，势如飞马，疾似流星，五六个人如同面粉袋飞出去，扑扑倒地。围观的人纷纷鼓掌，里史气急败坏地喊："废物，都是废物！"带着手下匆匆逃走了。

"你这招可没见过，快教教我们！"师兄弟纷纷围住了朱罡。"好啊！"朱罡爽快地答应。阿顺拍拍手，微笑着离去。

人们都说里史逮自个臀儿扎起勾人笑（搬起石头砸自己的脚），还有人唱：夹活劂，勾脚踔，众人面前头难抬。堂堂正正做个人，多做好事严正色（要正规做人，多做好事）。

从此里史老实不少，不再头翘起鸱鹈惩（很高傲），看人也不再白多黑少。

正是：

> 朱罡苦恨遭毒打，苦练武功一年整。
> 再遇挑衅不相容，大仇得报快人心。

春吹和风，夏刮熏风，秋扫金风，冬卷朔风，十五岁的朱罡从张老学堂学成归来了。

柳叶闲闲地问："罡儿学业已成，我看芸儿漂亮又勤快，要不要上门提亲？"雅娇利落地把竹匾上干瘪的前胡挑出来扔掉："那敢情好，我也觉得芸儿不错，见到我，婶儿婶儿地叫，可亲热，人看着也喜气。"雅娇眯着眼笑了，终于到了朱罡成亲的时候。

"林家和朱家就罡儿一个，芸儿的屁股大，能生儿子，多生几个，让两家香火都兴旺起来。"柳叶用手往上一举，好像香火真的旺起来了。

柳叶提着礼物到阿顺家一说，阿顺满口答应。他早看上朱罡了，练功不省力气钻研出连环腿，还一心为公，算是心想事成。

雅娇乐得满脸笑意怎么也掩饰不住，烧了一大桌菜，打来一壶酒，把这件大喜事郑重地告诉朱罡。

不料朱罡却是紧紧抿嘴不言，雅娇知道他不乐意，想起当年自己违逆父母，坚持嫁给忠信，思来想去，还是问问他的意思。

这一问雅娇愣住了，儿子竟然喜欢张老家的张莹——大户人家的掌上明珠。她跟柳叶一说，柳叶也直跺脚，想不到英明一世，篮儿挈倒爻（事情办砸了）。

"张莹出身大户人家，知书达理，大门不出二门不迈，朱罡很有眼光，只怕是天罗瓜挖白扁豆——攀不上。你的事，我肯定帮到底，无论如何跑一趟！"柳叶无可奈何地摊开手。"你是砖砌的喉咙，着实又光又溜。不用你，还用谁？"雅娇嗔笑着。

张先生一听提亲，摸着细髯沉吟：林大先生医术高超，为人谨慎。朱罡在张府学习三年，志向高远，勤奋刻苦，言谈间有养济万人之量，怀扫除四海之机，就一口答应了。

雅娇和柳叶喜得眉梢飞舞，咧开的嘴怎么也合不拢，林大先生和大娘子也激动得不行，雅娇的婚事那么波折，想不到朱罡的婚事卵配粥恁——便当显（很顺利）。

雅娇备上厚礼难为情地到阿顺家赔礼，阿顺倒畅快，说捺鸡娘孵不得鸡儿，强扭的瓜不甜。姻缘天定，自有月老红丝牵好，雅娇千恩万谢。

"这事齐全了。能和张府结亲，真是仙大的福缘，海深的善庆。赶快把大瓦房造起来，明年造好，就把天大的好事办了。"雅娇满怀憧憬。

柳叶直拍手叫好："对，把大瓦房造起来，风风光光迎娶张家小姐。"

"我去约工匠。"阳光下，雅娇笑成了一朵灿烂的秋菊。她的面前浮现出了忠信描绘过无数次的大瓦房，貌美如花的张莹坐着花轿进了大瓦房……

"我得把好消息告诉忠信和公婆！"雅娇想。

林大先生和大娘子更乐得不行。第二天，雅娇就把东西搬到中央路，林大先生和大娘子兴高采烈地来帮忙，他们早盼着一家人能一起吃，一起睡，雅娇很要强，总要自己扛着。

朱罡遇见阿顺，依然恭敬地鞠躬喊师父。阿顺也豁达，拍拍朱罡的肩膀就走。

正是：

> 喜滋滋生连理枝，美甘甘缔同心结。
> 正待新房落成时，美美满满姻缘成。

黄梅时节家家雨，江南的梅雨季空气湿漉漉的，老司干不了活，雅娇想：干脆把挖好的地基先放着，等天晴定了再开工。

第十章

朱罡救下朱多星　大旱施粥保众生

大耳朵的生意越做越大，造了新房，娶了老婆，生了四个儿子，日子过得有滋有味。看雅娇的新房暂停，就带朱罡去跑船。在福建，朱罡看到海边渔民也是生活困顿，沉重的税收和徭役、贪婪的渔霸压得他们喘不过气，暗想：父母官怎么都不为百姓想想呢？

"砰"的一声，靠近码头，大耳朵的船撞到了坑古扁担的船，扁担今年二十，瘦高瘦高，力气大得很，挑起多沉的担子，气不喘，脸不红，大家就叫他扁担。"走远点！"朱罡用船桨推开扁担的船，船一歪斜，扁担把握不住，直往后倒退，恰遇后面来船刹不住，两船用力相撞，竟把船头撞了个大窟窿。

"干什么呀？"扁担被甩下水，气得吹胡子瞪眼，一把拽住大耳朵的船。"对不住，对不住！"大耳朵连声道歉。"说句对不住就好了？船都破了，你看不见吗？"扁担气愤地问。"我又不是故意的，大不了赔你银子。"朱罡嘟嘟囔囔了一句。"不是故意就有理了？有银子了不起呀？"扁担的脸涨得通红。他在底下一摇晃，大耳朵和朱罡也像饺子一样掉入水里。

"你到底想干什么？"朱罡怒气冲冲地用船桨拍水。"哟，原来是朱罡，你会点三脚猫功夫就了不起？打败里史就可以像螃蟹一样横着走了？叫什么朱罡，不如叫朱横，横着走的猪！""哈哈哈……"江上一片嘲讽的笑声。

"你怎么能这样侮辱人？"朱罡双手握拳，一条条青筋暴露在薄薄的皮肤上，像粗壮的蚯蚓扭动着身躯，想要钻出来。"啊！"他大叫一声，举起船桨朝扁担挥去，扁担像一条泥鳅敏捷地钻到水里，船桨砸在扁担的船头上。只听"啪"的一声，小船裂成了两半，一船的绸缎落到水里，东游西荡，像一只只五彩的小船……

"你赔！全赔！"扁担一把拽住朱罡。朱罡又要挥拳打去，大耳朵死死按住了他。

"放心，该赔就赔！"早有人飞奔去报信，雅娇和阿顺赶来了。

"他说话不干净，狗嘴里吐不出象牙。"朱罡涨红了脸，呼呼地喘着粗气。"砸坏了别人的船就要赔偿，倾家荡产也要赔。"雅娇一字一句地说。

"孩子，我教你学武的第一天就告诉你，学武除了强身健体，就是要为他人着想，保四方平安。否则，一身武艺就成你害人的工具了。"阿顺语重心长地说。

朱罡低下了头，扁担快快地向雅娇和阿顺鞠了个躬，众人忙着一起打捞绸缎。第二天朱罡跟雅娇把钱送到扁担家，诚心地赔礼道歉。他回来时看着刚挖好不能上升的地基才后悔不迭，才想起张老说的，有勇有义仁为先，才是真君子。

朱罡心中有愧，就在家里抢着干活。这天，他背着一捆木柴从石龙头上下来，就听到一阵急切的叫唤声："救命啊！救命啊！"他近前一看，顿时义愤填膺，二话不说，快步冲了上去。

原来三个汉子正对一个白面书生下手，搜遍全身只有几个铜板。汉子们觉得晦气，对着书生就是凶狠地拳打脚踢，书生紧护头部，连呼救命，鲜血从嘴角流了出来。

朱罡一上手就是五步拳连环腿，把三个汉子揍得跪在地上直求饶，连问："英雄好汉尊姓大名？"朱罡拍拍手上的灰尘说："我坐不改名立不改姓，大塘村朱罡。""佩服佩服！"汉子们连连拱手。"还不快滚？"朱罡大喝一声。三个汉子哆嗦着放下抢来的铜板，像被饿虎追着一般，一溜烟跑远了。

朱罡扶起书生，"我早听说大塘朱罡天资聪颖，拳脚了得，久仰久仰！"书生捡起铜板，恭恭敬敬地说。"不敢，不敢。请问兄台尊姓大名？"朱罡看此人面相白净，双眼灵动，话语轩昂，有一吐千丈凌云之志气。"免贵姓朱，名多星，我是青田人士。"朱多星鞠了个躬。

"哦，此去公干？"朱罡问。"我到泽雅拜访朋友，能跟好汉相识，今生有幸！"多星感激不已。"你有没有受伤？到舍下一聚，如何？"朱罡挽起他的手。"没什么，只是些皮肉之伤。"多星装作没什么，摆摆手。"我外公是永嘉医派传人，我娘能搭脉开方，家里药材也很多，不如到我家看看。"朱罡拉着他就走。

"好，好汉，留步！"三个汉子跑回来，弯下身子，低眉顺眼地看着朱罡。"干什么？还不滚得远远的！"朱罡怒目而视。"好汉息怒，我们想跟你学功夫。"为首的对着朱罡不断作揖。"学了功夫去祸害更多的人？"朱罡的嗓音提高了。

"不，不是，我们也是普通百姓，家乡遭了洪灾，想出来混混，可惜方斗大的字也不识一升（识字少），找不到活，饿得受不了，就想打劫点银两，哪知遇到了好汉。希望您能收下我们，您指东，我们绝不敢往西。如有违反，天打五雷轰！"三个汉子举起食指齐声对天发誓。

"一盏灯光箩子大，只照得前面照不到后，做人一定要善良，一张床四只脚，半夜想想自己，半夜想想别人。好吧，跟着我，就不要叫好汉，叫阿罡吧！"这些话林大先生和雅娇不知道跟他说了多少遍，朱罡自然脱口就出。

"好汉说得是。不，不，阿罡说得对。"三个汉子点头不迭。

三个汉子跟在朱罡身后，学学武艺，也帮着采采草药、干干农活。林大先生看见他们五大三粗的样子，就连连皱眉，总说要留心，搭着唔好伴，一世勾狗赶（交朋友要慎重）。

雅娇给多星一检查，发现筋肉伤得不少，就让多星在家里住下，给他煎点三七喝，又贴了膏药。言谈间，朱罡发现多星懂得风俗，知晓民情，凝眸知阵法，仰面识策略，于是搬出床底下的书，跟他一起阅读。

想不到箱子里有兵书，朱罡和多星越读越有兴致，好像进入了玉皇大帝的宝山，越挖有越多的宝藏，讲得唾沫横飞不过瘾，就拿一些小石子摆弄起来。一边摆放，一边讨论，时而激动得面红耳赤，时而瞪得双眼像铜铃，时而跺脚叹气……

看他们斗得不亦乐乎，林大先生又是连连摇头，盼望着多星能早回青田，朱罡安心学医才是正道。

门前水儿往前流，太阳东升西落，一个月过去，多星就要启程回青田了。

晚上雅娇烧了一大桌菜，桌上摆着家里祖传的林家熏鸡。别的地方做熏鸡直接放在火上熏，林家熏鸡放在锅子里烧。

雅娇从未见朱罡如此开心，心里乐得不行。忠信早逝，尽管有外公和众多叔叔，孩子还是憋屈不少，有个知心伙伴总是好事。

午饭后，她把药堂交给林大先生，就埋身厨房里。先把鸡用热水过一遍，加上红糖、白糖和茶叶，用小火烧两三个小时，把汤汁烧干，再剩下红通通的炭火烤半个多小时，整个屋子里弥漫着浓浓的鸡肉香味，夹一块放进嘴里更有一种特别的嚼劲，满口留香。

家门口刀豆绿油油的藤蔓爬在架子上，开紫色的小花，花落后长长的豆角垂挂下来，比一只手掌长得多，两个手指并拢这么宽。雅娇把它切得薄薄的，煮熟晒干，绿色的豆子变得白白的，用水煮过，凉拌起来很爽口，还补肾呢！还有绿得发黑的油冬菜、脆中带粉的山药、雪白的大萝卜，这萝卜比小凳子还要高，一切开，汩汩的汁水就往外冒，经了霜更香甜。桌上也少不了大娘子酿的糯米酒，色泽金黄，酒香四溢。也由此，八盘五碗的家宴菜渐渐流传了下来。

"多星兄，认识了你，我又打开了一扇门，读懂了祖传书籍，还演习了军阵！来，干一杯！"朱罡与多星干了一杯。"不客气，你姓朱，我也姓朱，五百年前是一家，你是我的救命恩人，你娘帮我养好了身体，不知该怎么感谢你！"多星端起酒杯一饮而尽。

"你这一走，我们不知什么时候能再相见！"朱罡恋恋不舍。"人在江湖走，就像两片树叶在水上漂，有缘总会再见，来，我敬你！"多星举起酒杯与朱罡重重地碰在一起……

当晚，两人彻夜畅谈，直到鸡鸣时分，才稍稍合了一下眼。

"我送你一程，万一又遭遇歹人怎么办？"朱罡拉着多星的手舍不得放下。"放心吧！我遇到歹人就报出朱罡的名号，看谁敢动我一根毫毛？"多星爽朗地笑了，露出两排整齐的白牙。

朱罡送出大马路，还想往前送。"回吧，送君千里终将一别！"多星按住朱罡的手不让他再送。"多多保重呀！"朱罡一再嘱咐。"会的，我们总有一天会相聚的！"多星朝朱罡挥挥手，大踏步往前去。

"保重啊！保重啊！"多星慢慢远去，从背影变成一个小黑点，从小黑点到再也看不到，朱罡还站在那里，久久张望着，心里默念："弟兄送别在半途，自此分离心思孤。只为金兰情谊重，几多徘徊意踌躇。"

正是：

> 山上相救遇知音，谈天谈地谈兵法。
> 不散筵席终无有，别时已盼再聚时。

几个月后，等到三个汉子稍有学成，朱罡便让他们回乡找亲人去，毕竟

朱氏家宴菜（2022 年摄）

八盘： 藤桥熏鸡　鳗鲞　农家白切肉　羊尾　胶东　鱼饼　花蛤　苦槠豆腐

五碗： 桂花年糕　酒炖河鳗　咸菜全鸡　红烧田鱼　桂圆莲子羹

有父母兄弟，怎能成天在外面瞎混。看着几个闲人都走了，林大先生才吁了一口气，这下罡儿总算可以静心学医了，想不到又出了大事。

都说天光头乌云障，下半日晒死老和尚。谁也想不到，这个夏天特别热，不知是谁得罪了老天，让他关闭了水闸，炽热的太阳终日挂在天上，烤得大地蔫蔫的，像渴睡人的脸。腾腾热气蒸人，万里乾坤如瓦甑；茫茫四野无云，千山风寂如泥瓮。林中鸟雀无声息，只撺进林深处；水底鱼龙鳞角落，直钻入污泥中，直教石虎喘无休，便是铁人须落汗。旺太公也说，自小就没见过这么热的天。

路边草儿干枯萎黄，东倒西歪地倾斜着。田里裂开一条条口子，像小小的沟壑，黑黝黝的泥土变得发白，稻子打成卷，像藏着很多小虫子，越卷越细，变得枯黄一片，丢下一点点火星，就能燃起一大片火苗来。

一年过去了，还是没有雨，田里颗粒无收。家家米缸见到了光溜溜的底，山上的野菜都被吞到了肚子里。

"娘，城里有大户搭棚施粥，我们也施粥吧！"朱罡攥着拳头。"可是，这点积蓄是为你和张莹造大瓦房的，是你爹一辈子的心愿呢！"雅娇端着罐子舍不得。"我有的是力气，钱可以再赚，让大家活下去最要紧！"朱罡举起双臂，蹦出饱满的肌肉，就像年轻时的忠信。

"罡儿说得对，我们的棺材本也拿出来，大家活命最要紧。"林大先生也回房端出罐子。

"来，慢一点。"朱罡举着勺子给大家倒着一勺勺粥。"好人呢！忠信走了，朱罡有出息了！"朱大娘不断念叨着。"是呀，罡儿出息了！"阿福嫂转眼看着身材魁梧的大头，大头也在帮着施粥。她欣慰地想：大头也有出息了。

排队的人越来越多，朱罡舀出来的粥越来越薄，直到再也没了。雨还没有下，人们把树皮剥下煎起来，喝汤汁，啃树皮……

"你竟然让我吃土？"阿福呸地吐出来，大声咆哮着。"没办法啊，山上几乎不见绿色，苦菜、繁缕、马兰头、野芹菜、野芝麻、野苦麻不见踪影，椿树叶都被摘光了。大头好不容易找到一些榆树叶，我把它加在观音土里。雅娇说，观音土也是药，小孩积食了，加一点点在薄饼里吃下去就好了。"阿福嫂耐心解释着。

"以前是人死了吃土，现在是人活着也吃土。"阿福叹了口气，"这雨还不下，谁都活不下去！"

阿福瘫了后，大头当了家，阿福嫂攒了一笔钱准备造房子，可惜遇上饥荒，又吃进了肚子。大头说，没关系，兄弟三人再赚。

石龙头里的水流早干了，天天有人在这里烧香，雨还是没有下。

"里史，麻烦你上报温州府，让朝廷发放赈灾粮，大旱两年了，村里要饿死人了。"朱罡恳切地请求。看着朱罡往这边来，里史赶紧把手里的馒头藏到柜子里。"早上报了，皇恩浩荡，免了两年赋税，不然的话，我们还要上交钱粮呢！"里史看着朱罡还是心有余悸。

"减免赋税不能解决根本问题，你要像镬灶佛爷直直报（一直上报），请求朝廷发放赈灾粮，让百姓渡过难关，有命才能种粮食交钱粮。"朱罡继续请求。"难道皇帝老儿坐在高高的金銮殿，不管百姓死活吗？"大胖接嘴。

"朝廷会发赈灾粮，从京城下来，需要时间。赈灾粮下来，我会第一时间分给大家。大家先回家耐心等候，少安勿躁。"里史心想：一定要把这些人稳住，全冲过来抢粮就完了。

"要不，向老天求雨吧，让陈十四娘娘看看，满眼焦黄、遍地干枯的情景，求她发发慈悲，让龙王给我们下点雨。"朱罡想了一会儿，又向里史请求。"也好，也许娘娘看见了，会给我们降下雨。"旺太公不知什么时候来了。"还是德高望重的旺太公来主持吧！"里史讨好地看着旺太公。"好吧，明天锣鼓队准备好，做几个野菜窝头，娘娘应该知道大家没有米粮了，只要心思诚恳，就能叩开她的心扉。"旺太公一一交代。

第二天一早，大家来到第一堂，锣鼓喧天，旺太公带领众人拿着三根香跪在陈十四娘娘面前拜了三拜，对娘娘诉说："大慈大悲的陈十四娘娘，大塘和周边村子，一连两载遇干荒，草子不生绝五谷。大小人家糊口难，十门九户皆哭泣。十停饿死一停人，还有九停似萤烛。娘娘佛法广大无边，若施存雨济苍生，愿奉供养酬厚德！"说完，旺太公又带领众人恭谨地拜了三拜。

锣鼓队开头，众人抬着陈十四娘娘到村里绕行一周，让娘娘亲眼看看，晒得发白的土地、干枯的茅草、光秃秃的树木、飞扬的尘土……再把娘娘轰轰烈烈地送回第一堂，一排排坐在门口等待哗啦啦的雨水从天而降。

天空湛蓝湛蓝的，一丝白云像一条轻柔的丝巾，悠悠地挂在天空。大家都紧紧盯着天空，双眼看得发酸，还是没有乌云来，天还是湛蓝湛蓝，像一块刚刚染好的布。

大旱之年天绝雨，庄稼枯死处处白。
家家粮仓欲告罄，林家兜底来施粥。

102

"也许晚上就有雨了，我们先回去吧！"旺太公站起来。"也好，大家也累了，回家等吧！"朱罢也站起来。那天晚上，大家都睡不着，满心期待哗啦哗啦的雨声，可是这一夜除了微微的风儿吹过，什么也没有。

第二天，没有雨，第三天，还是没有雨，一天天过去，雨还是没有下。

朱罢再次来到里史家，怒问里史："你没看到村里的人正一个个饿死吗？赈灾粮到底什么时候到？皇上为什么眼睁睁地看着子民饿死，却没任何作为？""知府大人做了什么，为什么任由我们挨饿？"大家一个个怒火中烧，对着里史狂吼。

"赈灾粮马上就到，大家再等等！"里史努力安慰着。他家的米缸也要空了，再没赈灾粮，他也要饿肚子，村子要变成无人村了。

"赈灾粮到了！赈灾粮到了！"里史敲着锣，趾高气扬地走在大塘村的石板路上。大家来不及穿好衣服鞋子，就欣喜若狂地拿着箩筐赶了出来。"皇恩浩荡呀！皇恩浩荡呀！"大家对着京城方向千恩万谢地跪拜着。

"一人一斤粮，几个人口几斤粮。"里史站在台上维持秩序。"一人一斤粮，这能吃多久呀？下一批赈灾粮什么时候到？"朱罢大声询问。"皇上眷顾我们这些小如芥菜籽儿一样的百姓，眷顾我们这些卑微的子民。这批赈灾粮耗费了多少人力物力才到这里，先领走吃着。不想要，就分给别人了！"里史看着朱罢有点恶狠狠了，心想：这小子不知天高地厚，什么事都有你的份，你想干吗？

"大家领吧！"朱罢挥挥手。不管怎样，先把这部分粮领到手，滚芥投针，杯水车薪，也能解决几天肚子问题，大家多久没接触到白米粥，都想不起来它们是什么味道了。

这天晚上，家家户户都飘出白米粥的浓郁香味，尽管数着颗粒放进锅子里，分到的大米还是很快就一粒不剩了。

朱罢又找到里史，请求他再次上报朝廷开仓放粮。"我问过多次，知府说上报了，等着吧！"里史坐在椅子上，拖着一根长长的旱烟管，拖长了声调，心想：尽管截留了一些救济粮，我家也快没粮了，该到哪里找，我也愁着呢！

一天天过去，朝廷再没有救济粮下来，不知是发放的时候太多粮食被当权者半路截留，还是此次受灾面积实在太大了。

天还是湛蓝湛蓝，白云还是轻飘飘的一缕。田里裂开的缝隙可以塞进一只脚，再这样下去，村里要饿死多少人？朱罢郁闷地来到石鼓山上，他真想用力敲起面前的石鼓，呼唤朝廷，救扶挣扎在死亡线上的乡亲。

他的双臂对于一丈见方的石鼓来说，太小太小了，他举起手试了一下，连叮咚声都没有，只是手部传来一阵疼痛。

他坐在石鼓下，看着远方一片萎黄的泥土，不知如何是好，渐渐地有点困意袭来，迷迷糊糊地睡着了。

忽然，他的面前出现了一个白胡子飘飘的老和尚，用慈和的嗓音呼唤着他。

第十一章

朱罡石鼓得神谕　挖井引渠抗大旱

老和尚捋着白胡子说："孩子，快带大家挖井。""井水都快干涸了，哪里还有水？"朱罡难以置信。"该有的地方自然有。"老和尚慈祥地说。"那地方在哪里？"朱罡霍地站起来，激动地看着老和尚。"最远的就是最近的，最近的就是最远的。"老和尚自顾自念着。

"最远的最近的到底在哪里？"朱罡一拍脑袋，醒了过来。他揉揉眼睛，面前只有自己，还是湛蓝的天空，还是昏黄的大地，还是一丈见方的石鼓，似乎什么也没发生，可是老和尚的话语明明白白地进过耳朵。

他在戍浦江边转了大半天也找不到什么地方可以挖井，江里的水几乎被晒干了，只在一些地方还有浅浅的一层。一个个水井像奄奄一息的病人，随时可能断了那一口游丝般的气，渗出的一点点水勉强够吃喝，刷洗只能随便应付一下。

大胖和大头仰头看着朱罡，就像看着一头焦躁不安的棕熊。朱罡在院子里来来回回转了几十个圈子，把脚下的地踩得密密实实，也想不出究竟。

大胖看着心烦，一跺脚说："干脆在自家院子挖挖看，没有水就当作松土了。""对，自家的地别人也管不着。"大头憨憨地笑了。"也好。"朱罡叹口气后点点头。三人抄起锄头就干开了。

听到院子里噼噼啪啪的声音，林大先生赶紧跑过来一看，脸都气青了："你们干什么呀？真是婴儿作笑，不知轻重。这是我养了五年的五针松，被你们几锄头就活生生毁了呀！""我们要挖口井。"朱罡忙得头也不抬。

"瞎胡闹，平时不烧香，临时抱佛脚，旱成这样，哪有水？快停下来！"林大先生急得双手拼命挥舞。"我们试试看，不行的话，把你的五针松按原样栽回去。"大胖抹了一把汗水，继续挥起锄头。

"乱来，哪有井挖在家里？把井挖在村外是避免井水被人们的生活污染，谁家里会弄个水井？"林大先生像在角斗场被硬拽回来的大黑牛，喘着粗气，呼呼地喷着鼻子。"让他们试试吧!"大娘子和雅娇出来了,只要朱罡做的事,她们都赞同。

"你们这样宠着孩子真是无法无天,把井挖到自家院子里来!我看你们也是瞎忙活,整块大地都烤焦了,哪里还能冒出水来?"林大先生摆摆手,无奈地进屋。

三天挖下去,能摸到润湿的泥土了,越往下挖,水分越足,朱罡三个越挖越兴奋,哼起了小调子。

听到这个消息,高个和青砖也来帮忙,他们从溪边运来很多石头,说要砌井石头得先备好。

青砖是挖泥土的头把好手,只见他先在掌心吐一口唾沫,再高高挥起锄头,用劲一挖,就撬起一大块泥土,不一会儿,底下就积起一大堆泥土,挖着挖着,站在地上就看不见他的身子了。高个忙着一趟趟往外面运泥土。

芸儿从舅舅家回来,也加入传递泥土的行列,大头一见芸儿,就咧开嘴憨憨地笑了,他沉醉在芸儿那双蒙蒙眬眬的眼睛里不能自拔。可芸儿从没拿正眼瞧过他一下,芸儿的眼里只有朱罡,他一直默默地跟着芸儿,能看到芸儿,就是莫大的幸福。

大头端着泥土过来,生怕蹭着芸儿,想小心翼翼地绕过去,偏偏芸儿跟朱罡开玩笑,正转过身,半筐泥土哗啦一声倒在芸儿身上,她大喊一声"哎哟",后退两步,正想瞪起一双凤眼开骂。

大头涨红了脸庞,像被雨淋的蛤蟆,呆呆怔怔,不知如何是好。看着大头呆若木鸡的样子,芸儿扑哧一声笑了,轻轻掸掉身上的泥说:"没什么,我也是来干活的。"她突然对大头有了一种特别的感觉。

大头四方脸庞上一双大大的眼睛忽闪忽闪,全身上下都是鼓突的肌肉,一抖一抖,浑如生铁打成,疑是顽铜铸就。芸儿知道他是个不错的泥瓦工,技术了得,还挺实诚,不惜力气,人们都喜欢请他做工。更重要的是,因为他的怒喝,阿福嫂不再骂骂咧咧,瘫在床上的阿福也得到很好的照料,家里的日子一下子过得平和喜悦了。

她抿嘴一笑,腮边一红,羞涩地接过大头手里的竹筐,大头看着芸儿转怒为喜,生平第一次用脉脉含情的眼光看着自己,狂喜得全身的每一个毛孔都迸发出前所未有的力量,直想跳入戍浦江好好畅游一番,可惜江上几乎干涸,他已经好久没浸过水,每个细胞都渴盼着水分的滋润。此刻,因为芸

大旱三年遍地枯，食尽草叶树皮苦。
力挖两丈得灵泉，自此敏思驻大塘。

儿的深情一瞥，他的全身滋润了，沸腾了，说不出的兴奋在整个身子里游走着。

芸儿看着大头手臂上汩汩冒出的汗水，冲过灰尘流成一条小河，心里升起一阵暖暖的爱意，很想伸手去擦一擦。大头看着芸儿那双蒙蒙眬眬的眼睛，就像六月荷塘里泛起的薄雾，加上满脸的害羞，就是一朵半开的红莲，更是升腾起满满的爱意，只想着把全世界都捧到她的面前。

可是，此时他只能拼命抑制住一颗疯狂跳跃的心，与芸儿无声地传递着泥土，两人默契地传递着，越传越有心思，那泥土似乎变成了珍贵的礼物，不管是递还是接的手都变得柔情似水，都变得心意绵绵……一瞥眼一触碰都是无尽的蜜意在心头哗啦啦地荡漾、绵延、流淌……

挖到第六天，有两个人那么深的时候，一股清亮的水流突然冒了出来，就像一条晶莹的小龙抬起了神气的头。朱罡舀了一碗传上去，给林大先生尝一尝，甘洌的泉水混合着泥土的芳香，林大先生难以置信地抿了一小口，眨了眨眼："咦，怎么有点甜呢？"大家轮流尝了一小口，都不住地点头："甜，真的有点甜！"

水流汩汩地冒上来，就像在漆黑的地底下等得太过着急，这下通了天眼就争先恐后地冒出来，翻滚出一串串大大的水泡，就像水在底下被煮沸了，急匆匆的水流一下子漫过了人们的小腿，等到井圈里的石头砌好，水快满到地面了，不过，一到那个位置，就不再上升了。

雅娇招呼大家都来喝清亮的井水，大家都说有点甜，有的用清凉的井水洗洗头洗洗脸，顿时觉得神清气爽。

朱罡把林大先生的五针松小心地栽到院子角落，挖了一个深深的大坑，让大胖把五针松端端正正地扶着，铲厚厚的泥土盖上去，再用锄头把一圈泥土拍得严严实实。林大先生眯着眼睛看了看，满意地点了点头。

说也奇怪，这口井挖出来后，村外八口井也滋滋地冒出水来，第二天一早，八口井全都是满盈盈的水，一尝那水，也有了一点点甜味，捧起来洗一洗，也爽心豁目。

更为神奇的是，此后，大塘村九口井的水都这样满盈盈，不管遇上怎样的大旱都不干枯。走累了，还是走热了，掬一捧洗一洗，都会心旷神怡。

旺太公呵呵笑着说，朱罡在自家院子里挖井，无意中打通了龙脉，龙脉里的水出来，自然非同寻常。大家都说："朱罡真不简单，难怪他娘怀了一年半，就是天上的星宿下凡无疑！"

林大先生更开心，大笔一挥，为这口水井起名为：敏思井。希望从此以后大塘出来的孩子都能才思敏捷，灵如泉涌。

正是：

> 大旱三年遍地枯，食尽草叶树皮苦。
> 力挖两丈得灵泉，自此敏思驻大塘。

村外八口井已各有用处，这口井身处林家药堂，大家一致决定用来熬药。林家药堂用敏思井的水熬药，其他人也用这里的水熬药，朱罡准备了一个小木桶，用一个大树杈挂在井口上，人们都用这个小木桶打水。

大家都说，有了敏思井的水，林家药堂的药也变得更灵了。

就在这一天，天空出现了几片乌云，那几片乌云逐渐显得有分量，颜色慢慢变得乌黑，变得沉重，在天边徘徊着，久久没有离去。拐脚呵呵傻笑着

保留完整的大塘千年古井（2022 年摄）

喊："乌云来了，乌云来了。""对兮，对兮！"对兮紧跟其后。

大家抬头一看，不由得扔下手里的东西，惊喜万分地奔走相告，纷纷叫喊："老天开眼了，老天开眼了！"有的赶紧到两棵苦槠树下烧香祭拜，有的急匆匆到第一堂连连磕头，还有更多人希望用家里的绳索来拽住这几块沉甸甸的乌云，也有人不停地祈祷不要来风，无论如何不能把乌云吹散。

傍晚时分，沉重的乌云遮住赤晃晃了三年的太阳，滚滚雷声轰隆隆地响起来，从东边到西边，又从西边到东边，就像有人推着一个大木桶在楼梯上滚来滚去；噼啪噼啪，雪亮的闪电一道道闪过，白煞煞的，似乎世界末日就要来临。谁也不想回家，心里都欢喜得要发狂，一个个跪在苦槠树前，嚅动着干裂的嘴唇，默默地向上苍祈祷："快快下雨吧！快快下雨吧！"

忽然，豆大的雨点刷啦啦地砸向地面，溅起一阵阵白色的灰尘，灰尘里还带着滚烫的阵阵热气，向人们扑来。

"下大些，再下大些！"人们还在不停地祈祷。雨点逐渐连成了一条条粗壮的麻线，又像无数箭头迅猛地射向地面，溅起一片片水花。

没人往屋里躲雨，大家兴高采烈地脱掉衣服，甩掉鞋子，在水里尽情地唱着跳着，任由雨水淋遍全身，有的直接仰起头，让雨水哗哗流进嘴里，喉结一上一下地吞咽着雨水；有的接起一捧雨水直往喉咙里灌；有的把湿漉漉的头发甩来甩去；有的举起手臂挥舞着衣服……

"感谢上苍普降甘霖！"旺太公对着石龙头连连磕头。"感谢上苍普降甘霖！"朱罡对着石鼓山喊叫。大家跟着一遍遍传颂。

雨还在密密层层地下，哗哗啦啦地下，人们只见枯枝上斜挂玉玲珑，干草间乱滴透珍珠。不一会儿，就见高山翻下千重浪，低凹平添白练波。六街三市水流遍，东西河道条条满……

几场雨后，土地润湿了，宽宽的沟壑没有了，泥土焕发出黝黑的光泽，变得松软，变得肥沃，滋滋地冒出油来。人们活像被扔在外面的蚯蚓，一碰到泥巴就连头带尾地钻进地里，忙着松土、耘田，巴不得尝尝新泥是咸还是甜，恨不得躺下试一试地面舒适不舒适，大家激动得把每一寸土都翻起来，每一块土疙瘩都细细打碎，一块块地耙得平滑又顺溜，就像姑娘刚梳洗好的头发。

朱罡急急找到里史："里史，田地已耕好，等着种子下窝，请你想想办法呀！""我能有什么办法？你也知道，我家也揭不开锅。"里史无奈地说。"请求朝廷开恩给我们发放种子吧，我们空着土地，也没法上交皇粮呀！"朱罡一屁股在凳子上坐下来。"皇恩浩荡，朝廷已给过救济粮。"里史摇着手。"借过来也行啊！"朱罡一点也没有站起来的意思。"好，好，我去想办法。"里史可不想朱罡生根在自己家里碍眼，出门上报了。

几天后，朝廷借贷了种子，人们欣喜若狂地把种子埋进温软湿润的泥土里。没过几天，大地就改变了颜色，一片片绿油油的秧苗在稻田里随风摇摆，人们一个个喜上眉梢，走路踢踢踏踏有声有力，说话也是响响亮亮。

翠绿的石榴树上绽放出一朵朵鲜红的花儿，在五月的阳光下，显得格外夺目，鲜艳得直逼人的眼。

"石榴花儿开，喜事就要来。"青砖放下手里的铁锹，甩了一把汗。"罡儿，跟你娘说，别一点点存钱了，就用我们家的青砖，想用多少用多少，高个和大耳朵也愿意帮忙，上山砍木头，做木工，大家帮着把大瓦房造起来，早点把你跟张家小姐的婚事办了，我跟你柳叶姨等着喝喜酒呢！"

"不急，我才十八。"朱罡端起一叠砖坯往架子上摆。他嘴上说不急，心里可急呢，又是好长一段时间没见到张姐，他多么希望早一天与她成亲，长相厮守呀，可是后半路的房子还是个黑黢黢的地基呢！

"十八，早是成婚年龄了，我十八岁生下双胞胎了。不是三年大旱，不是把积蓄用来施粥，你家后半路的新房早矗立在村口，说不定你和张家小姐都有孩子了！"青砖摸摸光头，呵呵笑着。

"我娘的性子你也知道，她希望自己赚钱造房子，说这样的房子住得踏实，不能欠人情，常说来是人情去是债。"朱罡转身抱起一叠砖坯，往架子上摆。

"唉，你娘的性子也是，就是一股子牛劲，几匹马都拉不过来！"青砖用铁锹撬起一块青泥。

"叔，这次一旱农田就晒干，也表明我们缺乏灌溉。"朱罡转移了话题，"我们做青砖，挖出这么大的水塘，干脆再从山边挖两条水沟，把水流并在一起，引来灌溉农田，剩下的水可以积留在大水塘里，大水塘挖得深一点，大一点，这样就不至于一晒就干，一旱大家就没粮吃。"

"好，这样就有备无患了，还是你小家伙考虑得长远。"青砖放下铁锹，坐了下来。青砖把这事跟阿顺一说，阿顺连声赞同；朱罡把这事跟大胖和大头一说，他们更觉得朱罡说什么都有理。

黎明的曙光刚刚照亮天空，这群年轻人就上山下塘地忙开了，路过的人们都能看见他们一个个干得汗流浃背，大家也愿意上去搭一把手。

两个月后，他们挖了上垟河和下尾河两条水沟，全长两公里，水流聚集的地方形成一个很深的水潭，一块小石子扔下去，得好一会儿才能听到声响，把一根长竹竿伸下去，拼命弯下腰，还够不到底，这个大水塘有四五间房子那么宽，十来间房子那么长。更喜人的是，每年三四月，这两条水渠里就有成群的鲤鱼往上跳，人们一抓就是 大桶。

几百年后，这两条水沟还在哗啦啦地滋润着稻田，水塘被填埋了一部分，还有一部分闪着盈盈的水波。

"我们都到藤桥舂米不太方便，山上下来两股水流汇成一股，有一定的冲击力，干脆造个大水碓，来这里舂米就方便了。"朱罡站在水塘边看了看，又有了新想法。

"挺好，挺好。"阿顺一听也连连点头。他想：朱罡的脑子灵活，又肯为大家着想，真是不错，可惜做不了女婿，不过，徒弟也可当半子。

朱罡和高个从石龙头上砍下几根木头，做了两三个人那么高的大水车，咕噜咕噜地在大水塘边转动起来。朱罡有次在洪水中看着急流推动一根树枝旋转的时候，就想着也做这样一个水车，到藤桥一看就明白水车该怎么做了。

水车推动连着石锤子的木头连杆，连杆带动着石锤子一上一下捶打着石臼里的谷子，大家都拿谷子到这里来舂。人们把这个水塘叫黄塘碓，黄塘碓逐渐成了一个热闹的所在，姑娘媳妇在舂米时打打闹闹，夜晚在水车的咕噜声里，还有人在这里悄悄相会。

正是：

> 朱罡大旱得启示，引水灌溉田变活。
> 挖渠汇成黄塘碓，世世代代利庶民。

大头和芸儿一有空也到黄塘碓，芸儿觉得朱罡脑子灵光，却是天罗瓜打鼓，眙得用不得（丝瓜打鼓不实用）。还是大头实在，水性极好，能在水里憋很久，一抓就抓上一条活蹦乱跳的鱼儿，一摸又能摸上一大把螺蛳。虽说有点憨，很多时候需要点一点，拜一拜（点拨一下才明白），但什么都听芸儿的，芸儿感到前所未有的满足。

阿福嫂带着聘礼到阿顺家提亲的时候，阿顺愣了一会儿，不过看着大头把这个家管理得稳稳当当，不像阿福当家时北斗朝南怼，十个坛子九个盖，盖来盖去缺一个，就爽快地答应了。阿福嫂看着芸儿，就像仙女进了门，乐得梦中都笑出了声。心想：只要运气好，不要天光早。里史感叹着：想不到阿顺家那么水灵的姑娘，便宜了大头，真是糟爻索面糟爻卵，糟爻黄鱼当中段（糟蹋了好东西）。

看着一片片椭圆的叶子从橘树上乐滋滋地冒出来，枯黄的果园一点点变绿，阿海乐得整张脸笑成了一朵花，笑着笑着，又蹲在地上哇哇大哭起来，他想起前年成片成片掉落的小橘子，至今还心疼呢。

清波滚滚，绿水滔滔，转眼到了收获的季节，一个个谷穗沉甸甸地压弯了腰，朱罡摘了一个，用两手搓一下，谷壳掉落，谷子挺着圆滚滚的白肚皮，颗粒饱满，他看着一片黄澄澄的稻田欣慰地笑了。这下大家终于过上白米饭碰着鼻头尖的好日子，老天没有薄待百姓，三年旱灾后送来如此丰硕的年份。

"海叔，你家橘子有好收成了！"朱罡迎面遇见了阿海。"是呀，是呀！难得好收成，卖掉橘子可以给大胖说个亲事，你帮着劝一劝。"阿海笑呵呵地说。

大胖还是喜欢着张姐，看哪一个姑娘都不顺眼，怎么也不肯结婚，这让三代单传的阿海急得直叹气。

"好呀，好呀！"朱罡真心想找大胖聊聊，大头眼看要当爹，自己也很快要跟张姐成亲，只有大胖还是孑然一身。

看着朱罡忙里忙外地做了几件大事，林大先生颇感欣慰，不过还是希望朱罡少在外面奔来跑去，一心学医为好。

"开会了，开会了！有重要指示，有重要指示！"里史敲着锣大声叫喊着，从村头走到了村尾。

第十二章

朝廷加税百姓苦　朱罡发誓救张姐

"什么指示？"阿海和朱罡都心里一紧，隐隐有种不好的预感。

"皇恩浩荡，减免了赋税，还给我们发放赈灾粮，借贷种子，让我们平稳度过了三年大旱。感谢上天眷顾，赐给我们一个丰收的年份。"里史在台上站定，哼了两声后，大声地宣布："新皇即将登基，为了庆祝，我们的赋税上涨两成，报答朝廷的高情厚恩！"

"上涨两成，我们怎么活？粮食还没到手就交出去，还种什么地？""不行，不能上涨！""不能上涨，我们要吃饭！"朱罡响亮地喊了一句，大家都举起拳头跟着喊，喊声惊动了苦楮树上的喜鹊，一大群呼啦啦地飞起来，震得枝条也跟着剧烈地摇晃起来。

"这是圣旨，不服从也得服从，不要敬酒不吃吃罚酒！"里史看着群情激奋的人们声色俱厉地说。心想：又是忠信家小子带头，本是林家药堂之后，也算是本分之家，变龙变凤由你变，为何乜变成蛏子（长坏了）？这小子不像忠信，绝不是善茬，最好找个理由把他绑了送到温州府衙关起来才行。只是林家药堂在村子里的威望太高，得慢慢想个法子。

"这几年有几个新皇登基？一个要上涨赋税，另一个又要上涨，我们一年到头，在地里劳心劳力，一个肚子也吃不饱，算什么世间正道？"

"原以为下半年能吃饱肚子，哪知道聋人听放炮，这么一下子就好了，又成了泡影，就是猴头打筋倒，只替丐儿妆人家（替别人干活了）。还没摸到白米饭就有人抢走了！"大头摸着扁扁的肚皮说。"是呀，这下又吃不成了，说上涨就上涨，说涨多少就涨多少，简直就是明着抢劫。"大胖紧握拳头。

"朝廷不顾百姓死活，当官的只知道骑高马耍大刀，坐高堂不办事，自肚饱不晓得别人镂漏（只顾自己吃饱不管别人死活）。知府大人能不能来这里看看，我们从死亡线上活下来，就等着今年的粮食救命呢！"朱罡义正词严地说。

"朝廷皇恩深厚呀！不仅减免赋税，还开仓放粮、借贷种子，不然的话，

114

你们拿什么播种？你们这群刁民，就想死捏着手里的粮食不放。今年的赋税标准已经定下来了，谁家想抗命，府衙大牢等着你去坐穿！"里史挥挥手，不想说了。"散会，散会！"他拿着敲锣的棒子不耐烦地驱赶着大家。

田野上的谷子一片片黄澄澄、沉甸甸，像给大地铺上了一层厚厚的金地毯。大家看着饱满的稻穗，心里涌起的不再是满心欢喜，而是万般无奈。收割时，一颗心比稻穗还沉重，这么多粮食要上交，下半年能吃上几顿饱饭？这样的大丰年，眼看又要饿肚子。

发愁归发愁，把金黄的谷子挑回家哗哗地倒在谷仓里，看到谷仓里有了实实在在的谷子，雅娇还是觉得心情舒畅。

秋天就是收获的季节，桂花树上金灿灿的是金桂，淡黄色的是银桂，别看它们的个子小，跟米粒差不多，千万朵花儿开满枝头，几乎盖住了椭圆的树叶。院子里，路上，整个村子都沉浸在浓郁的桂花香里。雅娇在树底下垫一块布，把掉落的桂花收集起来，既可以做药，祛痰止咳、行气止痛、活血化瘀，还可以做糕点泡茶煮汤圆。

仰义渔渡石钟山，流传是朱王鼓、钟、锣相呼应的钟（2022年摄）

"你又要攒钱造大瓦房吧？好不容易攒得差不多，又在三年大旱施粥散尽，要不还是先给罡儿成亲？林家药堂这么宽敞，还愁住不下一个新媳妇？"柳叶呵呵笑起来。

"钱要攒起来，后半路的瓦房也要造起来，那是忠信的遗愿。在后半路的新瓦房里娶新媳妇也是忠信想看到的，这是罡儿的妻子，更是张府的大小姐，要风风光光地迎娶，可不能随随便便地锅灶下打铁——土端（随便应付）。"雅娇幻想着张姐迈进后半路崭新的大瓦房，自己的嫁妆在大瓦房里齐整地陈列着。

"那也是，你一向有主意。"柳叶顺手帮雅娇整理着晒在门前的桂花。村里，家家户户的门口都晒着桂花，一片一片金黄金黄，远远看去，整个村子漂浮在金色的海洋里。

"知道吗？朝廷又发行新的纸钱了，以前的钞棒不能换银子和铜钱了。"朱罡刚从地里回来，端起水瓢正咕嘟咕嘟地喝水，就听大胖推门进来气急败坏地说："这就是把我们的钱越变越小，不是想着法子从老百姓手里抢钱吗？"朱罡接嘴道。他生气地放下水瓢，水瓢在水缸盖子上重重地顿了一下，溢出一大片水花。

"我爹今天到城里换钱，才知道换不了了。朝廷是强制我们用纸钱，纸钱越用越小。"大胖恼怒地说。"我娘还想攒钱造大瓦房，这钱像开春融化的冰块，越变越小，怎么都造不成了。"朱罡叹了口气。

"这日子没法过了，大地主的佃租说涨就涨，皇粮也一样，原来朝廷还号令地主减租，现在也废除了，土地死死地捏在几个人手里，种田的人没有地，有地的人不种田，我们走投无路了。"大胖也叹了口气。

"得人者昌，失人者亡。明宗皇帝一年龙椅还没坐满，死得不明不白，老百姓不知皇族争斗的是是非非，但是不管谁当皇帝，得把百姓温饱放在心里呀！"朱罡一下子想起五岁时许下的誓言，以前只想着有力量，现在有了一身武艺，旱年施粥、修建沟渠，算是有仁义，自以为成了一个真君子，可还是没能让大家吃饱。

"权贵一心享乐，哪在意百姓死活？"大胖握紧拳头，用力地捶在桌子上，"砰"的一声，水瓢里的水又溅出来，洒了一圈，"他们没有乐民之乐，也没有忧民之忧，天下慌慌，黎民倒悬。扬汤止沸，担雪填井，如汤泼蚁，不如釜底抽薪，溃痈虽痛，胜于日日养毒。中原有个郭菩萨替天行道，很多人跟随，没路可走了，我们也起来反抗。"

"反抗，拿什么干？老百姓没有铁器，几户人家共用一把菜刀，又规定众人不得聚集。这事得好好思量思量，怎样才能让耕者有田种，老幼有饭吃，大家有安安稳稳的日子过。"朱罡坐了下来。

"这……"大胖一下子不知道说什么好了，就伸手挠了挠头。

"先说点现实吧，大胖，你爹想你早日成家，让他抱孙子呢！"朱罡用拳头捅了一下大胖。

"我不想娶，我想就这样一个人过。"大胖满脸的怒容一下子消失了，变得怅惘、迷茫。脑海里浮现出张姐美丽的身影，心里却是一片凄苦。

"你爹就你一个儿子，你不成家，他怕自家断香火呢！"朱罡有点着急了。"你早点跟张姐成亲，不要管我了。"大胖定了定神，诚恳地看着朱罡，幻想着朱罡娶了张姐的情景，他多么希望娶张姐的是自己呀……

大胖知道自己这辈子与张姐无缘，还是成日里惦记着她，学堂结束了，不能随便上张府，心里熬得很苦，今天他得了宝物就乐颠颠地跑了。

三人同学堂念书三年，本就熟稔，张姐已与朱罡定亲，偶有见面，张老也不阻拦。

"你看，我给你带了什么？"大胖手握拳头伸到张姐面前。张姐正坐在秋千上呆呆地看着盆里的兰花，几只白色的小蝴蝶围着兰花嗡嗡转着，好似紫色的兰花又多了一重白色。大胖拜见了张老，放下一担瓯柑，就忙不迭地把宝物送给张姐。

"什么呀？"张姐很好奇。"你肯定猜不出来。"大胖不停地眨着眼睛。"明说呗！"张姐的身子往后一靠。大胖一脸无奈地张开手。"呀，珍珠，哪来的？"张姐惊喜地叫道。她见过珍珠，可这么闪亮这么圆润的珍珠还是第一次见到。

"我打下一只南飞的大雁，从大雁嘴里得来，许是从哪个达官贵人的府上叼来的，专门送给你。"大胖憨憨地说。"哦，以后可别打大雁了，鸿雁传书，正用它们呢！"张姐想：好久没见朱罡，真是想念呀！也许可以尝试一下鸿雁传书。

"好的。"大胖点点头，憨憨地应着。手握弹弓是他最大的爱好，可张姐说不要打了，那就不打了。

"这么贵重的礼物，留着给你未来的妻子吧！"张姐连连摇手。"这是我送给你们的成亲礼物，收下吧！"大胖直直地看着张姐。"收下吧，这是大胖的一份心意。"朱罡也来拜见张老了，当然也是为了看看张姐，几天不见，如隔好几秋呀！

"太谢谢了！"张姐一听朱罡的声音，一股甜蜜涌上心头，满脸幸福地转向他，"阿罡，你说我拿它做什么呢？"大胖心里一沉，一阵阵难过又不能在脸上表现出来。

"做一对耳环吧！你的耳朵小巧可爱，戴上它绝对好看！"朱罡看着张姐娇俏的耳朵、白皙的后脖颈。他能想象到张姐戴上耳环光彩夺目的样子，一定明艳得如同天边的朝霞。

"嗯，做耳环。"张姐满意地点点头。"听说古代皇后娘娘才能戴珍珠耳环呢，现在，张姐要成皇后了！"大胖脱口而出。"别瞎说，要被砍头的。"张姐两手做个砍头的动作。"现在不会了，珍珠变得普遍了。"朱罡宽心地说，"趁热打铁，明天我带你到温州府做吧！早就想带你去温州府了。"朱罡的脑海中张姐已经戴上了闪闪发光的珍珠耳环。

"哇，太好了！"张姐兴奋地跳下秋千，想要一头扎进朱罡怀里，又不敢，就直直地站着。五岁初遇朱罡，听他滔滔讲述温州府的时候就无比憧憬，十多年过去，这个愿望终于可以实现了！

她跟张老一说，张老起先不同意，说大家闺秀不能轻易抛头露面。张姐说成亲以后更不能任意行事，再说，有朱罡陪着，万事周全，就勉强同意了。

看着张姐双眼放光芒，欢呼雀跃，大胖心里五味杂陈，张姐开心，他就开心，可是他多么希望自己带张姐去温州府，而不是朱罡啊！他越想越难过，只能默默走开了。

"这两颗珍珠好闪亮，像天上的星星一样。"张姐反复看着珍珠，爱不释手。阳光照射在珍珠上，闪烁着熠熠的光芒。朱罡看看珍珠，又看看张姐，不禁出神了。他想到了与张姐一起生儿育女白头偕老，从此永不分离，身上每一个毛孔都开放了，前所未有的兴奋在身体里四处游走。得好好感谢大胖呢，送了一份大礼，一转头，不见了大胖。"咦，这小子什么时候走的？"朱罡有点疑惑。

"阿罡，阿罡！"朱罡正坐在门口想着明天带张姐逛温州府的美事，只听有人急急地叫唤。回头一看是浓眉。"快跟我去藤桥吧！周先生在家里摔倒，起不来床，直叫唤你呢！"朱罡跟林大先生立刻动身去藤桥，一转身想起了与张姐的约定，就让外公与浓眉先行一步，他去找大胖商量，跟张姐怎么说不至于让她太过失望。

大胖一听心里美得不行，这是天上掉下来的好机会，能与张姐一起去温州府，减十年寿命他都愿意，连连说："你快走吧，放心，有我呢！张姐如果愿意，明天我陪她去！""谢谢！谢谢！"朱罡对着大胖拱拱手。他想去跟张姐说一声，想想先生那边等着呢，就直奔藤桥去了。

朱罡前脚一走，大胖后脚就欢天喜地地到姜村报信，张姐一听脸色一挂，恰似六月的丝瓜，拉得很长。转眼想想，周先生摔倒了，朱罡一下子也回不来，大胖送来的珍珠，让大胖陪着去也好，歪着头思虑了一会儿，就爽快地点头答应，脸色也好转了。

朱罡到了藤桥，看见周先生躺在床上，脸色苍白，他的尾椎骨断了，林大先生给他打了药饼。不过，只能瘫在床上了，伤寒痊愈不久，学堂刚刚开起来，又要关闭了，朱罡和浓眉、大鼻子等围着他默默垂泪。

周先生也是老泪纵横："唉，五十知天命，天命之年无法实现天命啊！子曰：仁者不忧，知者不惑，勇者不惧。为师老矣，无能矣！朱罡已在张老那里学有所成，以后靠你们了，罡儿，希望你担当起重任呀！"说着双眼一红。众人一片唏嘘。"可是，可是……"朱罡说不下去了，只好点点头。

半夜时分动身，大胖乐滋滋地跟张姐走了七八个小时山路，天大亮才到温州府。

张姐第一次进城，看什么都像刚上岸的鱼儿——新鲜。温州府房屋齐整，铺面轩昂，买盐卖米，酒肆茶坊，鼓角楼台处处通货殖，旗亭候馆个个挂帘栊。看着琳琅满目的商品，张姐双眼发直，一匹匹绸缎摆满货架，像天上的彩虹，赤橙黄绿青蓝紫，鲜艳耀眼；鞋铺里绣花鞋上的花儿娇艳欲滴；一幅幅瓯绣明丽动人，牡丹花瓣上丝丝缕缕的条纹清晰可见。

糯软的松糕，棕褐是红糖糕，雪白是白糖糕，吃到嘴里，香甜可口；霉干菜肉饼散发出浓郁的肉香味，直钻人的鼻孔，他们觉得饿了。

"我们吃碗鱼丸面吧！"张姐本想吃馄饨，看到鱼丸面就改主意了。"好呀！听说温州府的鱼丸很不一般，纯白如雪，很有韧性，咬起来滋滋响呢！"大胖不假思索地说，他昨晚从父亲的钱罐里摸来一大把钱。今天，张姐想干什么，他都会毫不犹豫地答应。

两碗热气腾腾的鱼丸面端上来，一条条雪白的鱼丸，映衬着碧绿的香菇菜，还有碎碎的小葱花漂在面上，带着黄色的细姜丝，色香味俱全。"哧溜哧溜!"不一会儿鱼丸面下肚了，张姐觉得从没吃过这么鲜美的面条。

"我们到前面看看哪里有银铺子做耳环。"张姐摸着圆溜溜的肚皮，心满意足地说。"好啊。"大胖应声而答。"阿罡说得对，好逛不过温州府，逛了温州府，我死也甘心了。"张姐欢悦地迈出店门。

"我看看珍珠放哪了。"张姐从兜里掏出珍珠，正想低头看看，想不到"砰"的一声，有个人撞到她身上，两颗珍珠滚落到地上。

"珍珠，我的珍珠!"张姐大叫着。大胖低头去捡，发现珍珠被一只胖胖的手捡走了。"呀，好漂亮的珍珠!"一个胖乎乎的男子站在面前，拿着珍珠。"还我的珍珠!"张姐伸手去拿。"哟呵，好俊俏的姑娘!比珍珠还美，谁说这珍珠是你的?"男子抬起下巴反问。"你怎么能在光天化日之下抢别人东西呢?"张姐生气地质问。"明亮的珍珠确实配娇俏的美人，我可以把珍珠还给你，前提是你跟我走。"男子邪魅地笑着。"你是什么人?为什么平白无故让人跟你走?"张姐摸不着头脑。

"带走!"男子一声令下，四五个人如狼似虎地扑上来拉走了张姐。"张姐，张姐!"大胖拼命叫喊。

这批人起脚就跑，大胖边喊边使劲追赶，眼看要追上了，这批人竟然跑进了府衙，府衙两扇通红的大门吱呀一声关上了，门口站岗的士兵拿着长矛气势汹汹地拦住了大胖。

大胖难过得心如刀绞，气愤得全身发抖，又无可奈何。他飞速跑到藤桥告知朱罡，朱罡一听，天塌下来一般，全身发冷，心乱如麻，又不好让先生知道，就编了个理由出来。

想不到自己一时处理不周，造成如此严重后果。假如不去找大胖商量，让张姐等几天又如何，自己匆匆忙忙走了，也没能见上张姐一面。千错万错都是自己的错，朱罡真想狠狠地扇自己几个耳光，转念一想，现在不是慌乱的时候，还是先回去告诉张老。

他俩跑到姜村告诉了张老，张老急得一张脸成了画师的调色盘，一会儿青，一会儿白。原想让女儿跟朱罡出去见见世面，哪知道是大胖半夜带她走，还遭遇如此祸端。

他知道温州知府姓吴，相貌堂堂，却家境贫寒，被手握重权的老丈人相中后，平步青云，在官场得风得雨。

知府的夫人长得扎扎实实，人说就是一个肉墩子，双眼大如铜铃，声如铁丝划过利器，刺人的耳，走起路来就是一个大水桶往前挪移。多年未曾生

温州街头逛热闹，天降横祸人被抢。
怒发冲冠救红颜，虾米要与蟠龙争。

育，又醋意没天，不让知府纳妾，还对知府颐指气使，稍有不如意，抓起什么就往知府身上扔，闹得知府经常下不来台，只能小心哄着。背地里却郁郁寡欢，唉声叹气，天天诅咒着黄脸婆。

不知是诅咒应验了，还是别的原因，吴知府五十岁时，夫人病逝了。他如获大赦，快速续弦，一口气纳了三个小妾。填房一进门，十个月不到就生了儿子，其他小妾倒没开怀，人们都说他坏事做多了，老天报应呢。

知府如获至宝，把儿子宠上了天，要什么给什么，不惜趴下身子给儿子当马骑。儿子吴因从小就嚣张跋扈，自以为是家里的天，到哪都横着走。成年后，更是左擎苍右牵黄，为非作歹，横行街巷。知府一味包庇他，总说小孩子犯点错误没什么，只要他没被欺负就行，赔点银子算什么。

张夫人一听急得晕倒在地，朱罡掐住她的人中，她才慢悠悠地醒来，满脸的泪水肆意流淌："我的女儿呀，这可怎么办呀？"张老急得在屋子里转了一个又一个圈子。"张先生，您放心，我一定要把张姐救回来！"朱罡紧握拳头，目光坚定。

正是：

温州街头逛热闹，天降横祸人被抢。
怒发冲冠救红颜，虾米要与蟠龙争。

第十三章

朱罡初探温州府　张姐不从被深囚

"我现在就去温州府，搅它个天翻地覆，救出张姐！"朱罡咬牙跺脚地说。"不成，不成。"张老立马反对，女儿已经头钻杉藜刺蓬底爻（身陷荆棘），女婿不能再出意外，"自古以来，民不与官斗。我明白你对张姐的心思，但这事得从长计议。你们先回家，我找当年的同僚想想办法。"

"我也去！"一出张府的大门，大胖就拽住朱罡的手。他的脸色白煞煞，身子抖索索，原以为与张姐一起逛温州府圆了梦想，是天大的美事，哪知会出这样的祸端，他无法原谅自己，是自己害了张姐，假如朱罡陪着去，肯定不会出这样的事。

朱罡拉着他的手说："人去得太多，反而会暴露行踪。你看顾我娘，千万不能让她知晓此事，我探察好了就回来。大家一起想法营救，你也要照顾张府，这时候，他们身边也离不开人。"大胖想起张夫人像被抽了筋，瘫软在床上，张先生也变得精神萎靡，只好说："好的，好的，我等你回来。"朱罡立即往温州府出发了。

"放开我，放开我！"张姐扯开嗓子大声喊叫。没人搭理她，外面只有一束阳光照射着一朵朵黄黄白白的菊花，千娇百媚地绽放着，犹如一群艳丽的蝴蝶随风飞舞。

少爷是府里的天，谁也得罪不起，谁也不敢过问。她被带到少爷房间，这房间布置得富丽堂皇，正门口摆着一架紫檀木屏风，屏风上有六幅仕女图，左边是雕花大窗户，右边是一排古董架，架子上摆放着精美的花瓶和盘子等瓷器。

"姑娘，坐下来陪本少爷好好说会儿话，我一开心就派人送你回去了。说说看，你是哪里人氏？怎么长得这么水灵？用手一捏就能捏出一把水沫儿来。"男子一脸淫笑。他胖乎乎的脸上堆满横肉，一咕噜一咕噜垂挂下来，一双眼睛深深陷在肥肉堆里，时刻挣扎着，以防被厚重的肥肉彻底淹没了，右眼眉上有一颗黑黑的大痣，一小撮毛冒出来，微微抖动着，似乎因为占据了门面上的最佳位置得意得很。

他就是温州知府的儿子吴因，叫一个先生就赶走一个先生。吴知府想不念就不念了吧，反正不用他出去做官。吴因娘说他要虾吃不管破被单（乱花钱），没个打算不得了。吴知府拍拍填房的肚子说："把你的心放到肚子里吧，库房里有的是银子，不仅够他一辈子花的，连他的孩子都够了！"

吴因今年二十五，游手好闲，整天带着一帮手下，左边牵着一条大黄狗，舌头长长地吐在外面，露出长长的獠牙，好像随时等着把人一口吞掉；右边擎着一只大鹦鹉，尖尖的嘴巴像一个大钩子，全身翠绿色的羽毛油光发亮，聪明过人，吴因教它说什么，它就说什么。一大群人穿着华丽，招摇过市，见什么喜欢就抢什么，见什么厌烦就毁什么，横行霸道，不可一世。

家里老婆娶了四五房，没几天就置之不理，在街上看到哪个女子长得好看就抢到府里，腻歪了就扔出去。看着他过来，大家都有戒备，能躲多远就躲多远，尤其是姑娘家，见他更像千年瘟神，巴不得躲到十万八千里之外去，就是老虎进了城，家家都闭门。偏偏张姐和大胖从大塘来到温州府，不知道这些，硬生生地撞到了他的身上。

"我与你素不相识，前世无冤，这辈无仇，珍珠送给你，快快放我回去吧！"张姐这才明白形势不对，要丢车保帅。这时，她特别后悔，为什么不等朱罡一起来，也许就不会发生这事；后悔自己太过任性，如果听从父亲，不轻易抛头露面也没这事了；后悔出来草率，没有穿上男装……

她自小养尊处优，被父母捧在手心里，藏在福窝里。如今是青龙离了大海，不能腾云驾雾，平白遭小虾小蟹戏弄。一双细嫩的手被四只粗壮的手狠狠地往后扭着，费尽全身力气，还是一块板砧上的肉——无法动弹。

"你我当然无仇无怨，我们是有缘千里来相见，你陪我乐一乐，我一开心，就把你的珍珠还给你，说不定还送你一大把珍珠呢！全身戴满珍珠也行！"吴因一听，兴致更高，看来眼前的还不是普通的乡村野丫头，今天可以好好乐呵乐呵了。他伸手一开，一个小箱子里都是珍珠玛瑙，熠熠生辉。"你看，你看，只要你把大爷侍候好了，这些都是你的！"他把小箱子往前一推，似乎真的要送给张姐了。

"我也看出来了，你是一个官宦子弟，食官禄，着民衣，不能安邦定国，唯思淫乐，脑满肠肥，只是一具行走的腐尸罢了。天所不盖，地也不载，就是江心后的鲟鱼，潮涨不死潮落死（迟早得死）。呸，想让我跟你同流合污，休想！"张姐愤怒满腔，不禁痛骂起来。

"哟，哟，胆子够肥，别人胆大，还是身包胆，你的胆大，就是胆包身，还敢骂本少爷。不过我宰相肚里好撑船，随你骂，骂够了，骂累了，你乐意，当六姨太也不错，保你一辈子荣华富贵享用不尽……"吴因一脸狂笑，逗着眼前的女子，就像逗着一只小花狗，乐趣无穷，他已经有一段时间没找到可心的玩物了。

"不要做你的春秋大梦，我不可能陪你玩乐，快快放我回去为上。"张姐瞪圆双眼，态度坚决。"你饱读诗书，应该知道识时务者为……为……为什么来着？"吴因憋红了脸也憋不出来。

"识时务者为俊杰，不要假装斯文了，也不要以为有权势就了不起，等着吧，我爹会来收拾你！朱罡会来收拾你！"张姐嗤之以鼻，心里暗暗嘲笑这个酒囊饭袋，不通文墨还要假装斯文。"哟，哟，我很害怕，我的小心脏受不了，我怕你爹来收拾我！怕猪缸、牛缸、羊缸来收拾我！我怕死了呢！"吴因装着很害怕的样子，全身发抖，转眼又仰起头哈哈大笑起来，笑出了一身的汗，笑完了，就伸手来摸张姐的脸。张姐迅疾地把脸一扭，他摸了个空。

温州府的鼓楼城门（摄于 2022 年）

"哟，哟，还有点不好意思呢，真是个鲜鲜嫩嫩的娘边囡，娘边囡儿骨边肉，让本大爷好好瞧瞧！这娇嫩的皮肤，这清亮的双眼，这小巧的耳朵……"吴因伸出双手捧住张姐的脸，吐出一条肥肥的大舌头就要亲过来。张姐一使劲咬住吴因的舌头，舌头上顿时渗出斑斑的血迹。

"啪啪"两声，吴因甩来两个巴掌，张姐白皙的脸上出现了十个通红的手指印。"呸！给脸不要脸，你以为自己是身份尊贵的公主呀！不管你以前是谁，现在就是我手里的一条狗，我让你趴下就得趴下，我让你摇头就得摇头，我让你打滚就得打滚，否则，休想走出吴府半步！"吴因一边吐着丝丝作痛的舌头，一边起身破口大骂。

"我死也不会做你家的狗！女子膝下也有黄金，我这两个膝盖骨，休想有半个儿着地。"张姐挺直胸膛，冷冷地说。

"好，你想死，我成全你，有种你死给我看！放掉她的手！"吴因一声令下，四个手下放掉张姐的双手。张姐眼里闪着泪光："爹，娘，阿罡，张莹先去了。"话音刚落，便一头冲向雕花大窗。不料，吴因的手一挥，早有个手下扑过来，拦住张姐，张姐扑通一声撞在衙役的身上，坐在了地上。

"想死，没那么容易！不陪着本大爷好好玩玩，本大爷怎么舍得你这样如花似玉的姑娘去死呢。我听出来了，你叫张莹，这名儿好听，像一只金丝雀儿一样……"吴因邪邪地笑着，一双眼珠子直直地盯着张姐。脑里想着怎么好好地与这个姑娘玩玩呢！

张姐灰心地想：无论如何不能让这个癞蛤蟆一样的男人糟蹋自己的清白之身。府衙如海深，估计靠爹爹和朱罡的力量也无法救自己出去，只有拼死抵抗了，只是落在吴因手里，估计死也不那么容易，得用智取。

她脑子一转，换了口气："我死也死不了，回也回不去，那就不死了，也不回了。你先把那两颗珍珠送去做成耳环，你亲自去才有心意，我赶了半夜山路困了，等你把耳环拿回来，你想怎样就怎样吧！"

"好，好！我一眼就看出你是个聪明的姑娘，好，好，做耳环就做耳环，就是做星星做月亮，本大爷都乐意，你等着，我现在就去。"吴因迈步往外走，又回头吩咐，"你们好生看着姑娘，让她好好歇息一下。"

等他们起身关门，张姐插上门栓，拿起一个瓯窑的罐子，狠劲摔在地上，抓起一块锋利的瓷片割向喉管，顷刻间血流如注。她缓缓倒下了，嘴里嘟囔着："爹，娘，阿罡，我先走了……"慢慢闭上了眼睛。

吴因一听声响，发现不对劲，转身推门，推不开，就狠劲地一脚踹开门。"哼，小样，还想跟我玩花招，今天，我倒要让你尝尝生不如死的滋味，给我包扎起来，一定要救活了，再给我扔到大牢里去，喂虫豸喂老鼠，看看你到时候是不是跪着爬到我面前来？说不定到时大爷倒是不想见你了！"吴因咬牙切齿，拍拍手到了门外，又摇头说了句："孬罢头（没意思），孬罢头。"甩手甩脚地出去了。

等张姐缓缓地睁开眼睛，发现自己没到阎王殿，而是深陷牢狱，她止不住眼泪哗哗地流，看着外面无边的黑暗，听着牢房里犯人凄厉的叫喊声，她想张府，想爹娘，更想朱罢，只是仰面告天天不语，低头诉地地不言。她泪眼婆娑，心如死灰地蜷缩在墙角，苦苦挨着昏暗的光阴。

天还没亮，朱罢就心急火燎地到达了温州府，脑子里只有张姐，张姐的笑、张姐的哭、张姐的怒……他一心想着早点救出张姐，可不能让她有什么意外，否则自己也不想活了。他走得飞快，脚下生风，双臂生电，恨不得插上翅膀，直接飞到府衙里。

无奈要翻过几座大山，来到温州府，他已是熟门熟路，快速找到府衙。府衙面前是两扇红色的铜钉大门，大门紧紧关着，门口亮着两盏大大的红灯笼。门两边各有一个士兵手持长矛站立着，昏昏沉沉地靠在长矛上打着盹。

朱罢绕到后边，看见路边有一棵棵高大的榕树，翠绿色的树叶蓊蓊郁郁，树下垂挂着一大把一大把棕褐色的胡须，像一排睿智的老人站立着。

他抓住榕树的胡须，噌噌爬上树，通过长长的树干跳上府衙的高墙，进到院子里。房屋有三进，几十间屋子，朱罢一间一间舔破窗户纸，看来看去都没有张姐的身影。他正急得满头大汗，遍体生烟。"吱嘎"一声，后院里有扇门开了，走出两个丫鬟，两人揉着惺忪的睡眼，拎起门口的水桶去打水。

"听说昨天带进来一个姑娘，用瓷片割了脖子，还好割得不深，被救活了，扔在大牢里，作孽呀，不知糟蹋了多少女孩子，也不怕遭报应呢！"一个丫鬟拉着另一个丫鬟的手往一边走去。另一个丫鬟蒙上她的嘴巴说："别乱嚼舌根子，桥头个话，东海个浪，平平静静保安康。锁住嘴巴园好话，切勿闲勃无空吵（不要多说话），被人听见就完蛋了。"两人转头看看，证实四处无人，才急急地往前走去。

朱罢一听这话，差点从墙头上掉下来：张姐，张姐割了脖子？现在怎么样了？不行，我得想办法进入大牢把她救出来。可是大牢在哪？又怎么进

张姐身陷虎狼窝，誓死抗争保贞节。
朱罡连夜奔波寻，一见瞬时泪满襟。

去？朱罡从这个屋顶跳到那一个屋顶，又从那一个屋顶跳到另一个屋顶，还是不见大牢的踪影。

天越来越亮，一个个房间的门打开了，有人洒水，有人打扫，有人挑水，有人洗菜，也有人点起柴火做早饭。朱罡在房顶上急得像周仓坐堂，手忙脚乱，不停抓着自己的头发，一筹莫展。

突然，他看到偏房那边有两个士卒出来，边走边揉着通红的双眼，伸长手臂，张大嘴巴，打着长长的哈欠。朱罡不由得心里一喜，快速往那边跳过去，他在屋顶上轻轻揭下两块瓦片，往底下一看，一颗心顿时狂喜得就要跳出胸腔，这里真是牢房。

他往下看去，有几个犯人已经醒来，拖着沉重的镣铐起步走了走，有的睁着迷茫的双眼，还没从昨夜的梦里醒来，有的无奈地摇头叹气，有的哼哼唧唧地呻吟着，估计身上伤势不轻。他上上下下搜寻了一遍，仔仔细细探索了一周，还是没有张姐的身影，她被关在哪里呢？

朱罡转眼一想：对，张姐肯定不在集体牢房里，应该在哪个单间，可单间在哪里呢？他蹑手蹑脚地往前走了一段，再轻轻揭下瓦片看看。

这里就是一间间单人牢房，他左左右右地逡巡着，突然，他停住了脚步。天哪，张姐就在这里，她气息微弱地蜷缩在角落里，脖子上缠着一块黑乎乎的布，大约是渗出来的鲜血，她的脸色苍白，白得就像案上白色的纸片，满眼的泪水还在哗哗地流淌。

朱罡的眼窝一热，泪水吧嗒吧嗒地掉落在牢房里，这一夜，他急得心如火烧，却没流过一滴泪，此时见到张姐，再也控制不住了，就是流泪眼逢流泪眼，断肠人遇断肠人，唯有泪水满天飞。

正是：

> 张姐身陷虎狼窝，誓死抗争保贞节。
> 朱罡连夜奔波寻，一见瞬时泪满襟。

"张姐，我来了！我带你回家！"朱罡正想一跃而下。突然，脚底一滑，"啪"的一声，一块瓦片掉了下去。"谁？"两个守卫一机灵站起来，握紧手里的长矛，双眼警惕地向四周搜寻着。

"喵、喵、喵……"朱罡灵机一动学了几声猫叫。"死猫，一大早就发春似的吵吵，瞎叫什么呀？"守卫放下长矛，打了个哈欠，坐了下来。

朱罡稍微瞄了一眼，就知道牢房里的守卫少说也有十几个人，在这么多人眼皮底下把张姐带出来的可能性不大，思来想去，他只得先出去。

在府牢重地，硬抢肯定不行，张姐被关在牢里，估计暂时不会有生命危险。可是，那种恶少什么坏事都做得出来，张姐在这里，怎么说也是夜长梦多，无论如何，得早点想办法把她救出来才行！朱罡握紧拳头，直跺脚，在巷子里不停地转悠着，思考着。

"对了，听娘说我们家有个远房表亲在府牢里当牢头，我去找他看看，让他帮忙找人想想办法。"朱罡一拍脑袋，灵光一闪，有了主意，"我回家把积蓄都拿来，现在到哪里疏通都要钱。也顺便告诉张老，让他们不要太着急。"

一路上，朱罡的脑海里都是与张姐在一起的情景，张姐在课堂上拍案而起，为天下女子鸣不平；想要去捕虾子，路上仗义救男孩，却不慎露出女儿身；两人在秋千架上共读李清照的词……此时朱罡心里涌上的是满天满地的苦涩，不知什么时候才能把她救出来，不知道张姐又会经受怎样的苦难。

朱罡来到张府，张老带着银钱出门寻找同僚了，张夫人一听，心里一宽，又是一悲，孩子肯定吃了不少苦头，她从小娇生惯养，怎受得了这天大的委屈？也不知什么时候才能平安回来。她摘下身上的首饰，交给朱罡，让他无论如何得想办法救出张姐，张姐两个哥哥还在北方，已经派人去送信了。

朱罡想想事关重大，还是先回家告诉母亲，雅娇和林大先生、大娘子一听，顿时全身发软，想不到美美满满的婚事，竟会闹出这样的波折来。

雅娇皱着眉跺着脚，后悔呀！悔不当初，一定要造大瓦房，如果听朱罡说的，青天为屋瓦，日月作窗棂，四山五岳为梁柱，天地就是一敞厅。早日迎娶张莹到家，就不会发生这样的滔天大祸了。

唉，一辈子就惦念着这个大瓦房，想不到被大瓦房给害惨了，房子刚挖了个地基，遇上雨天；天一晴，正想开工，朱罡砸了扁担的船赔偿了一些钱，三年大旱施粥散尽家底，现在竟然出了这样的灭顶之灾。

后悔也没用，只能拿出家里的积蓄交给朱罡，让他去上下打点，无论如何得救出张姐，大瓦房不造了，张姐能出来，就把林家药堂拾掇拾掇给两孩子完婚，省得再生出什么幺蛾子来。

朱罡带着银两来到府牢，找到了牢头。"你好，我娘是大塘村的林雅娇，我是她儿子朱罡，听娘说，你是我家表舅，一直想来看看你，今天终于见到你了。"朱罡深深鞠了一躬，"我娘经常说起你，说你是我们藤桥一带最有出息的人，在温州府当牢头，那可不一般，让我们这些晚辈很是敬佩！"

"不客气，不客气，你今天怎么想到来找我，想让我请你吃东西吗？"牢头摆摆手。"表舅呀，我就不瞒你了，今天找你有重大事情呢……"朱罡一五一十把事情告诉了牢头。牢头眼睁睁看着那个姑娘被带进来，看着那个姑娘躺在牢里万念俱灰的样子，就知道了大概，很是同情，又无可奈何。

"我对温州府很陌生，想让表舅帮我打听打听，找谁能救出张姐。"朱罡说着又对着表舅连连拱手。"这……"牢头沉吟着。

第十四章

朝廷腐败世道昏　石龙头上勤练武

"这……这事真有点难办，吴少爷带进来的人，只有他自己玩厌了，扔出去的份，没有人能说得上话。不过，我知道这个姑娘不简单，把自己割成那样，宁死不从，让人敬佩。你等着，我去好好探听探听。"牢头叹了口气，匆匆往外走了。

朱罡坐在表舅的屋子里心急如焚地等待着，掌灯时分，牢头回来了，他为难地摇摇头说："真是不行，这姑娘被吴少爷的人看得很紧，弄不出来，得慢慢想办法。你放心，我会照看好她，尽我所能不让她受委屈。"朱罡感激地对着牢头拱拱手，交代银钱给牢头打点，怏怏地回大塘了。

朱王当年布阵练兵遗址（2022 年摄）

回来后，朱罡像道坦里晒干的白菜——蔫蔫的，什么事也干不了，全身的精气神像被风刮走了，游魂一样飘来荡去，无心练武，也无心学医了。大娘子也病倒了，林大先生和雅娇也整日里愁得魂不守舍。

一竹青丝垂绿柳，满江红日水空流。没几天，张老回来了，他让朱罡一家不要太着急，同僚一听这事，都气得七窍冒烟，答应帮着尽力想想办法。张姐的两个哥哥也回来了，正四处使银子想办法营救妹妹。

这天朱罡和大胖正在家里百无聊赖地翻看箱子里的书，翻着翻着，朱罡厌烦地把书卷狠狠一丢："看这么多书有什么用？连个女人都保护不了。"他恨恨地转着圈子，以前只想着让天下人都有饭吃，可眼前怎么让心爱的女人平安归来呢？

大胖一脸难过地看着朱罡，他又何尝不是时时刻刻思念着张姐，恨不得现在就到牢里，代张姐受苦。可是，有什么用呢？

"走，到温州府打听打听。"朱罡和大胖来到了温州府。牢头说，他悄悄交代张姐了，一定吃好睡好，他不时偷偷送点吃食给她调剂调剂，养好身体等待救援。牢头还请了温州府有名的化妆师在张姐脸上画了伤口化脓溃烂的样子，在身上画了些红点点，像出了天花一样，这样吴少爷一看就心生厌恶，总有一天会把她扔出去。

吴因本就朝三暮四，天天忙着寻花觅蝶，早把张姐忘到了爪哇国。这天在院子里逗着雀儿时，突然想起那个羁押着的女子，兴致勃勃地到牢里一看，这么龌龊，就厌恶地掩着鼻子喊："臭死了，臭死了！丢出去，快快丢出去！"

转眼一想：这该死的娘们儿，不知轻重，还咬了我的舌头，就让你把牢底坐穿，在这里烂死！烂死了再丢出去。又回头吩咐："丢回去，让她在这里慢慢烂死！"牢头起初是满心欢喜，拼命压抑住才在面上假装波澜不惊，一听这话又无比难过，表面还是装得波澜不惊。

听说这样，朱罡和大胖才稍稍放心地回来，营救之法得慢慢筹谋。

朱罡拿起一本书正要研读，"砰"的一声门被推开了，从门外强烈的光线里，他看见一个白衣男子走了进来，就有点晕乎，难道天神下凡了？再睁眼一看，来者不是别人，正是好友朱多星。

"呀，多星兄，什么风把你吹来了？快请坐。"朱罡双眼放光地放下书卷，热络地拽住了多星的手臂。多年未见，有多少次想起这个好兄弟，想去探看。青田说远不远，说近也不近，总是有事脱不开身。

　　"罡弟，别来无恙，我这次特意来探望你。"多星坐了下来。朱罡直起脖子朝着店堂大喊："娘，多星来了。"雅娇朗声应道："呀，昨日灯花报，今早喜鹊噪——贵客登门了！"雅娇乐颠颠地端着小箩筐去拿东西烧点心了。

　　"想不到，你和张姐喜结良缘，又出了这样的意外，真是太可恶了，无论如何得想办法把张姐救出来！"多星一看朱罡阴沉的脸就明白出事了，听朱罡一说不免唏嘘不已。"这事得慢慢想办法，说说你家怎么样？"朱罡急切地问。"唉，别提了，我们的生活也不济。皇帝一个接一个地换，统治者巧取豪夺，说加租就加租，说加税就加税，百姓无田无地，日夜劳作，还是食不果腹，衣不蔽体。这世道如何是好？"多星越说越激动，抬起右手背用力地敲击着左手掌，发出啪啪的响声。

　　"我和大胖也讨论过这个问题。"朱罡说，"皇上无权，燕帖木儿专政，吏治腐败，才会出这样无为的知府，纵容儿子仗势行凶，申诉无门。朝廷一次次印发纸钱，赏赐不够就印钱，不够花又印钱，就是明明白白抢夺老百姓的财富。我们得反抗才行，不仅为了救张姐，也为了耕者有其田，老幼不饥寒，天下大一统，公道在乾坤……"

　　"耕者有其田，老幼不饥寒，天下大一统，公道在乾坤。多么美好呀！"多星打断了朱罡的话。"是呀，耕者有其田，老幼不饥寒。那该有多好！"大胖也陷入了美好的遐想，大家都吃饱穿暖，平等和睦地生活，就像陶渊明笔下的桃花源，多么令人向往！

　　"可是我们手无寸铁，无从下手呀！"朱罡无奈地回到现实。

　　"事在人为，总有办法。"多星双眼炯炯。"三日风，四日雨，风凄凄，雨苦苦。人生世道平常心，天时地利重人和。"大胖插上一句。"对，自古以来，要取得胜利，都需要天时地利人和。如今朝廷腐败，上乱下倒，民怨沸腾，算是天时；我们江南交通便利，山高水远，地势险要，算是地利；我们正是少年，热血沸腾，立志上报国家，下慰黎民，顺应民心就是人和。"多星握紧拳头一一分析着。

　　"不过打仗总要流血牺牲，哪一个倒下的男儿不是父母生养？举起长矛，杀戮同胞，君子所不为呀！"朱罡踱步沉吟着，"怎么做才能不用流血，救回张姐，让百姓吃饱肚子呢？"

　　"能不起干戈，不兴杀伐，当然是上上之策。"多星越说越激动，"照目前情形分析，有点难，这几年来有多少仁人志士在为百姓的温饱殚精竭虑？百姓的日子依然越来越艰难，连个温州街头都走不成了，百姓的安稳置于何地？"

"这事还需从长计议，我们同心相亲，照心照胆，终有良谋。就眼前来看，我会点武艺，你通晓天文地理，熟谙军阵战法，大胖善弹弓，大壮长舞棍，我们先把武练起来吧！"朱罡想起在张老门下立志做君子，有勇有义仁为先，当今已是俱全，该有点作为了。

"对，对，我们有了仁义，得先练武，有勇无仁义，是一方贼寇，有仁义而无勇就是无用的空谈。"多星连连点头。

"我们一心所为只为苍生谋安稳，不为个人图享乐，来！"朱罡、多星、大胖三人重重击掌铭誓。朱罡转身对大胖说，"你去通知伙伴，让大家认识一下多星。"

"来，先吃碗面。"雅娇笑容满面地端来一碗热腾腾的面条，一股浓郁的香气扑鼻而来。雪白的爽面上有绿油油的小白菜、红彤彤的虾皮和焦黄的小肉粒，色泽鲜亮，美味诱人。

"大娘的厨艺就是高，我回家后一直想念着林家的祖传熏鸡，一想就滴滴答答地流口水呢！"多星对着雅娇连连竖起大拇指。"哪里，哪里，我一个乡下老婆子能做什么呀？你不嫌弃我就好。"雅娇用围裙擦着双手。

"大娘这么谦虚，不知道自己有多厉害，你送我的斗笠，村里人都说好看，纷纷问我从哪里买的。"多星不停地夸赞。

雅娇编的斗笠确实是大塘一绝。藤桥一带多翠绿的竹子，也就多竹制品，斗笠就是其中重要一员。

人们砍下头尾完整的长竹，竹尾竹头作为造纸原料。选取当中部分，将中间的长节劈成篾条，再用箬笠刀劈成半个指头宽的细篾丝，用手把篾青篾黄掰开，左手持刀，将刀锋压在竹条上，将篾丝一条条用食指来回拉出来，既薄又滑，软韧如发丝。

在木制箬笠帽的磨具上，先编顶端主经，再围绕顶中心向外一条条编织，大约四十二条篾丝，一般是篾青篾黄各一片，把两片合为一体，篾青朝上，篾黄朝下，送人的全部采用篾青，整个箬笠呈现淡淡的绿色，才叫美。两片编织好的篾丝中间衬上能遮光挡雨的箬笠叶或油光纸等，用粗篾条将两片缝合固定，最后用两个手指宽的竹片围绕着边沿，将两片用细藤条牢牢扎住，就成了一个精致的箬笠。

别地的箬笠尖顶，大塘箬笠圆顶，形似馒头。外表细致光滑，空眼小如米筛子眼，排列整齐有序，又像蜜蜂的蜂巢状。小伙子找对象，都以编斗笠快为首选。雅娇编的斗笠竹条更细，跟蚕丝差不离；箬叶更平直，像用大石板压过，见不到一丝皱褶；小孔更小，像针眼一般，谁见了都忍不住夸赞。

当年十里八村的小伙都想戴上一顶她编织的斗笠，想把她娶回家，只是她看上了跑四方的朱忠信。

"再送你一个吧，说起编箬笠，姜村的姑娘才叫快呢，谁都说，娶到姜村的姑娘，一辈子的箬笠不用愁。唉，不提了，趁热吃面吧！"雅娇说着眼神一暗，不由得伸手抹起泪来。

不知道来自姜村的张姐会不会编箬笠。朱罡一想，心里又是刀割一般疼，不知她什么时候才能脱离苦海，回到家来。

傍晚时分，太阳像一个大大的黄橘子挂在西边山上，染红了天边的云彩，红色慢慢变成橙黄，橙黄又变成青紫，一抬头就是不一样的幕布，就像一个魔术师在孤独地表演。

大胖和大头、姜村的大壮、藤桥的浓眉和大鼻子、坑古的扁担都带着伙伴在朱罡家会合。"这是我的好兄弟，来自青田的多星！"朱罡介绍着多星，多星向大家拱拱手。

"如今吏治腐败，政府卖官鬻爵，官员大肆搜刮民脂民膏，所属始参曰拜见钱，无事白要曰撒花钱，逢节曰追节钱，生辰曰生日钱，管事而索曰常例钱，送迎曰人情钱……就是各种名目要钱，地主加租，朝廷加税，闹得我们辛勤劳作还吃不饱肚皮。稍有灾荒，就拖家带口，流离失所，饿殍遍野。"朱罡慷慨激昂地说，"温州知府纵容儿子强抢民女，无恶不作，闹得人人自危。为了耕者有其田，老幼不饥寒，天下大一统，公道在乾坤。我们得披坚执锐，沥血剖肝，德行天下，义行千里……"

"都说良禽择木而栖，贤臣择主而事。很荣幸能遇上朱罡兄弟，不仅武艺高强，有擎天驾海之才，兼有忠肝义胆，一心为民！让我们有勇有义兼有仁，练得一身好武艺，为百姓谋得一份好生活……"多星激动地说。心想：我早就想跟朱罡兄弟学点武艺，深山遇贼就不会只喊救命。

"为了耕者有其田，老幼不饥寒，天下大一统，公道在乾坤。今天，我们勤练武艺，强身健体，同心协力，救危济困，上报国家，下安黎庶，如何?"朱罡激愤地高喊。大家纷纷举起双手,高声呼喊:"好!好!"

"大胖训练神弓队,大壮带领神棍队,我和多星带领神勇队,操练起来!"朱罡威严地宣布。"好!好!"大家再次高呼,一股股声浪震动着房顶一颤一颤的,好像就要塌下来。林大先生和大娘子小心翼翼地探头进来,惶惑地看着大家,不知道发生了什么。林大先生更是忧心忡忡,青田小伙又来了,不知朱罡要筹谋什么,医术又学不成了,唉!

大胖提议:"林家药堂位置太中心,药堂里人多眼杂,容易暴露,还是到我家来训练,我家院子很宽敞。"于是,大家把阵地转移到了大胖家,他家的厅堂加上后院果然宽敞,一众年轻人都有位置可站,打拳伸腿也不会碰到别人身上。

阿海看着这么多小伙拥到家里,吓得胆战心惊。他把大胖拽进里屋:"胖儿呀,你不娶妻我们听你的,你跟着罡儿东奔西跑,我们也听你的。你把这么多人带到家里来,整天嘿嘿哈哈,又不是开武馆,你们想干什么呀?"

"爹,你也看见了,现在官吏腐败,百姓生活无着,张姐被囚,我们状告无门,只能靠自己。我们练好武艺,总有一天,救出张姐,为百姓谋得一份吃饱穿暖的生活!"大胖说着就往外走,跟大家一起练习了。

阿海一听,更是忍不住一阵阵颤抖,他害怕这么一大批人在一起,热血方刚,万一做出万劫不复的事情,不仅满门抄斩,连祖坟都要被挖开。大胖又不听自己的话,这可怎么办?阿海急得在家里团团转,从屋子的这一头走到那一头,又从那一头走到这一头,也想不出法子。

年轻人嘿哈一番后,陆续回家了,屋子里变得安静,阿海听到大胖躺在床上满意地睡着了。他怎么也睡不着,在床上辗转反侧,眼睁睁地看着天空慢慢露出了鱼肚白。

思来想去,阿海找到了雅娇:"阿娇啊,我知道罡儿从小就智慧超群,更有一身正气,施白粥、挖水井、开沟渠……是当之无愧的仁义之士,大家都说是天上的星宿下凡。我还是佝背人讲条直话(有话直说)。他带着一大批年轻人,天天在我们家练拳脚,不知道要干些什么。虽说茄儿拔爻栽芥菜——一代管一代,我怕出什么大事呀!你能不能找罡儿谈一谈,六斤四掣手里走(做掉脑袋的事情),随时可能出大事,到时候就是满门抄斩呀!弄不好,我们整个村子都会被血洗一空,祸害乡邻呀!"

雅娇一听阿海的话,一下子懵了,忠信没了,自己就剩下一个罡儿,可不能有什么闪失。她蓦然间想起罡儿刚出生时老和尚说的话，说是恐有不测，难道就是这一劫？

她知道罡儿一向很有主见，这可怎么办呢？她也不敢把这事告诉林大先生和大娘子，不然的话，他们会更加害怕。

她想来想去，也想不出法子，只能到第一堂，当年给罡儿赐名的慧明和尚三年前圆寂了。无论如何，还是乞求陈十四娘娘保佑吧！罡儿可不能有什么三长两短，不然的话，自己没有活路，死了也没法向忠信交代呀！雅娇虔诚地跪拜着。

从雅娇紧张的眼神，从阿海叔紧皱的眉头，从大胖欲言又止的神态，朱罡知道这事得想个办法。正在他苦思冥想间，突然想起小时候在石龙头上放牛，那么大的一块草地——不正是练兵的好场所吗？

他把这话跟大胖和多星一说，他们也连连点头，说："怎么没想到呢？"

他们想不到老天已经在山顶摆下一个上乘的天然练武场。这么大的一块场地，简直可以说无边无际，几十个人站起来，可以自由自在地跑马溜圈，就是几百人，甚至成千上万人也可以宽裕地操练。

且不说脚底下是松软的草地，像铺了一层软绵绵的垫子，怎么摔也不会疼；也不说山边还有一圈光溜溜的大石头，光滑无物，如丝顺滑，可坐可卧；最巧妙的还是外面包围着一圈密密匝匝的树木和翠竹，没有走近这边，根本发现不了，就是大家练到激情处，敞开喉咙大声叫喊，也不怕震塌屋顶。这里没有屋顶，天空高远，白云听到了不会见怪，微风更不会去找人报信。

最为奇特的事是，他们在这里发现了一块流米岩，里面汩汩地流出白米来，恰够练兵男儿吃饱。

从此，他们的大本营就设在石龙头，操练武艺便当，转换军阵也富余。谁也不知道石龙头的绿树葱葱中，朱罡带着几十个男儿正在日夜操练，五步拳、连环腿、鹰拳、蛇拳、无影腿、蝎子腿……大家都进步神速，想着早日练成武艺，进城救出张姐，扳倒吴知府，给大家一份安定的生活。

稍有空闲，朱罡和多星就用小石子摆军阵，除了以前模拟的，还有水上莲花开、青蛇出洞来、白云朵朵飘……在变幻莫测的军阵中，他们越来越领会到古人军阵的奇妙。

正是：

天大地大石龙头，天然练武好道场。
热血男儿操练忙，一心只为百姓安。

天大地大石龙头，天然练武好道场。

热血男儿操练忙，一心只为百姓安。

朱罡跟多星两人白天如影随形，夜晚抵足而眠，还有说不完的话语，有时听到公鸡第一声鸣叫响起，才发现天将大亮，赶紧安眠。

这天，两人又为了一个军阵争得面红耳赤，好不容易才睡下，多星呼呼拉起鼾声，朱罡看见外面明月皎皎同白日，戌浦江平平如素练，不禁想起了张姐，一个月过去了，不知张姐怎么样了。

朱罡翻来覆去，怎么也睡不着，好不容易睡着，就梦见自己迷迷糊糊间来到了石鼓山上，面对着一丈见方的石鼓，正想拿什么来敲的时候，那个白胡子飘飘、面容慈和的老和尚又出现了："朱罡，你担负着拯救天下苍生的重任，知道吗？""嗯。"朱罡点点头。

"新皇即将在十月二十三日登基，你在公鸡啼叫第一声的时候起来，在石鼓前拔一根最长的茅草往京城射去，你的茅草将自带神力，穿越千山万水后射中新皇，你再敲三下石鼓，大罗山上的大锣、石钟山的金钟和石鼓就能齐鸣，大将蹦出，天兵降临，天行大道，就不用血流成河了。"老和尚仔细地交代。

"天行大道，不用流血牺牲，不就是我们最为急切的心愿吗？"朱罡神奇地睁大了双眼。

转身再看，老和尚不见了。朱罡到处寻找，怎么也找不到，心里一着急，一蹬脚，醒了。这事该不该做呢？朱罡有点迷糊。

第十五章

过早鸡啼箭射偏　引得巡抚来查访

　　老和尚说的是真的吗？朝廷腐败不堪，官吏为非作歹，百姓水深火热，新皇换了一个又一个，没一个能让百姓过上安稳日子，吃不饱穿不暖，在温州街头行走都会遭遇无妄之灾。

　　如果真的能天行大道，为了天下苍生，有什么不可以呢？朱罡有点迷糊，揉揉眼睛，看多星睡得正香，就悄悄地起床，到天灯路的苦槠树下坐了一会儿，满天星斗，月白风清。

　　月光照着苍翠的苦槠树，落下参差不齐的影子，像古琴里奏出的曲子，在地上缓缓地流淌。朱罡盯着影子出了神，不知张姐能否看见今晚的月亮，不知她看着玉盘似的月亮会想起什么……牢头说把她照顾得很好，可毕竟身陷囹圄，内心的牵挂就像面前的滔滔流水，蜿蜒绵长。

　　张夫人病倒在床，眼泪流尽了，嗓音哭哑了，神情憔悴了，身子虚弱了，勉强吃点东西，就为了等待张姐回来的那一天；张老头发全白了，动作变得迟缓，言语变得混沌。不知是人走茶凉，还是事情很不简单，同僚带信过来说正在努力，但一直没有消息，张姐两个哥哥四处奔走，到处使银子，还是没有结果。

　　张老心如油煎，却总是告诫朱罡，孝顺长辈天勿怕，纳爻田粮官勿怕（民不要跟官斗），不要做出冲动的事情。朱罡不敢把石龙头练武的事告诉他，每天去张府看望，回来都是心情沉重，双腿如同灌了铅，迈不开步子。

　　他在苦槠树下坐着想着，不知什么时候，天已大亮，人们开门各做各的事。朱罡站起身，正想回屋，远远看见里史敲着大锣，大喊着新皇在十月二十三日登基，大家做好庆祝活动，等待朝廷降下隆恩。

　　"赋税都上涨了，饭都吃不饱，还能有什么隆恩？"大胖没好气地说。"这么多新皇登基，也没见隆恩能到田间地头，只有佃租越来越高，田粮越来越重！"大头叹口气。原想芸儿进门，赶紧开造新房，现在看来又造不成了，只能寄居在阿顺家，虽说老丈人和丈母娘善待自己，能造自己的房子总是上策，能给芸儿和孩子一份厚实的保障，才是正事。

"唉！"众人一片叹息……

"十月二十三日，难道老和尚说的是真的？"朱罡坐在大石头上陷入了沉思，"听说新皇才7岁，肯定会被奸贼所控。看来，我可以尝试一下，那就不用辛苦作战，血流成河，天下缟素，就能拯救苍生，救回张姐，那不是很美好的事吗？"

要不要把这事告诉多星和大胖呢？想了一会儿，他决定不告诉了。毕竟只是一个梦，有没有神力还不知道呢，他们听了也许会说瞎起瓜瓢恁，讲起做梦恁（说大话）。

"阿娇，你问问罡儿最近都在做些什么？"林大先生不见那么多人到家里来了，还是觉得朱罡不对劲，像只野狐狸，整天不着家，东奔西跑，不上山，不念书，也不学医。"哦，他忙着呢！"雅娇随意应答着，一颗心却是水缸里的水瓢一样，按捺不住的忐忑。

"问问清楚到底在忙什么？不要自家酱樽端不动，还去搬别人家的捣臼（小事不做想做大事）。"林大先生满是忧虑。"好的，我问问。"这些日子雅娇胆战心惊，愁得整夜整夜睡不着，头发一把一把掉下来，柳叶说她的头顶快秃了。朱罡不在大胖家练武了，依旧不着家，不知道去哪里折腾，她不敢把这些担忧告诉爹娘，否则他们更得吓死。

思来想去，雅娇决定找朱罡谈一谈，吃过晚饭，她说有点头疼，让朱罡留下帮忙按一按，多星先过去。

雅娇拉着朱罡的手说："罡儿呀，你是朱家的独苗，也是林家的独苗，娘不盼跟着你享受荣华富贵，只想你能一辈子平平安安。张莹一回来，就赶紧成亲，生个孙子孙女，为朱家延续香火，我就知足了，到了阴曹地府也能跟你爹交代。你要练武，娘不管，可不能做出格的事啊！肚大吃不得饭，命长吃得饭。你有个三长两短，我也活不下去呀！"雅娇恳切地看着朱罡，不一会儿，又抬起衣袖抹着夺眶而出的泪水。

"娘，儿子让您担心了，真是不孝。世道艰难，坐杨梅树下等杨梅吃也不成。张莹生死未卜，我要想法救她出来，也要让大家都有一条活路。您把心放到肚子里，我们练习武功，是保护自己不受别人欺负，不会出事的。"朱罡劝慰着母亲。

雅娇想：也是，朱罡从小就懂事，没做过坏事。这样安慰着自己，可心里那块大石头始终放不下，挂在心头惴惴的。

朱罡每天忙着教大家练习武艺，跟多星推演军阵，药堂不去，山上也不去了，农活都落在雅娇身上，雅娇日夜辛劳，忙得腰酸腿疼，经常迈不开腿，又不好对朱罡说。

十月二十二日，月亮像一艘小船，慢慢爬上树梢，悄悄地洒下一片朦胧的月光。

朱罡站在石鼓山的石鼓上，居高临下，视野广阔，石鼓下有一丛茂密的茅草，比一个人还高，尖锐无比，人走过的时候，不小心划到手臂，就会留下一道长长的血痕。他看了好一会儿才回家，多星问他去哪了，他只说在外面走了走。

他怕自己错过时间，想想还是交代母亲一句："我明天早上到石鼓山后面锄地，你在公鸡啼叫第一次的时候就叫醒我。"雅娇一听，霎时释然了。儿子终于想到去锄地，肯定回心转意，一家人又可以平平安安了。

石鼓山承载着的古典、古训（2022 年摄）

这一夜，雅娇激动得怎么也睡不着，她在床上翻来覆去，儿子稳稳妥妥，就可以告慰忠信了，不知道张家小姐什么时候能回来，两人早点成亲才好。想来想去，更睡不着，她睁着眼睛，翻来翻去，觉得床板越来越硬，腰都有点疼痛了。

反正睡不着，还不如早点起来，吃过早饭跟朱罡一起到山上锄地，半天时间就可以把那片豆子锄好。雅娇翻身起来，做好早饭，公鸡还没啼叫。她在小板凳上托着腮帮坐了一会儿，感觉时间很漫长，就像一根黑色的丝线，怎么也扯不完，想想朱罡难得上山，干脆早点把他叫起来。

她拿着一把蒲扇来到鸡窝旁，打开鸡窝门，用蒲扇对着公鸡扑打了几下，公鸡在睡梦中被扰动，迷糊中以为天亮了，就亮开嗓门大声啼叫，"喔喔喔!"公鸡嘹亮的啼叫穿破了村庄的宁静，一只公鸡啼叫，整个村子的公鸡都跟着啼叫起来，此起彼伏。

明天要做大事，朱罡的心里捏着一把汗，这个夜晚，他睡得很浅，一听见公鸡的啼叫响成一大片，一骨碌翻身下床，抓起床边的大弓，趿拉着鞋子就往石鼓山上跑去。"你去干什么?"多星迷迷糊糊地问，朱罡听不到了。"罡儿，你往哪里去?"雅娇在后面叫喊，朱罡也听不到了，他像一阵风往石鼓山上跑去。

他跑上石鼓山，天还是伸手不见五指的黑，借着朦胧的月光拔下一根最长的茅草，等到他在石鼓上稳稳地站定，天空才微微露出一点点鱼肚白。

他抬头挺胸，把全身力气集中在一双手上，郑重其事地举起弓，左手搭着茅草，右手用力把弓往后拉，拉得越来越满，只听"嗖"的一声，茅草飞了出去。神奇的一幕出现了，这根茅草像注入了一股神力，飞速向前，嗖嗖地穿过一重重高山，越过一条条江河，历经千山万水，万水千山，"噗"的一声，重重地插在金銮殿的黄金座椅上。

今天是新皇懿磷质班登基的大喜日子，祥云霭霭迷凤阁，瑞气腾腾罩龙楼。大明殿上亮光铮铮闪，鼓乐齐齐鸣，珍珠帘缓缓卷起，黄金殿上现金舆;凤羽扇慢慢开来，白玉阶前停宝辇。隐隐净鞭三下响，层层文武两班齐，金黄诏书庄重摆，只等新皇上殿来。

新皇身穿金光闪闪的龙袍，龙袍上九条神龙张牙舞爪，长长的龙须上下摆动，年仅七岁的他被卜答失里太后紧紧挽着，迈着庄严的外八字，一左一右徐徐地向龙椅上走去。

神谕箭穿金銮殿，娘为锄地扰鸡鸣。
过早鸡啼箭射偏，引得巡抚来查访。

突然，他面色苍白，身子发抖地指着龙椅问："这，这是什么？""什么？"
太后也是一脸惊慌。贴身的大太监一看，一根尖锐的茅草直挺挺地刺进龙
椅，就惊慌地大喊："有刺客，黄金怯薛军，保护皇上，保护太后！""在！"
黄金怯薛军紧紧握住佩刀，四处察看，龙椅后面、帐子里，察看了大半天，
什么也没有发现。

"搜，内殿外殿都好好地搜一遍！"太后直立着身子，怒容满面地下令。
新皇紧紧拉着太后的手不敢松开。

"是！"黄金怯薛军里里外外都搜查了一遍，匾额下、廊柱间，连汉白玉
台阶的缝隙都用军刀撬了撬，一个小飞虫都没有。这茅草来自哪里呢？阶下
的文武百官都紧皱眉头，心里犯起嘀咕。"启禀陛下，启禀太后，没发现异
常。"怯薛军的头领拱手禀报。

"陛下万幸，太后万幸啊！"大太监连连向新皇和太后贺喜。"陛下万幸，
太后万幸啊！"群臣齐声贺喜，洪亮的声音震动着大殿飞龙盘旋的梁柱，回
声穿过一重重金雕玉缕的宫殿，传得很远很远。

"新皇登基！"大太监站在台阶上高声叫喊。念诏书，行大礼，众大臣纷
纷拱手："祝贺陛下江山稳固，祝贺太后寿比南山，万岁万岁，万万岁！"

"快快召司天监的太史令来！"太后等仪式一结束，忙不迭地下令。"太
史令，快说说这几天的天象有什么异常？为什么会出现一根茅草射入龙椅？"
太后气呼呼地问。

"恭喜陛下，贺喜太后，据卑臣观察，这根茅草射来并不长久，如果登
基仪式早一点点，后果不堪设想。是陛下洪福齐天，自有东海一般广阔的鸿
运抵挡住无端降下的茅草，自此否极泰来，国运亨通，繁荣昌盛！"太史令
拱伏在地上，手心捏着一把冷汗，颤颤巍巍地说。"废话少说，快说说，你观
天象有什么异常？"太后有点气急败坏了。

"这几天，我夜观天象，发现东南方有一颗星宿异常闪亮，朱雀神武，
西转东移。有句话卑职不知当不当说。"太史令犹豫了一会儿。"有什么话快
快据实禀来，不要啰里啰唆。"太后怒不可遏了。

"从天象看，紫微星下沉，江南地带将出现变动，从星宿转移的方向看，
不久后有个姓朱的人要大逆不道，建立朱姓王朝。"太史令一字一抖地禀报。
"什么？什么？姓朱的人敢谋逆，以下犯上，快快把天下姓朱的人都杀光！
一个也不许留！"太后厉声下令，新皇满脸惊恐地看着太后。

中书省尚书令扑通一声跪下："太后息怒，朱乃汉族大姓，如果都杀光，势必造成恐慌，天下不稳。依卑职之见，还是先派人下去暗中寻访，一旦访到蛛丝马迹，再予以斩草除根，来得稳妥一些。""对，先派人寻访，就到江南好好寻访，势必把反贼连根拔起，诛灭九族！"太后做了个必杀的手势。

"谨遵圣旨！"尚书令跪拜后退出来，密令江浙巡抚到江南一带暗暗寻访。

朱罡射完茅草，心里像是十五个吊桶在打水——七上八下。眼看茅草自带神力，穿越千山万水而去，能射到京城的金銮殿吗？新皇有没有被射中？天行大道了吗？张姐能不能救出来？百姓能过上温饱的生活吗？

他举起手臂敲向石鼓，更为奇异的事发生了，他的全身似乎涌起了一股强大的力量，这力量足以摇天撼地，翻江倒海。

"咚！"石鼓一声响，如崩开华岳，折倒泰山，轰隆隆地滚过地面，震动寰宇。他举起手臂还要再敲。一双手从背后紧紧拽住了他，是雅娇。"你怎么没吃早饭就出来了，怎么没带锄头？我们家的地不是在那边吗？你在这里做什么？"雅娇一把抓住朱罡，满脑子都是问题，就像鱼儿吐出的一连串水泡。

朱罡什么也没说，泄了一口气，神奇的力量顿时蒸发在空气里。他像一个瘪了的布袋，闷头往家里走去。雅娇满脑子的疑惑得不到解答，只能郁闷地跟着回家，边走边念叨："我以为你要上山锄地，不再练武了。开心得怎么也睡不着，就想干脆早一点去，烧好早饭还太早，就拿着蒲扇去鸡窝里扇公鸡，让公鸡早一点啼叫……"

天哪，朱罡的心里一沉，顷刻冰凉到底。箭射早了，肯定射不到新皇，却打草惊蛇，这事必定败露，接下来得好好忖度，该怎样应对。

话分两头，且说藤桥隔壁的泽雅有座高高的石榜山，半山腰上有一块高耸的石笋，直愣愣的像一个五尺三高的大汉，面对戍浦江静静地站立着，谁也不知道它站了多少年。

朱罡在石鼓上敲的这一声，轰隆隆地滚过石鼓山，滚过马鞍山，穿越坑古岭、天长岭、宝昌岭、山洲岭、塘岙岭、石垟岭，滚过曹湾山，滚到了石榜山……

轰鸣声如同霹雳齐鸣，响彻云霄，震动大地，只见金光万道滚红霓，瑞气千条喷紫雾，祥云缭绕纷纷来，紫雾盘旋似龙凤。

人们在沉沉的酣睡中，谁也不知道石榜山上的这块大石头慢慢地断裂

泽雅石榜山将军岩（2022年摄）

开，"啪"的一声裂成三截，当中部分越变越大，越变越大，突然大石头里蹦出了一个苏大将军。苏大将军出来后，这三截石头依然面临着戍浦江，岁岁年年地站立着，风雨无阻地站立着，成了远近闻名的将军岩。

只见苏大将军头发高耸，俨然齐整整地刷了浆，满脸赤红，犹如染了朱丹砂，眼像铜铃圆滚滚，光如日月出东山，外翻嘴唇厚墩墩，犹如两个扇贝夹正中，牙齿颗颗如排钉，虎体狼腰身魁梧，豹头猿臂显神威，威风凛凛立天地，震得走兽四奔逃。

他揉揉眼睛，大吼一声，顷刻间云生四野，雾涨八方，摇天撼地起狂风，倒海翻江飞急雨。一跺地面，雷公愤怒，倒骑火兽逞神威，电母生嗔，乱掣金蛇施圣力，大树连根拔起，深波彻底卷干，地动山也摇。

正是：

石鼓一响震寰宇，天地须臾换颜色。

石榜山上岩石开，苏大将军降世来。

"阿嚏!"苏大将军弯腰打了一个喷嚏,平地卷起一阵狂风,树叶扑啦啦掉落下来,他举着一双大铁锤,上下挥动,龙卷风越来越大,风力越来越猛,把树叶卷得疯狂飞舞,就像着了魔的小妖。飞禽走兽都躲在山洞里,一动也不敢动,一声也不敢吭,谁也不知道到底发生了什么。

他抬起双腿一行走,发出砰砰的震动声,留下两排深深的脚印,震得大地微微颤动。他摇了摇头,好像刚刚睡醒,睡意还没消透就被人吵醒了,双眼瞪着面前的江水,吹了一口气,江面顿时泛起滔天巨波,从这边一直到那边,又从那边回到这一边。

他竖起耳朵细听,再没鼓声,四处看看,也没兵士出来,就慢悠悠地晃动双锤往前走去。

来到泽雅麻芝川村边上的雷峰岩,山边有一块笔陡的悬崖,苏大将军玩心大起,蹲下身子从陡峭的山崖上径直滑落下来,爬上去又滑下来,滑下来又爬上去,把山崖当作滑滑梯,玩得兴致高昂,山坡上留下几条深深的印痕,几百年过去,印痕依然清晰地存在着。

泽雅雷锋水库将军溜石习武岩（2022 年摄）

突然他抬头看看夕阳西下，天就要黑了，赶紧往大塘方向行进，在石龙头上找到了朱罡。

众人一见苏大将军，一个个吓得魂飞魄散，四处奔逃，"呀呀"地乱叫，就像见了鬼。

朱罡沉稳地迈步上前，见苏大将军如此长相，也是微微吓了一跳，握紧拳头，镇定了一下问道："请问壮士来自何方？来此有何公干？"

苏大将军一见朱罡，两眼发光，双手一搭，深深地鞠了一躬："朱统领，苏某来迟了！""你怎么叫我朱统领？来此做甚？"朱罡一见苏大将军，就有种似曾相识的感觉，是很熟稔的感觉，却不知在哪里见过。一看苏大将军，就是威风八面，神力无穷，跟自己有种很深的缘分，却不知这缘分来自哪里。

"朱统领有所不知，我是上天指派来的苏大将军，应你的鼓声出来，只为护佑你！"苏大将军再次握拳鞠躬。"哦，原来如此，感谢上天护佑，欢迎你！苏大将军！"朱罡伸手扶起苏大将军，心想：肯定是我的箭射偏了，上天指派他来助我了。

他唤来众人与苏大将军相见："人不可貌相，海水不可斗量，苏大将军受上天指派，襄助我们而来，感谢天地厚恩！我的神勇队就交给苏大将军了！"众人纷纷上前与苏大将军握手言欢，发现苏大将军长得神异彪悍，却是憨态可掬，都欢欣不已。

苏大将军力大无穷，数十小伙都不是他的对手，他的大铁锤轻轻一挥，男儿们纷纷倒下，他把握了力度，才没人受伤。自此，石龙头上几十个小伙练得更欢了。

芳草绵绵，娇花袅袅，树外氤氲烟雾罩，廊下清奇鸟鸣啭。"巡抚大人驾到！"吴知府正在后院调弄着鹦鹉，手下突然来报。巡抚大人突然驾临，有何公干？吴知府有点疑惑，也没提前接到上级公文，他慌里慌张地更衣出来迎接。

风尘仆仆的巡抚大人一见他就大喝一声："都是你干的好事！"知府吓得出了一身冷汗，颤抖着跪倒在地上，瑟缩成一团。

第十六章

寻到大塘遇朱母　对答如流现儿身

"巡抚大人，不知大驾光临，有失远迎，属下万死。"知府跪在地上，没有一丝风，头上的乌纱帽却微微颤抖着。"你尸位素餐，玩忽职守，江南出反贼了，没有一点察觉吗？"巡抚大人厉声斥责。

巡抚今年六十五，前两天刚纳了一小妾，年方二八，月貌花容娇滴滴，唱得南戏更是一绝，尤其是高则诚的《琵琶记》，唱到赵五娘背着琵琶进京寻夫，哀婉缠绵，让人潸然泪下，每每此时，巡抚都忍不住上前把她一把搂在怀里，轻轻抚慰，自有一番英雄救美之豪情满腔。

巡抚听着悱恻的南戏，赏着优雅的舞姿，眯着微醺的小酒，日子正是惬意，接到新皇圣旨，不得不告别情意绵绵的小妾，跋山涉水来到温州。一路上不是骑马就是坐轿，高高低低山路蜿蜒，老骨头差点颠得散了架，心里又惦记着府里的美娇娘，不知夫人会不会找她的麻烦，之前就老说狐狸精得趁早灭了。美娇娘不能带在身边，巡抚越想越不痛快，只能拿知府出口气。

"是，是，属下知罪。马上派人寻访，找到反贼，碎尸万段！"知府战战兢兢地说。他大大松了一口气，不是吴因犯错被人上告，不是彻查府衙的账务，其他的都是掉落的头发丝，根本不是问题。

"我们亲自下去查访，务必揪出反贼，躲在地缝里也得揪出来。"巡抚大人更生气了，恨不得吐一口唾沫就变成钉子，钉死反贼。"当然，当然，我带路，亲自下访。"知府应声而答。

"此事关乎重大，切勿疏忽大意，否则革职查办。"巡抚恨不得提起知府的两只耳朵来。心想：都是你小子管理不善，出这大事，害得我颠簸一路，辛苦一遭。

"是，是，我们明天就去细细查访，田里的泥鳅是反贼，也得一条条抓出来斩首示众。大胆刁民胆敢以下犯上，必须碎尸万段，诛灭九族！今天，我摆下点小菜，给巡抚大人接风洗尘。"知府满脸赔笑，用眼神示意师爷，师爷连忙吩咐在花厅摆上丰盛的酒席。

巡抚这才起身迈步，到花厅坐下来，只见一张大圆桌上早已杯杯盘盘摆得满满当当。活剖鲜鳞烹绿鳖，旋蒸紫蟹煮红虾，青芦笋，水荇芽，菱角鸡头嫩丫丫。腌腊鸡鹅暗香来，獐麂兔鹿鲜味飘，香椿叶，黄楝芽，竹笋莴苣黄白绿……

巡抚大人威武地坐下来，慢悠悠地品尝着东海的大黄鱼，肉质细嫩，入口即化；白色的鲞鱼，看似白面条一般，放到嘴里一嚼，有一股韧劲，更有鱼肉的浓香；红通通的虾子皮硬肉嫩，一脸霸气的大螃蟹里藏着雪白的细肉……

他听着红衣女子弹奏着古琴，犹如泉水叮咚，穿过春天的大地。看着几个绿衣女子挥动长长的衣袖，扭动婀娜的身姿，就像杭州西湖的曲院风荷，"接天莲叶无穷碧，映日荷花别样红"。他缓缓地舒出了心中那口堵着的气，感觉身体一点点变暖起来，笑意在脸上渐渐荡漾开来，身子也软和下来了。

知府手一挥，有个绿衣女子袅娜地上来，蛾眉粉面，香肌玉雪，纤腰盈握，绿裙轻摆，端起一杯酒递到巡抚大人眼前，撮着樱桃小嘴，妩媚地说："巡抚大人远道而来，一路艰辛劳顿，小女子敬你一杯！""好，好！"巡抚大人顿觉腰软骨酥，心里痒抓抓的，看着眼前女子成了小妾的模样，就一把揽在怀里……

就这样，巡抚大人每天喝酒赏曲，兴味盎然，竟忘了此来目的。

朱罡知道事情败露，又不好跟多星说，心中愁闷，只能苦苦思索应对之策。庆幸苏大将军一身武艺，带着大家练武，众人武艺增长迅速，嘿哈声震得马鞍山都微微地摇晃着。

雅娇看着朱罡又天天沉迷练武，不再过问田地，也不问药堂，暗暗忧虑。只得默默地背着锄头上山，默默打理着店堂，累得酸痛无力时，停下来捶捶双腿，更不敢告诉林大先生。林大先生看着朱罡一阵风似的进进出出，无心过问生意，只是无奈地摇摇头，心里一阵悲凉，就像秋风扫过一片不毛之地，看来林家的医术还是后继无人哪！

几天后的早晨，巡抚大人哼着小曲在后院赏着盛开的迎春花，金黄色的花瓣星星点点地沉浮在翠绿的枝干间，就像用黄蜡雕刻起来的，格外耀眼。突然想起自家的海棠也该盛放了，自己要早日查到反贼，回去跟小妾团聚呀！

巡抚大人转身回屋，吩咐手下准备一些百姓的衣服，装扮好了到周边寻访，知府立马在前面带路。

他们来到江心屿，眼看谢灵运写的："乱流趋正绝，孤屿媚中川。云日相辉映，空水共澄鲜。"瓯江的江面波涛浩渺，波纹细密，芦苇摇摇晃晃，苇絮飘飘扬扬。

东塔西塔分立两边，岛上榕树郁郁葱葱，一根根粗壮的树根垂挂到地，又成一树，一树又一树，直至独木成林。江心寺明黄的墙壁和青色的砖瓦，在明媚的阳光下更为鲜艳，门口一副金色对联是温州状元王十朋撰写的叠字联："云朝朝朝朝朝朝朝朝散，潮长长长长长长长长消。"

巡抚站在寺门口，摇头晃脑地念着，想起孟浩然和王安石都曾在这片物华天宝人杰地灵的土地上流连，不由胸襟开阔，欢畅惬意……知府看巡抚大人兴致高昂，挥挥手就地摆好垫子，拿出陈年佳酿和精致的小点心。巡抚跟知府坐在江边，吟着诗，喝着酒，高举酒杯倒下江里，想象着王羲之等士族在山水间流觞作诗，没有丝竹，没有舞蹈，有清风做伴，有暖阳照耀，也是人生一大乐事。

不觉之间，一天已过。回程后，巡抚想：城里怕是走访不到贼寇的蛛丝马迹，哪个贼寇也不会在脑门上刻字，还是到乡下走走吧！林高草密容易出贼寇，毕竟那些地方好藏身。

他跟知府带着随从骑着高头大马，走在乡间小路上，路边绿油油的草儿一片片蔓延着，满眼的绿意肆意流淌着，细碎的野花，红的、黄的、紫的，散在草丛里，像眼睛，像星星，眨呀眨。他抬头看看头顶的太阳，暖洋洋的，一股浓浓的睡意袭来，他想坐在路边休息一下，一看路边，连个驿站都没有，只好作罢。

马儿漫无目的嗒嗒地往前走着，巡抚大人坐在马背上打起了盹，头磕到了膝盖才猛地惊醒，睁一会儿眼，又迷迷蒙蒙睡着了……

突然，他的牙齿磕到了膝盖，一阵刺痛传来，他抬头揉揉下巴，彻底醒了。看见前面是一片稻田，稻田上铺着一层薄薄的水，蓝天白云映衬在上面，天光云影共徘徊，阵阵白鹭上下翻飞，俨然一副平和的乡村闲景。

农人正在田里插秧，有的弯下身一棵一棵往下插，人不断往后退，不一会儿，前面就出现了两排整齐的秧苗，有的站在田埂上，把秧苗一棵棵往稻田里抛，很快就是一大片。

"乡村四月闲人少，才了蚕桑又插田。"范老先生说得对，确实如此啊！

巡抚感叹着。突然，他双眼一亮，发现稻田里有一个妇人，看起来四五十岁，这样的农妇不在家里操管家务，怎么劳筋动骨在田里忙活？他突发奇想，想为难一下她。

他嗒嗒地骑马来到妇人面前，一本正经地问："插田娘，插田娘，你天天在这里插田，说说看，田头到田尾有几蓬秧？"雅娇正专心插秧，一抬头看见面前站个陌生男子，眉清目朗，面如重枣，骑着高头大马，一看就出身不凡，心里吓一大跳，再听他的问题，更傻眼了。她插过无数次秧苗，从未细细计数过，不知道头尾有几蓬秧，站起来也数不清楚。

雅娇皱紧了眉，轻声答："对不住，客官，我不知道。""你真是个笨极了的插田娘，天天在田头忙活竟然不知道，回家好好想一想，明天我再来问你。"巡抚大人看着雅娇一脸窘迫，仰起头哈哈大笑，笑声在田野间弥漫开来。

雅娇回家后，给家人端上晚饭，一心想着明天那男子再来询问怎么办。她左手端着碗，右手拄着筷子，不自觉愣住了：是不是明天一早去数数看，可是一块田又不方正，有的地方长，有的地方短，那么多秧苗根本数不过来，那可怎么办？

这真是愁煞人，也不知哪里来的官人，平白无故为难我一个乡下婆子干什么呢？明天再来问，明天回答不出来，后天再来问，后天又答不出来，这可如何是好？

她的眉头越皱越紧，好像被紧紧拧成一团的毛巾，似乎要滴滴答答地滴下水来。

大娘子发现了雅娇的异常，问："阿娇，你碰上什么难事了？"雅娇摇了摇头，这事告诉母亲也没用。

朱罡一听，立刻停下了与多星的讨论。这段时间，他没顾上田里的活，也没顾上药堂生意，都是母亲和外公打理，母亲真的老了，头发半花白，脸上的皱纹一层叠着一层，就像一块随意扔在灶台上的抹布，作为儿子，又帮不上忙，他越想越惭愧。可是，眼前还得带着大家练武，还有大事要做。等这件大事做完，一定要帮着母亲好好料理药堂生意。

"娘，你一定遇上难事了，快点告诉我，我来帮着解决。"朱罡悄声对雅娇说。雅娇挨不过，就把白天的遭遇告诉了儿子。朱罡一听双眼发亮，应声答道："娘，这个问题不难，我现在就把答案告诉你。"他趴在雅娇的耳边悄悄说着。雅娇一听，这回答天衣无缝，可以放心吃饭了，她松开眉头，一碗饭呼啦呼啦下去了。

"怎么回答？"多星掰过朱罡的双手。"不告诉你，自己想着去。"朱罡装着神秘的样子，眨了眨眼睛。"哼，自己想就自己想。"多星一顿筷子，歪着脑袋想。"山顶到山脚有几棵树？村头到村尾有几座房？……都不怎么好，算了，不告诉就算了。"多星闷头吃饭了。

林大先生和大娘子根本不知道他们在说些什么，满脸疑惑地看了好一会儿，再摇摇头。

巡抚大人体会到了与年轻女子耳鬓厮磨不一样的乐趣，看着妇人在田里窘迫地红了脸，也蛮有趣。

这天一早又嗒嗒地骑马来到大塘田边，看昨天的妇人还在岭下桥的田里插秧，她撅着屁股，一棵一棵把秧苗插到田里，像蜻蜓飞过，一点点下去，就有一棵秧苗立住了。他来到妇人面前，高昂着头，满脸得意地问出昨天的问题，双眼炯炯地盯着妇人，就想看她脸红难堪的样子。

想不到老妇人抬起头，朗声回道："骑马郎，骑马郎，你天天骑着高头大马，请问马头到马尾有几根毛？"巡抚大人一听这回答，瞬间傻了眼，这老妇人昨天还窘迫得像一只烧红了的大虾，今天怎能妙对如此呢？不对，肯定有高人指点，这高人也许就是以下犯上的人。

造型独特的石桥，大塘岭下桥（2022 年摄）

"谁告诉你这个答案，快快从实招来，否则，把你带回温州府大刑侍候！"巡抚大人厉声责问。"这，这……"雅娇不知怎么办了。"来人，把她带走！"巡抚就近把雅娇带到第一堂，叫来里史，说明身份就摆开架子开堂审问。

雅娇看这架势，慌了神，急得满头大汗。"识相一点，快快从实招来，谁告诉你的，否则温州府衙的刑罚让你受个够，我还要让你生不如死，尝尝凌迟处死的滋味。"不行，无论如何不能说出罡儿来，此人一看来者不善，我肯定惹祸了。雅娇想着，紧闭着嘴，就是不说话。

"肯定是她儿子告诉她的，她儿子脑瓜子转得快，就是一个千奇百怪的刁民。"里史在一旁插嘴了。他早看着朱罡不爽了，那小子满身的反骨，什么都跟上头对着干，这下终于有了把柄，可以送进温州府大牢，没有后顾之忧了。"她儿子姓什么？"巡抚心里一喜。"姓朱。"里史脱口而出。

"哇呀，就是这个了！"巡抚兴奋得双手拍在大腿上。真是踏破铁鞋无觅处，得来全不费工夫呀！想捉弄一下妇人竟然引出了反贼。

"他儿子几岁了？快带我到她家看看！"巡抚迫不及待了。"他十九岁。"里史兴高采烈地在前面带路，恨不得蹦跳起来。雅娇跟在后头，心急如焚，不知如何是好。众人到她家一看，地上摆着很多小石子，朱罡和多星都不在家。"就这玩意儿！十九岁还像幼童摆石子玩，差不多是个傻子吧。"巡抚哼哼地笑了。

巡抚觉得好笑，不过也不容小觑，他叫温州知府做好准备，自己立刻策马回京上报太后，组织大批人马来围剿朱姓反贼。他快马加鞭回京上报尚书令，尚书令一听，原来白白操心，就是顽童劣性，摆摆石子而已，成不了气候。

偏偏尚书令身边有个师爷想着立功，对尚书令说："老爷，此事不可小觑，太史令观察到天象异常，那小子又恰好姓朱，宁愿错杀三千，不可放过一个呀！"尚书令一听，觉得有理，就急急入宫向太后汇报。

太后一听，立即下令："南方蛮夷之地多蛮横之人，民众就是冥顽不化，得赶紧灭掉，斩草除根！"她迅速组建两万步兵加两千骑兵，以也速来王爷为征南总指挥，巡抚大人为副指挥，浩浩荡荡地奔温州大塘而来。

也速来王爷彪躯狮体，燕颔虎须，威风八面，年轻时就听说先祖铁木真远征欧洲的故事，很是羡慕，十八般武艺样样精通，可惜多年来除了逐鹿猎场，并无战事，正是手痒痒，得了命令后欣喜万分，终于得到金络脑，快走踏清秋。一听说是蛮荒之地的山野匹夫，又觉得甚是失望，就像举起百斤大锤奋力千钧，发现脚底下只是一只小蚂蚁。

雅娇隐隐感觉自己给罡儿惹了大麻烦，又不敢对他说，只能一个人默默地叹气。

朱罡和多星正摆着军阵，牢头急匆匆地赶来了。"不好了，阿罡，听说朝廷两万多京兵要杀到大塘来，里面还有蒙古的精锐部队——黄金骑兵，这支骑兵曾经纵马天涯，征服整个欧洲，让欧洲人吓得瑟瑟发抖，从此恨透黄皮肤黑头发的人，史称'黄祸'。这可怎么办呢？"牢头说着，嘴唇微微颤抖。

听到这消息，朱罡也犯了难，纵使男儿各个武功盖世，以一当十；纵使苏大将军英勇绝伦，以一当千，几十男儿怎抵两万多大军呢？

正是：

雅娇田头遇刁难，朱罡妙对惹火来。
数十男儿正训练，怎敌京兵两万二？

这时，朱大娘的孙子带着伙伴来了。"我们种别人的地，地主说涨租就涨租，皇帝想让我们交多少税就交多少税，这日子没法过了。"他义愤填膺地说，"我们也要练武，要种自己的地！"

"对，对，我们要种自己的地！"男儿们一个个热血沸腾，高举双手，呼喊着，巴不得立马奔赴温州府，让知府上报减税，放出张姐。

朱罡双眼一亮，有了主意。"兄弟们，你们说得对，朝廷腐败至极，三年大旱，我们颗粒无收，山上树皮都啃光。朝廷下放赈济粮，层层盘剥，到我们手里，一人只有一斤，我们眼睁睁看着亲人饿死，好不容易有了丰收，赋税又上涨，我们还要完成永无尽头的徭役。"他跳上一块石头，神情激动地说，"我们需要勤政爱民的皇帝，需要一心为公的父母官，为了耕者有其田，老幼不饥寒，天下大一统，公道在乾坤。今天我们成立义军，手胼足胝，肝脑涂地，不求衣紫腰金，封妻荫子，只求团结一心，救危济困，上报国家，下安黎庶，如何？"

五岁时立下的誓言又一次在耳边响起来，这一次，朱罡清清楚楚地看见誓言就要实现了，温州街头不再有饿着肚子的孩子，不再有流民露宿街头。

"朱统领，你指向东边，我们就往东边打，你指向西边，我们就往西边

巡抚昏昏到大塘，遇见朱母正插秧。
一心刁问插田娘，对答如流现儿身。

打！让耀武扬威的官兵尝尝我们的厉害！"大壮高举棍子。"我们一起干！"苏大将军挥舞着一对大铁锤，敞开嗓子高喊。

"对，对，我们一起干，我们一起干！"义军男儿的呼喊声震荡着石龙头微微地摇晃，呼喊声笔直地冲向云霄，震动着白云也微微抖动起来，惊慌失措地往四面散去。

"兄弟们，我们羽翼未丰，还得抓紧练习，更要低调，这事绝不能泄露一星半点，否则就是满门抄斩的重罪！切记，我们得偷偷训练，不能这样高喊，里史一发现，我们就全完了。"多星压低嗓音，却很有力量地说。

"多星军师说得对，万万不可泄露，我们得壮大力量，打造武器，全副武装。大家练起来吧！"朱罡的话一说完，大家就精神振奋，噼噼啪啪地开练了。

"现在最头疼就是打造武器，拿个木头棍子怎么跟官府锋利的长矛和大刀对抗？对了，他们有突火枪，还有更牛掰的火铳呢！都是真刀真枪啊！"朱罡感叹着。

"几户人家才一把菜刀，地里又挖不出铁来，这确实是个问题，再说了，菜刀也不适合远距离作战。"多星也皱起眉头。

"砍竹子，山上全是竹子，把竹子削尖了，就是很好的武器，可长可短，可以投掷，也可以戳，完全能替代长矛。"朱罡脑子一转，指着后山蓊蓊郁郁的竹子说。

"这是个好主意，我们分派人手上山砍竹子。"多星一听，连连点头。

"我们去吧！"大头带着一批人去了。武器有了，能打赢吗？朱罡的心里完全没有把握。

第十七章

官兵来袭气汹汹　朱罡得谕捏泥兵

京兵即将压境，义军怎么应对呢？朱罡满腹心事地踱着步，不知不觉来到石鼓山，靠在石鼓上，眺望远方，陷入沉思。

秋风起，大雁飞，石鼓山上，一段青，一段红，一段黄，叠翠流金，绚丽多姿，大自然不管眼前的惊惶和忧虑，只管浓墨重彩地装扮自己。

不知什么时候，白胡子飘飘的老和尚又慈和地出现了："朱罡，你有个办法可以应对朝廷大军。""什么办法？"朱罡腾地站了起来，眼神炯炯地注视着老和尚，他知道老和尚每次都能带来福音。

"你可以让泥人上阵厮杀。"说着，老和尚又一晃眼不见了。朱罡揉揉双眼，四处寻找，又不见老和尚。都说泥菩萨过河自身难保，泥捏的人怎能上阵杀敌呢？朱罡很疑惑，小时在青砖的瓦窑里捏过很多小动物，从未见它们活动起来过。

可眼下无计可施，几十男儿对阵两万二京兵，就是以卵击石，不自量力，不管怎样，试试再说，老和尚前言已经应验，此言应该不虚。古代神话不也说，混沌之初就是女娲抟土造人，才有了这个美丽可爱的世界。

他来到青砖的瓦窑，熟门熟路地用铁锹撬起一团软和的青泥，这青泥天生而就，不用加水，不用摔打，韧性十足。

他抱起一团青泥，揉搓成一个圆球，再用树枝雕刻出丝丝缕缕的头发，加上做雕刻时学会的技艺，观察锡匠工艺时的积累，不一会儿，头部完成了。他再铲起一大团青泥，做它的身子，揉搓几下后，拼接上去，一个完整的泥人呈现在眼前：额头高扬，双眼突出，鼻子耸起，嘴巴宽阔，下巴浑圆，胸脯宽广，两臂有力，双腿健壮，手指脚趾都清晰地呈现，逼真得能听见它轻微的呼吸。

"这个泥人叫天圆吧！"朱罡看着泥人赞许地点点头。他低下头，继续揉捏，不一会儿，一排泥人高大雄伟地站在面前，有的蹲坐，有的手臂上举，

160

朱王掘地取土捏泥人遗址——望塘碓（2022 年摄）

有的转身踢腿，神态各异，栩栩如生。"国字脸的叫地方，你是圆脸，你是扁脸，你是大手，你是大脚，你是滚肚，你是……"朱罡指着泥人一一给了名字。

"我们到处找不到你，两万京兵即将压境，不好好谋划一下，怎么解眼前的燃眉之急，你还躲起清闲，一门心思蹲在这里摆弄泥人？你要急死我们呀！"多星和大胖甩着满脸的汗水跑来。

"兵来将挡，水来土掩。你们先去训练义军，我捏泥人自有妙用，放心吧，我已有破敌妙招。"多星一听，一头雾水，捏这些泥人有什么用呀？难道是用来迷惑敌人的？

"你倒是好好说说，该怎么破敌？不要让我们心如火烤。"多星急切地想知道答案。

"不行，天机不可泄露。你们先回去训练，到时自有分晓。"朱罡埋头摆弄泥人，不再看他们一眼。

"罡儿一向实在，不会稻秆人扮起做皇帝（说大话）。"大胖一直对朱罡

望塘碓水车（摄于 2022 年）

言听计从，自是信服。多星半信半疑地跟着大胖回石龙头去了。

看着高低不平的泥人，朱罡想：如果摆起军阵来，高高低低会有麻烦。他思索片刻，找出一个木架子，用木架来做坯，先做好大小差不多的坯子，再用这些坯子来捏，这样泥人的大小高低就一样了，排起军阵来，更是声势浩大，军威凛然。

他在瓦窑里，不知疲倦地干着，不知晨昏，不晓饥渴。雅娇知道后，给他送来吃食，看朱罡埋头捏泥人，她也是满肚子的官司，紧皱眉头，忧虑重重，又不好说什么，只能摇摇头走了。

她知道自己给朱罡惹下了天大的祸端，又想不出法子可以应对，只能默默地支持他。

朱罡捏了十来个泥人后，发现自己的速度太慢了。这泥人上战场打仗，就是韩信带兵——越多越好，怎么也得成千上万，他不再精雕细刻，站直身子，抓起一个大大的泥团，伸开双臂使劲一押，像馒头铺里做馒头的人，高举一条长龙一样的面团，用手一扭一丢就是一个馒头坯子，他一扭一丢一个泥坯子，一捏一甩一个泥人。丢着甩着，又像面店里摘鱼丸的人，鼓捣好了鱼丸，一摘一扔一小根鱼丸下到滚汤里，他一摘一扔一个泥人站到地面……

捏着捏着，他感觉双手好像有了神助，汩汩滋生的力量通过周身奔涌的血脉迸发出来，越捏越有劲，越捏越有劲，似乎能把整座石鼓山捏在手里了。

地上软和的青泥也似乎有了一股神力，纷纷离开地面扑向了他，他不需要弯腰，也不用铁锹，一伸手，就有一大团青泥在手里，往外一甩就是一个站立的泥人，再一甩又是一个……甩着甩着，他发现完全不用捏，那一个个泥团跃过他的双手，就变成了鲜活的泥人，他只用摆动双手就可以了。

此时，谁也看不见瓦窑里发生的惊天一幕：朱罡挺直腰身，一团团青泥争先恐后地向他奔涌而来，他的双手上上下下，就像一个修炼多年的舞者，挥之舞之，舞之挥之，成千上万的泥人在他的身边站立起来。

瓦窑里容不下这么多泥人，朱罡就跑到了石龙头宽阔的草地上。真是奇怪，他站在高高的山顶上，向着山下一挥手，那一团团青泥竟然像长了脚，生了翅膀，跨越了水流，飞跃了山坡，向他的双手飞奔而来，他站在山顶上，伸开双臂，舞之蹈之，泥人就成百上千地在他身边站立起来。

练武的男儿们眼看这一幕，双眼瞪得像小灯笼，嘴巴张得圆圆的，傻傻地不能动弹，直到朱罡大喝一声，停了下来，他们才好奇地在泥人身边旋转着，怎么也看不够。

朱罡捏罢泥人，跟多星在村里走走，才发现因为捏泥人地上出现了一个又一个大洞，就像许多张开的大口子，又像大地平添了很多深深的伤痕，他突然想起大旱时期挖的敏思井。

"这样东一个洞西一个洞，很是不雅，孩子玩耍会不小心掉进去。不如干脆挖成水塘，可以灌溉，可以灭火，还可以给村民提供腌塘用水，打起仗来，也有用处。"朱罡有了新的想法。

"对，对，有一定布局才好。"多星回答。"九个井像北斗七星的一把勺子，八卦生万极，这几个塘就用八卦图吧！"朱罡灵机一动。"妙哉，妙哉，八卦，可谓玄之又玄，众妙之卦。"多星连连点头。

朱罡抬起双脚，用力一跺，霎时间，地动山摇，一阵动荡后，地面出现了十个塘，中央塘、青龙塘、白虎塘、上筑塘连成一条笔直的线，与门前塘、牛食塘、望塘、下尾塘、下筑塘、老太塘形成了一个八卦图。不久十个塘里有了盈盈的水波，像仙女抛下的十颗宝石，闪着熠熠的光芒。塘里鱼儿游游，青蛙呱呱，水草青青。

几百年后，大部分水塘被填埋造成了房屋，还有的水塘依然波光粼粼。

人们可以就近取水腌制水竹，还可以灌溉周边的农田，可谓一塘多用。朱罡又带人平整了一些路段，让村子里田成片，路成线，阡陌交通，秩序井然，这片也因九井十塘的独特风景闻名乡野。

朱罡跟多星天天演习军阵，以前只用小石子排演，这下可以用泥人真正摆阵，阵法日渐纯熟，出神入化。

此时，义军男儿也已训练得炉火纯青，大胖的神弓队迅雷不及掩耳之时，就能飞石上天，百发百中；大壮的神棍队，出棍如银龙探爪，收棍似走电飞虹；苏大将军带的神勇队挥拳如嘶风逐电精神壮，踢腿似踏雾登云气力长……

朱罡胸有成竹，志在千里，赞许地点点头。练着摆着，朱罡又有了疑问，泥人都没有眼睛，怎么办？

"用小石子吧！沙滩上多得是小石子。"大头提议。"不行。石子大小不一，嵌在泥人的脸上不合适。"朱罡摇摇头。"用谷子吧！谷子大小匀称。"大胖拍拍脑袋。"不行，谷子是黄的，不像眼睛，也太小了。"朱罡连连摇头。

这时，雅娇提着一箩筐乌豆过来，她想把乌豆浸泡起来给大家做豆腐吃，大家日夜辛苦，做点豆腐，既可以吃豆腐生，还可以做朱罡最喜欢吃的豆腐鳖，好好犒劳一下日夜训练的孩子们。事已到此，她不再整日里提心吊胆，干脆放开心思，任由孩子们干吧！看着满山遍野站立的泥人兵，雅娇从心窝子里有了一股满盈盈的底气，不再害怕，天塌下来也能有朱罡顶着了。

看着活灵活现的泥人兵，林大先生惊异万分，深感朱罡不凡，也不再对他摇头了。心想：孩子有自己的事，就让他做吧，林家药堂后继无人就后继无人吧！哪家生意能千古不朽呢？

"用乌豆吧，这才是眼睛的样子。"朱罡眼前一亮，一拍大腿。"好极了，就用乌豆，这才是眼珠的样子。"大家异口同声地说。每个人家都把家里的乌豆倒出来，朱罡给泥人一嵌上乌黑的豆子，顿时生动几分，似乎两只眼珠子能咕噜噜地转动了。三斗三乌豆快用光了，眼看箩筐里只有几颗在上下滚动，还有一半的泥人没有眼睛。

"乌豆不够了。剩下的乌豆要留作种子，大家快到乌岩岭上去种吧！那里土地肥沃，乌豆长得快。"朱罡停下了双手。

一大早大家就往乌岩岭奔去，有人开垦，有人播种，有人盖土，有人浇

几十怎敌两万二，神谕泥兵可助阵。
朱罢奋力捏泥兵，一甩一排天兵来。

水，一天时间，乌岩岭上种满了乌豆。没几天，一小片一小片嫩芽悄悄地钻出了地面，乌岩岭上嫩绿嫩绿的一大片，人们巴不得拿着蒲扇上山去扇一扇，让乌豆快快长大，可以收获成熟的乌豆来当泥人的眼睛。

这么多泥人放在野地里，风吹雨淋就坏了，有的身子出现了一条条细细的裂缝，有的被雨水一冲洗，软塌塌的站不起来了。给它们戴上斗笠吧！雅娇想到了好主意。

有人上山砍竹子，有人劈竹子，有人拉竹丝，雅娇和妇女们双手灵巧地

翻转着，篾青和篾黄像一条条仙女手中的丝线，灵活地穿梭着，姜村的女子果然编得很快，雅娇都差点赶不上了。没多长时间，一个个斗笠出现了，戴在泥人头上，恰好合适，既可以遮风挡雨又可以挡太阳，站在野地也不用发愁了。

朱罡看着一排排整齐的泥人想：万事俱备只欠东风，怎么让它们活动起来呢？

朱罡炯炯地注视着泥人："泥人，动动手。"泥人纹丝不动，他用手轻轻

曹湾山出奇谋（摄于 2022 年）

摇动泥人的手，泥人没一点反应，他稍微用了点力气，啪的一声泥人的手断了。他蹲下马步，运起全身的真气，用滚烫的双手贴着泥人的背，想给它们注入真气，泥人还是纹丝不动。他拿出家里的蒲扇对着泥人扑啦扑啦地扇着，泥人依然瞪着乌黑的双眼一眨也不眨……

他愁眉苦脸地到了石鼓山，围着石鼓转了好几圈，也没见到老和尚。泥人身子僵硬不能动转，怎么上场杀敌？这么多威武的军阵怎么发挥作用？

朱罡苦苦思索，突然间，他一拍脑袋想起了女娲造人时对着泥人吹一口气，泥人就能动了。他想：死马当作活马医，试试看呗！他对着泥人轻轻吹了一口气，泥人竟然得了神谕一般，摇头晃脑地动起来了。"停！"他一叫泥人就停了下来。

原来泥人只听朱罡的指挥，他马步站好，张大嘴巴，鼓起腮帮子，对着瓦窑的泥人吹了一大口气，泥人都活动了，黑黑的双眼眨巴眨巴；他又来到石龙头上，对着列好军阵的泥人吹了一口气，就像刮起了一阵大风，泥人都摇摆起身体，抬头踢腿，好不热闹。这下军阵可以自由转换，任意挪移了。

看着泥人能动转自如，大家都乐开了花。人们都说，原来朱罡真是天上的星宿下凡，能让泥土变成大活人。

"泥人没有武器怎么办？"多星又有发现了。"这倒是个问题，这么多泥人赤手空拳没法打仗呀！"大头也急了。"茅草，可以用茅草！"朱罡突然想起自己射到新皇龙椅上的那一箭，正是用了石鼓山上的茅草。"竹剑！用竹子来做剑！我们用，泥兵也可以用呀！"大胖看到满山的竹子，也有了主意。"我带人回姜村做武器吧！"大壮走了；"我们也回去准备。"浓眉和大鼻子回藤桥了；扁担也带人回坑古了。

大胖和大头带人上山割来尖尖的茅草当作宝剑，用柳树杉树来做弓，箸竹做箭头，泥兵全副武装，摆好军阵，整装待发。

周边村子不断有男儿来加入，青壮年几乎都来了，义军的队伍越来越强大。

"虽说我们人数几百，可是京兵两万二，还是能把我们像蚂蚁一样捏死，这些泥人和茅草有用吗？"大胖还是很担心。

"无妨，兵法云：客兵倍而主兵半者，主兵尚能胜于客兵。京兵千里跋涉，人马疲困，我们面临戍浦江，背靠马鞍山险，以逸待劳，以主制客，此乃百战百胜之势。再说泥兵能摇头踢腿，就是上天助我们！可谓：天时地利人和！"朱罡沉稳地回答。

"对，对，我们以逸待劳，打他们个措手不及。"大壮双脚一跺，恨不得立即上场。

"理是这个理，但万万不可轻敌。"阿顺很是担心，芸儿有了一个儿子，他把大头当作儿子，对朱罡的情感也没减半分。"师父放心，我跟多星出去好好寻访一下。"朱罡转身出去了。

他和多星、大壮来到石钟山下，仰望山上，高耸入云，如同斧劈，看似有虎踞龙盘，多猿啼鹤唳，朝呈云涌山顶，暮现日挂林间，流水潺潺，洞泉滴滴。山前有崖峰笔陡，山后有花木茂盛。紫巍巍的葡萄、香喷喷的梨枣、黄澄澄的枇杷、红艳艳的杨梅，一年四季瓜果飘香。

"这里好！你看，只有一条小路上山，面前还是一大片高耸的山崖，我们一设机关，官军上不来，就会掉进瓯江里。"朱罡指着石钟山的山崖说。"不错，不错，这里还是戍浦江汇入瓯江的入口处，很可能会是官兵上岸的第一个关口。"多星点点头。

"对，这里还有个传说呢！"朱罡兴之所至，讲起了故事，"传说以前金钟洞里藏着一只三千六百斤重的金钟，夜幕降临，金钟发出悠扬的钟声，对面梅岙山上的玉鼓就激昂地应和，钟鼓齐鸣，洋洋盈耳。江心寺有个胖和尚知道了，谎称一条孽龙被封在石头底下，就要冲破封顶作怪，叫大家从半山腰到山脚挖一条水沟。水沟开成，他撑来大船，偷走金钟，急急往江心寺划去，到了礁头和太山之间，金鸡打鸣，喔喔震天响。他心中一慌，船身一斜，和金钟一起掉进瓯江，空留石钟山苍翠地耸立江边，无奈地望着梅岙玉鼓。此处颇有灵气，作为埋伏点最好不过。"

"哦，还有这样美丽的故事，如今朝廷里有多少这样贪心不足的官员，该接受上天的惩罚了！"多星气愤地说。

"大胖带神弓队埋伏在这里，不过，单单一个关口还不够，我们得做好多种准备，这里的关口拦不住，官兵就会往上游去，上面也得做好准备。"朱罡指着蜿蜒的戍浦江说。

"对，我们沿着江面往上看看。"多星走到前面。

朱罡停在曹湾山前说："这里设立第二个关口吧！"曹湾山也叫老鼠山，五座山相连，就像一只趴着的大老鼠，地势很不一般，据说古代的时候，周边都是海水，就这里是高山。"这是戍浦江的第一个大湾口，站在高处，能看到四面八方，我们在山顶设立一个营寨，作为瞭望台。"多星指着山顶，朱罡满意地点点头。

"我们做好充分准备，让官兵变成肉包子打狗，来了就回不去。"大壮有点神情激动了。

"不可麻痹大意，两万二官兵来袭，不好好谋划，首战就会失利。我和军师带苏大将军的神勇队驻在这边，我们再往上看看。"朱罡谨慎地说。

"第三个关口设在大塘码头吧，这里是众多货物往来之处，船只众多，行人众多，由大壮带着神棍队蹲守，最好不过。"多星提议。"好。"朱罡一心赞同。

朱罡和多星又从头到尾把三个关口巡视了一番，多星叫大头于险要去处，多立旌旗，京兵一到，只擂鼓呐喊，以壮声势。

正是：

泥人整装待号令，男儿刀剑已备齐。
三关设好重埋伏，只等官兵来侵犯。

朝廷两千黄金贵族骑兵加上两万步兵，从京城出发，马蹄四溅，战靴如雷，烟尘飞滚，犹如强劲的龙卷风，声势浩大，直奔江南而来。远远看去，就是一个庞大的蚂蚁军团，遮云蔽日，势吞万物，震得地面微微颤抖，犹如大地震后的阵阵余震。

所过之处，百姓四处逃窜，如被军团吞卷，瞬间化为肉末。他们除了部队提供的补给，看到鸡鸭牛羊，只管拉来宰杀，支起大锅涮羊肉，谁也不敢说什么。

十一月初四，虽说已是隆冬，江南还是一派秋景，乌柏树有的黄，有的红，有的绿，缤纷错杂，恰似一个个妖娆的江南女子，尽显婀娜。

黎明的曙光刚透出云层，映照着戍浦江上光波粼粼，犹如万道金蛇在游波戏浪。

瓯江口处，京兵乘坐一艘艘大船，浩浩荡荡地往戍浦江上来，江面上船只铺天盖地，舳舻相接，绵延百余里，将士盔甲鲜明，衣袍灿烂，金鼓震天，戈矛耀日，旌旗扬彩，人马腾空。

第十八章

神现泥兵京军慌　三关大捷人人夸

"都说行军如鼓洪炉燎毛发，当速发雷霆，行权力断，我们天兵日夜兼程，降临江南，朱罡等乌合之众定吓得屁滚尿流，趴地成泥了。"巡抚靠近王爷谄媚地说。

"那是，杀鸡焉用牛刀？还调用我们的黄金骑兵，就你手下也足够把这些不谙世事的泥腿子顷刻之间碾成齑粉。"王爷眯着眼晃着脑袋，握紧右手捏成粉碎的样子。"是，是。"巡抚点头如捣蒜。"我们两万大军一到，他们必定吓得连裤子都拉不上，只剩下哭爹喊娘的份了。"王爷仰起脸哈哈大笑，一张脸涨得通红，阳光照射下来，满脸的络腮胡变得通红一片。"呵呵呵！"细眼塌鼻，一把山羊胡子，身材瘦削的师爷细细地笑着，山羊胡子跟着一抖一抖。"是，是。"巡抚连声点头。

黄金骑兵头戴金盔耀日光，身披铠甲赛银霜，坐骑千里龙驹马，手执蒙古弯月刀，双眼上瞟，眼神傲慢，意气风发地跑在前头，意图一举拿下反贼，斩获头功。

"来了，来了。"大胖趴在地上听了一会儿，"从地面震动来看，离我们很近，没有半个时辰了。"他右手往下压，大家都安静下来，只有偶尔几声鸟鸣啾啾地响着，呼呼的风声刮过树梢。

"放！"大胖听了一会儿，估摸着差不多，就一声令下。

石钟山下的小道边放下了一条条绳索。"啊，啊，啊！"满脸傲娇的蒙古铁蹄被绊倒了。"嘶，嘶，嘶！"随着一阵阵军马的嘶吼声，一个个昂首挺胸的骑兵还没搞清楚是什么情况，就冷不防地从马上摔下来，掉进冰冷的江水里，手忙脚乱地扑腾着……

"什么情况？上前看看！"王爷怒喝一声。一骑快马飞奔上前，剩下一条翻滚的烟尘。

原来大胖在路边装上了一条条绊马的绳索，此处正是戍浦江入瓯江口处，也是温州到达大塘的陆路必经之处，正是一面悬崖峭壁，如同刀砍斧削，笔陡的山崖直插云霄，只有一条小路，如细细的羊肠盘旋而上。快速行进的军马被这一绊，纷纷掉进瓯江，随着一声声惨叫，骑兵死伤不少。

"停下！"将领一声呼喊，黄金骑兵勒紧缰绳，众人抬头看着高耸的山崖，笔直地挺立在云雾间，一时不知如何是好。

"放！"大胖再一喊，神弓队的队员铆足了劲，拉圆了弹弓，右手轻轻一放，一颗颗石子呼啦啦地飞来，犹如刷啦啦紫电飞长空，好似忽闪闪寒冰出神谷。骑兵们还没喘上一口平和的气，就纷纷捂脸掩耳，惊叫连连，落下马来，战无不胜的黄金骑兵又折了大半。

"停，改换小船，从水路往上游去。"王爷一惊，抖擞精神，站直身子，改变了策略。

一艘艘战船载着全副武装的京兵往戍浦江上游而来，眼看到了曹湾山。曹湾山一圈都是平地，戍浦江绕着山边缓缓流过，像给这座山围上了一条碧绿的玉带。王爷下令原地休整，安营扎寨，生火做饭。看来这些泥腿子不那么容易对付，得好好思量思量，让将士们先吃饱饭再说。他又暗自欣喜：这样也好，我的一身本领终于有了用武之地。

他跟师爷外出转了一圈，见朱罡的营地驻扎在山顶，师爷略一沉吟，有了主意，趴在王爷耳边嘀咕了一阵。"好！好！"王爷连声叫道，眼神激动，神情欢悦。原来师爷的主意跟他不谋而合。

"朱统领，不好了，京兵到我们村里借了很多锄头，准备挖沟埋炸药，把你们驻扎的山顶炸飞。"曹湾山脚下的前林村也有男儿加入义军，一有消息就飞跑来报告了。

朱罡心头一惊："大胖迎头一击，引诱他们进入曹湾山，正是军师设计好的关门打贼。他们要用威力无比的炸药，这可如何是好？""不妨。"多星趴在朱罡耳边轻声说了一遍。"高，高，就这么办！"朱罡不禁喜形于色。

王爷眼看沟渠即将完工，一批批炸药往山腰送来，等待着在沟里整齐地摆放，策马回了营寨，喝着美酒，哼着小曲，等着将领一声令下，引线点燃，朱罡等叛逆之众轰然一声见了阎王，大家就可以拔寨回京，论功行赏了。

"你们辛苦了！里史派我们送来一批果酒犒劳你们！这是我们去年秋天采摘的猕猴桃，放在一个大木桶里，不用水，只加蜂蜜，酿成了甜甜蜜蜜的果酒，保证你们一喝就停不下来。"前林村派人挑着一担担美酒送到半山腰。

"谢谢你们！我们会将你们的美意向王爷汇报，王爷会将里史的功劳向皇上禀报，我们班师回京后，里史就等着皇上封赏吧！"小将领让大家把美酒放下，赏给他们一些碎银子。正在安放炸药的将士一闻那馥郁的酒香，一看成瓮的美酒都一股脑围了过来。冬天时节，正午太阳当空挂，干了那么久体力活，将士们身上汗流浃背，也是渴了，累了。

他们争先恐后地抱起酒坛子，你争我抢，酒还没倒出来，整个酒坛子就"轰"的一声爆炸了，这个爆炸连带着他们还没安放好的炸药也炸开了，只听轰隆隆的一声连着一声，炸成一大片，京兵被炸得血肉横飞。朱罡的义军倒是早有准备，安然无恙地往另一边转移了。

原来多星想到，在酒坛子底下放好一层薄薄油纸包着的生石灰，酒坛子在抱起来摇晃的时候，压住油纸包的小石头被移动了，纸包散开，烈酒遇上生石灰就是威力十足的炸药。这叫将计就计。

自此，前林村和大塘村缔结了友好的村际关系，像自家兄弟一样往来，不管是迎佛还是划龙舟都会互通有无，直到现在。

王爷一听爆炸声，以为大功告成，兴奋地步出营寨，想要看看掀翻的山顶，熟料山腰上的士兵无一人生还。他气得暴跳如雷，叫人快速把队伍集合起来，要把逆贼一举歼灭。"朱罡小儿，谋反狂徒，天兵到此，尚不投降，直待骨肉为泥，悔之莫及！"他高举蒙古刀，大声喊叫，指挥一个圆桶般的京兵军阵向义军滚滚而来。

"放箭！"朱罡大手一挥，泥人的箬竹箭头纷纷射下来，只听刷刷的声音，一排排箭犹如密集的雨点向官兵飞来，有的士兵捂住手臂大叫，有的摔进戍浦江，有的捂着双眼在地上打滚……

"一字排开，盾牌为先，一队一队跟上。"王爷下令。京兵攀缘着树木和石头从各个方向上来了。"扔石头！"朱罡一声令下，义军把备好的大石头往山下推去，一块块大石头呼啦啦地带风滚下，越滚越快，越滚越有力量，京兵就是长了四条腿也来不及躲避。"呀，呀！"阵阵惨叫声中，又有许多士兵落进瓯江。大石头很快扔完了，京兵还像成群的蚂蚁一样往上爬，眼看就要把朱罡等人团团围住。

"大家莫慌，我来也！"双手紧握大铁锤的苏大将军自天而降，他瞪目扬眉，张大嘴巴大吼一声，犹如半天起了个霹雳，震得整片山岗都抖了三抖，鸟雀惊慌失措地从树上飞起来，树叶哗啦啦地飞落下来，迷蒙了京兵的双眼。

他高举大铁锤往左一摆，几个京兵像纸片一样倒下；往右一挥，右边的京兵像秋后的玉米秆子摔倒一大片。片刻间，两个大铁锤血迹斑斑，他的身边躺满了一大片呻吟不已的京兵。他跳跃着挥舞一双大铁锤，呼呼的风所刮之处，周围都是倒下的京兵，只见征云惨惨来，愁雾纷纷涌，哀鸣连连起，刀枪唰唰倒……

原来石垟村几个小伙想加入义军又犹豫，苏大将军前去寻访，他们当即决定一起来大塘。在埭头村的半山腰，大伙走得大汗淋漓坐下休息。将军脚底一阵钻心疼痛，正拿下帽子脱了靴子查看，听到山下战斗打响，他一脚踏石纵马飞奔而来。

将军帽和将军靴来不及带上，摆在路两边成了两块大青石，千百年来等着苏大将军回来取用，上马石前几年因道路施工被移除了。

"将军来得正好！打！"朱罡一声令下。男儿们一个个勇气倍增，以一挡百，居高临下，犹如利刀破竹，潮水一般冲向愣怔着的京兵。

朱罡摆好架势，拳脚快如闪电，疾如阵风，处处击中对方要害，官兵犹

石垟古道边的将军帽（2022 年摄）

174

石垟古道边的将军鞋（2022年摄）

如被割倒的麦子，一倒就是一大圈；阿顺不慌不忙，腾挪转移间五步拳已击倒五六个，哀号一片；浓眉的飞毛腿有雷霆霹雳之势；大鼻子的无影腿如狻猊摆尾，似搅海金鳌；大耳朵手握竹刀，恍如砍瓜切菜……"啊！啊！"一个个京兵毫无招架之力，就像东海狂风卷来，一个个像软绵绵的稻草桩子哗啦啦地倒下了。

"大家好好瞧一瞧，就这么几个人，双手都能数得过来，我们有两万大军，一伸手就能把他们一个个捏成粉碎！"王爷高举手臂，厉声吆喝，"不要怕这么一个丑陋的怪物，任他是铁打的，铜铸的，锡浇的，我们黄金贵族也能把他四分五裂，立功的机会来了，将士们，锦定乾坤，力补江山，冲啊，重重有赏！"

京兵抬头一看，面前的男儿确实屈指可数，顿时满血复活，一个个精神百倍，挥舞着弯如明月的蒙古刀，明晃晃地向男儿们砍来，阿顺的大腿受伤了，血流如注，高个捂着腰倒下了，大耳朵断了一只手臂……官兵犹如成灾的大片大片蝗虫，乌云蔽日般往山上涌来，似乎没有尽头。

175

"撤！"朱罡往回撤退。他们在曹湾山下排好了北斗七星阵，泥兵军团手握茅草，摆好架势，等待已久。

"摆阵！十面埋伏！"王爷下令。官军再一次汇成强大的蚂蚁军团，密密层层地把义军和泥人兵团团包围起来。京兵有的伸出锋利的长矛，有的挥起雪亮的蒙古刀，有的举起突火枪，犹如泰山压顶一步一步向义军压过来。

"变阵！九宫八卦！"朱罡口令一出，泥兵军团就变成了黄河九曲连环，可谓"人在宫中走，一览千古情"。还能根据具体情况随时调整。

"哈哈哈！"一看这些比真人矮了一大截的泥人，王爷不禁开怀大笑，络腮胡也抖动得厉害，一条条都要飞起来了。这些泥人连眼珠子都没有，手举茅草就上来了，当死人垫背都嫌硌得慌！"哈哈哈！"将士们也乐开了怀，战斗不用吹灰之力了，就是鱼盆里捉泥鳅，一举手一投足，就能轻松搞定。他们放下刀，手舞足蹈地笑得东倒西歪，有的直跺脚，有的拍肚皮，有的弯下腰，有的瘫倒在另一个人身上……

"这是什么小把戏？打不过就推出泥人来挡路，真是掩耳盗铃，自欺欺人！将士们，冲啊，他们穷途末路了，抬起你们的战靴，把这些小泥人狠狠踩在脚底下！"王爷兴高采烈地喊叫着，他想起前面巡抚说过，朱罡就是整天在家里摆摆小石子的顽劣孩童罢了，看来真是这样。

眼看朱罡已是黔驴技穷，王爷的眼前出现了班师回朝的情景，新皇和太后铺起猩红的地毯，猪鸭牛羊摆满道路，将士们骑着高头大马，人们夹道欢呼……

京兵一个个乐不可支，像服下了兴奋剂，笑声四面扩散，震荡得周围的树木一晃一晃。笑够了，收起舒松的身体，手举亮闪闪的钢刀，像饿极了的野狼向泥兵冲来，他们想象着雪白的大刀过处，泥人哗啦啦地倒下，自己的战靴在泥人身上骄傲地碾压过去，变成一地烂泥。

"迎战！"朱罡旗子一挥。泥兵变活了，他们挥舞着尖锐的茅草刀片，呼呼地砍向京兵，茅草过处，鲜血喷涌，人头滚落，箬竹做成的箭不断飞来，就像疾风骤雨，向京兵迅猛地飞来，京兵一大片一大片地倒下，顿时血流成河，横尸遍地，惨不忍睹。

"呀，这些泥人怎么是活的呢？"京兵一个个瞪大惊恐的眼睛，像被雷惊了的孩子，有的两只脚被铁钉钉住了一般，口里哑了，喊不出来，也跑不走，任由泥人砍成两截，才惊恐万分地倒在地上。

"大家不要害怕，会动弹的也是泥人，杀，给我狠狠地杀！这些小泥人不是天兵天将，也能砍成两段！"王爷深吸一口气，带头往泥兵阵里砍杀，京兵将士也深深吸一口气，紧紧跟随。他们打起精神，一边躲闪泥人的茅草刀片，一边瞅准机会砍向泥人。双方越战越勇，只见一片刀光剑影，飞沙走石，天地暗淡，喊杀声、冲击声直冲云霄，震得空中的大雁一排排掉落下来，落叶像飘荡的雪花，漫天飞舞。

　　瞎子兵英勇无敌，冲在最前面，举起竹刀，手起刀落，明眼兵紧跟其后，英勇搏杀。泥兵有的像狮子凛凛下山，有的像老鹰汹汹扑蛇，有的双眼放豪光，有的嘴里喷白电，有的浑身生锐气，有的头顶冒红云……

　　泥兵天圆和一个小胡子京兵战得酣，这个北风卷地，那个反弹琵琶；这个水底摸鱼，那个火上弄冰；这个翻天覆地，有千般解数，那个来来往往，无半点放闲；这个竹刀只离顶门三分，那个尖刀向心窝差半分；这个威逼斗牛寒，那个怒气雷电险……

　　两个斗得难解难分，对手眉头一皱计上心来，觑了个空，使个黑虎偷心势，一拳往天圆劈心打来，天圆一侧，闪身躲过，对手打了空，收拳不迭，被天圆一把揪住，天灵盖上一拳，来不及后悔就鲜血炸裂，一命呜呼。

　　泥兵地方面对四五个京兵，伸出钢铁般的拳头，虚晃两招，前后左右，来无踪去无影，看得京兵迷迷糊糊，他飞起身子，一圈踢下来，京兵迷迷瞪瞪间纷纷倒地。圆脸、扁脸、大手、大脚、滚肚等各个神勇无比，拳打脚踢，跑跳飞腾，犹如青龙深水戏珠，猛虎半岩争食，好似巨蟒摆尾飞光，鲲鹏展翅卷风……

　　几个回合下来，京兵人仰马翻，一个个吓得魂魄悠悠荡荡离体，急得慌慌恐恐似丧家之犬。王爷惶惶急急地带着残兵剩勇往天长岭方向狼狈而去，朱罡从上马石一路追赶到下埠头，只见残部士兵纷纷上船逃窜。

　　此时正好午时三刻，潮水往戍浦江两岸的村子上涌，不习水性的京兵慌乱之中以为水流处就是下游，掉转船头纷纷往马鞍山上游方向逃窜而来。

　　永嘉县丞杨文宣督查田粮回家，经过马鞍山脚，听见江边有激烈的喊杀声，抬头一看，京兵一窝蜂逃窜而来，不由想起自己的怀才不遇，朝廷吏治腐败，百姓苦不堪言，儒生地位比娼妓还低。

　　一股愤懑涌上心头，他抓起腰间的酒葫芦，往嘴里猛灌几口，借着冲天的酒劲，滋生了一身壮胆，有了一股翻江倒海的神力，手臂上一条条筋脉犹

石钟山下绊马索，曹湾山上斗智胜。
大塘码头神棍守，三关大捷泥兵勇。

如青龙在薄薄的皮肤里蹦跃。

他弯下身子，搬起岸边的六块大石头向京兵船只猛砸过去，只听几声轰隆巨响，船只四分五裂，京兵有的使劲抓住船板，有的在水中拼死挣扎，有的试图爬上河坎逃跑……

闻讯赶来的百姓举起棍棒，将京兵再次打下水。为了纪念杨文宣的英勇神力，乡邻自行捐资在此地建立了一座杨府庙，杨府庙的香火一直旺盛，直到今天，每年正月二十，大塘迎佛就从杨府庙开始，威猛的小伙抬着陈十四娘娘还有杨县丞和将军元帅往村里去，沿街百姓纷纷参拜。

杨县丞端起来的六块大石头至今还静静地卧在戍浦江中，犹如六只排着队的小老虎，由于六块大石头是连在一起的，后人给它取名六连岩，京兵逃亡的地方就叫作逃亡坎头。

京兵残兵剩部往大塘码头逃来，正想停下来好好喘口气，看看该往哪个方向去，哪知大壮的神棍队早就埋伏在此处等着呢。

"来了！"大壮一声令下，神棍队员从码头的林间一个个飞奔而出。他们挥舞着棍子，上下翻飞，左右横扫，犹如千条火焰连天起，万道烟霞贴水

盛传香火几百年的大塘杨府殿（2022年摄）

飞。"噼噼啪啪"棍棒过处，尽是倒下呻吟的伤兵，尽是被打落的刀枪……

"呀，呀，怎么这里还有逆军？"京兵惊慌失措，只叹欲分开陆地无牙爪，欲飞上青天欠羽毛，奔来逃去，好不容易削尖脑袋，逃了出来，数一数，又损失大半。

有的京兵慌慌张张地往大塘村里逃来，看着清清楚楚的三条路，却怎么也转不出来，转来转去，一个波光盈盈的大水塘；转来转去，又是一个一模一样的大水塘，就像在迷宫里四处逃窜的小老鼠，只等着被捆缚起来。他们可不知道，朱罡和多星挖塘时就想着有一天可以当作迷魂阵。

两万二京兵只剩下几十人保护着王爷和巡抚，如同漏网之鱼，慌不择路，急急惶惶地往京城逃去。

正是：

石钟山下绊马索，曹湾山上斗智胜。

大塘码头神棍守，三关大捷泥兵勇。

义军首战告捷，信心大增，朱罡命令杀猪宰羊，大办庆功宴，犒赏三军。

宴会上觥筹交错，大家笑啊，唱啊，喝啊，处处都在言说着泥兵的神奇，人人都在夸赞苏大将军的英勇神武。

"这都是朱统领的功劳呀！我们跟朱统领好好喝一杯，一醉方休！"大胖边说边竖起了大拇指。自从成立了义军，大胖和大头就跟大家一样叫朱罡为朱统领，而不像以前亲昵地叫阿罡。

大胖醉眼蒙眬地怎么也找不到朱罡，问遍身边人，大家都不知道朱罡去了哪里。

第十九章

直捣府衙救恋人　痛惩知府父子俩

朱罡心里牵挂着张姐，看众人举杯庆贺，就骑着快马往温州府衙飞奔而来。

只见府衙大门洞开，吴知府眼看朱罡的泥兵大败了两万京兵，吓得骨软肉酥，一大早就催促众人打包行李，带着家人往码头去了。

衙役们如同失去了王者的猴群，胆战心惊地聚在门口，有的说："泥兵太神奇了，拿着箬竹能当刀砍，举着茅草能当箭射，肯定是天兵天将下凡了！"有的说："苏大将军才威武呢，挥舞着两个大铁锤，呼啦啦一下就是一大片，那才是真正的天将神威！"有的说："泥兵打到我们这里来如何是好？"有的说："对呀！鸟无头难飞，蛇无头不行。知府大人逃命去了，我们怎么办？"……

众人正议论纷纷，突然看见一骑快马犹如一支利剑直直地往府衙飞来，有个胆壮的仰起脖子问道："请问你是谁？来干什么？""我是朱罡，来救人！"一声响亮的回答。

"朱罡，朱罡来了！"一个衙役大声叫喊。"快逃呀！"另一个大喊一声。众人纷纷逃散，只恨身上没有长翅膀，只恨跑得还不够快，回家后用力插上房门，在门缝里紧紧盯着，就怕朱罡化身三头六臂追上来。

他们不知道朱罡根本没空搭理他们，他熟门熟路地直冲牢房，用锋利的蒙古刀劈开一间间牢房，高喊着："乡亲们，黑心的知府逃走了，你们快快回家种地吧！"

随着一扇扇牢门大开，犯人都睁大了惊异的眼睛，有的立马冲出牢房，站在太阳底下，闭上眼睛，狠狠吸一口气，享受一下自由呼吸的滋味；有的战战兢兢地站在牢房门口，抖抖索索地不敢往外迈步，就怕吴知府又瞪着眼从大门外进来，自己又被鞭抽杖打；有的跪在地上，不停地磕头说："好汉大恩大德，来世定当结草衔环来报。"有的什么也不说，冲出牢房就一溜烟地往家里去了；也有的怒气冲冲地直冲后院，扛的扛，抬的抬，掀的掀，捶的捶，踹的踹……发泄着被冤枉入狱的愤恨。

一位须发皆白的老人走到朱罡面前问："请问好汉尊姓大名，老可要点香祭拜呀！""老者请快快回家，家人还等着你呢！"朱罡下马扶起老者，他的心里惦念着张姐呢。

"好汉一定留下姓名呀！"老者不停地拱手。"我叫朱罡。"朱罡只得自报家门。"朱罡，你就是指挥泥兵作战的朱罡?"老人半信半疑地问。"是的，我就是朱罡。"朱罡重复了一遍。"天神下凡呀！我们在牢里都听说你指挥泥兵大战京兵，获得三关大捷呢！"老者跪下对着朱罡不停地拜起来。朱罡赶紧伸手扶起老者。

"老者快快回家吧！我还要去找亲人。"朱罡把老者扶到门口。"好，好！"老者颤巍巍地往家走去，边走边念叨，"天神下凡呀！天神下凡呀！"

朱罡再劈开一间间牢房，把犯人都放光了，才打开张姐的房门。张姐正绝望地靠在墙角，双眼紧盯天花板，默默计数着上面蠕动的小虫子，听着外面一阵高过一阵的狂喊声，看着朱罡从外面一步步走进来，还以为自己是在做梦呢。

外面牢房里早就传遍了朱罡和泥兵的英勇神武故事，张姐在里面的单间，并不知情。

"阿罡，真的是你吗?"她使劲揉着眼睛，又伸手狠狠捏了手臂一把，一阵疼痛丝丝袭来，才相信这是真的。张姐虽说在这之前，曾无数次幻想过这个画面，可当这一天真正来临的时候，她不敢相信了，就怕一转眼就什么也没有了。

"是的，是我，我来带你回家了！"朱罡小心翼翼地扶着张姐站起来。

朱罡看着张姐蓬乱的头发，破烂的衣衫，身上化妆过的斑斑点点，泪水忍不住汹涌地冲出了眼眶。"恶人，这些罪大恶极的人，我不会放过你们的！"朱罡暗暗地发誓。

"回家?我真想不到还能回家，我天天盼着回家，可我以为这辈子就要死在牢里了。"张姐说着，泪水哗哗地流下来，瞬间沾湿了衣襟。她以为自己的眼泪早哭干了，想不到见到朱罡的第一眼，就有这么多泪水喷涌而出，怎么也流不完。

"走，我们去找那个狗知府和他的狗儿子，好好算算这一笔账。他带着这么多金银细软，还有好几个小老婆，肯定跑不远！"朱罡一想，调转马头，嗒嗒地往码头方向疾驰而去。

来到码头边，果然，吴知府正手忙脚乱地指挥众人上船。

"干吗要走？我还有很多东西没带上，手下都没来！"吴因噘起嘴，扭动双腿，不肯上船，"到什么地方都不知道。"

"是呀，我的古琴也忘了带来，没有它，我怎么弹呀？""我的猫咪也没带来！""呀，我还有几身衣服挂在柜子里！""这么多年我们不是都好好的吗……"小老婆们一个个忸怩着，抗拒着。

"我的儿子，我的心肝宝贝，求求你们！快快上船吧！"吴知府声嘶力竭地劝说着，"今日不同往时，大塘的朱罡能指挥泥兵，举起箬竹茅草就上场作战，还有个凶猛的苏大将军，两万京兵都被打得落花流水，只有几十个人逃回京城。这是什么样的人呀？谁知道什么时候会杀到温州府来？什么东西都不要紧，留得青山在不愁没柴烧，到了目的地，你们想要什么，都可以买，我的银子都带来了呀！"他的乌纱帽被江边一阵大风刮得掉落下来，露出斑驳稀疏的头发，在风里飘飘摇摇，显得很是落魄难堪。

"等等！你们先不要走！"朱罡带着张姐赶来了。

"你，你，你是谁？你想干什么？"吴知府看着眼前的高头大马颤抖着问。

"我就是大塘的朱罡。冤有头债有主，今天跟你好好算笔账。"朱罡高声说，"你在温州府多年，不恤民生，不务正事，一心只想着搜刮民脂民膏，掘地三尺，鱼肉百姓，简直就是一条吸食百姓精血的大蚂蟥。想这样一拍屁股就脚底抹油地走了，没门！"

吴因吓得一屁股坐在地上，筛糠一般抖成一团，一股尿液从裤裆里滴滴答答地流下来，流成黄黄的一地："那是爹的错，跟我没有关系。"

"哼，混蛋，你做了多少恶自己不知道呀？这么多年来骑在百姓头上作威作福，多少冤魂在地底不得安生？"朱罡看着眼前抖成一团大肥肉般的吴因，只有那颗黑痣在一颤一颤地上下浮动，满心的厌恶从心底泛上来，"你糟践了多少青春女孩？你欺负了多少无辜百姓？你抢夺了多少财富？难道你想轻飘飘地一笔抹掉？是你抢走了我的张姐，囚禁了一年多，真是罪大恶极！"

"张姐？我不知道，我不认识。"吴因小声嘟囔着。他糟蹋的女子太多，

中国诗之岛——江心屿（摄于 2022 年）

江心寺（摄于 2022 年）

记不清了。"睁开你的狗眼好好看看，马上坐的是谁？"朱罡厉声呵斥。

"呸，你这个恶贯满盈的恶少，想不到你也有今天！"张姐瞪圆双眼，恨不得喷出一团怒火来烧死这个一身肥肉的恶少。

吴因抬头一看，吓得魂飞魄散："好汉饶命，好汉饶命，是她自己割的脖子，我一根毫毛都没碰她，我没有动她……"

"还不是被你逼的，光天化日之下，抢我的珍珠，还把我抢进府里……"张姐一提起这个，不由咬住了牙齿，咯咯地响着。

"上，你们快快给我上，就他一个人还带着个病秧子，又没长三头六臂，更不是铜打的铁铸的，能奈我何？"吴知府定神一看，朱罡身后无一人跟随，没有传说中的苏大将军，也没有英勇善战的泥兵，就仰头哈哈大笑起来，"没有泥兵，你也是一个普普通通的血肉之胎，没有苏大将军，你就是一条掉落井里的青龙，不如蛇蟒。我们立功的机会到了，杀死朱罡，为朝廷建立不世功勋！"

吴知府不禁手舞足蹈，欢喜得就要发狂，暗想：朱罡到底年轻不知事，竟然一人前来送死，他以为自己是关云长单刀赴会呢！哈哈哈！就是来送死的！白白送给我一份这么大的功名，杀了朱罡，我能直升巡抚了！他的眼前已经出现了巡抚的官服和官帽了……

哪知几个手下看着身如虎豹的朱罡，早已吓得战兢兢心不宁，力怯怯刀难举，瑟瑟缩缩地就是不敢上前。

吴因回头一看，果然没有一个人跟随过来，胆子吃了增肥剂一般，瞬间壮大起来，"哼"的一声站直身子，露出狰狞的面目来。

"不管你是朱罡，还是牛缸，都是贱命一条，是你自己要送上门来，现在随你怎么做法，都没有泥兵来帮你了！哈哈哈！离了泥兵，你就是落到平阳的老虎要被犬欺，呸呸呸，我也不是什么犬，你更不是什么老虎！"他也仰头大笑，那颗黑痣在一大堆肥肉里抖动得更加疯狂了。他拔出一把锋利的钢刀，凶狠地向朱罡劈来。

"原想叫你们留下民脂民膏，天涯海角地逃命去，想不到你们根本不要命，那就到阴曹地府报到吧！"朱罡一挥刀，吴因的钢刀被噼啪一声砍到地上。吴因举起拳头咬牙切齿地冲上来，朱罡再一挥刀，吴因被砍成了两段，那颗黑痣也终究偃旗息鼓地停止了抖动。

"啊，因啊，我的儿呀！"吴知府一看断气的儿子，气得七窍生烟。"你，

186

你敢杀我的儿子，你，你死定了！我跟你拼了！"吴知府气呼呼的，连话都说不利索了，他拔出一把尖锐的小刀就向朱罡刺来。

吴知府一刀刺了个空，站立不稳，跟跟跄跄地一头栽在地上，回头指挥两个手下："上，快快给我上呀！废物，真是废物！"几个手下看见吴因被砍，早就吓得脸色惨白，撒腿就跑了。"你们，你们给我上呀！平时抓挠我不是很厉害吗？"他只能回头指挥着一堆大小老婆。那些大小老婆一个个吓得花容失色，像被定神水给定住了，无法动弹。

"我就不相信，我今天杀不死你！"吴知府捡起地上吴因的钢刀，又向朱罡砍来，朱罡轻轻一挥刀，一股鲜血喷涌，他的头颅骨碌碌滚到了地上。

"老爷啊！"小老婆们这才反应过来，甩着帕子，想扑上前搂着那身体哭上一场，看着横眉竖目的朱罡，又硬生生憋了回去，蹲在地上瑟瑟发抖。

"你们都逃命去吧，民脂民膏留下来！以后靠自己双手好好过日子！"朱罡拿起地上的包裹，带着张姐拨转马头回姜村了。

一群女眷不由分说，争先恐后地上了船，手上的小包都放在岸上，什么也不敢带走，上船后还忙不迭地吩咐船家："快快开船，快快开船！越快越好！越快越好！"船儿离码头越来越远，再也看不见码头，她们才敢坐下来，抚摸着起伏的胸口，平平地喘出一口长气。

大家这时才想起老爷和少爷都死了，银子也没有了，就在船上讨论该去哪里……

姜村一点点靠近，张府一点点靠近，张姐激动的泪水早已流满衣襟，这时才真正体会到"近乡情更怯，不敢问来人"。想快点到家，又害怕到家，父母兄弟不知怎么样，自己这个样子，爹娘见了会怎样心疼呢？

思来想去，还是想快点见到爹娘，夜夜梦里相见，醒来只是冰冷的墙壁，天天泪流满襟呀！真是：一别家山岁月长，寸心无日不思乡。此身恨不生双翼，欲借长风过山崖。

张夫人一见张姐，愣怔了好一会儿，才死死地抱住她泪流不止："孩子，苍天有眼，为娘的终于等到这一天了！我天天等着，天天等着你呀！"张老也激动得老泪纵横："想不到你爹一辈子宦海生涯，也是磨砖作镜，积雪为粮，到头虚老，两个哥哥花了那么多银子，跑了多少门路，都无济于事，还是罡儿救回了你！"

正是：

只身前往府衙去，重重高山度若飞。
放走贫民救恋人，痛惩知府恶父子。

深陷大牢一年整，朝思暮想泪思亲。

终得回到张府日，相拥无语悲又喜。

张姐紧紧依偎在夫人怀里，夫人抚摸着她脖子上那条像蚯蚓一样粗壮的伤痕，不断流着欢喜的泪、悲伤的泪、激动的泪……各种感情交织在一起。

朱罡坐在张老身边，双眼一动不动地盯着张姐，她瘦了，一块块骨头支棱着，粉嘟嘟的皮肤变得暗沉了，双眸也不再闪亮了。他越看越心疼，禁不住汩汩的泪水又涌出了眼眶。

"你去跟将士们好好庆贺一下！张姐回来了比什么都好。他们指不定正到处找你呢！"张老料事如神，不在大塘，也料到大塘众人都在团团转着找朱罡呢。

朱罡眼睛都没眨一下，直直地盯着张姐："没事，大胖和多星都在，还有苏大将军呢！"

"你现在是一个统领，要以战事为重，以大局为重，此次战后，朝廷不会善罢甘休，你要做好准备，恶仗还在后头呢！"张老忧心地嘱咐。看着女儿回来，心里自然欢喜，想到还有打不完的仗，他又痛心不已，战场上拼杀的男儿都是父母的心头肉呀！都是一条条年轻鲜活的生命呀！张姐离开一年多，整个家庭经历了多少艰难苦痛？多少个夜晚苦苦难眠？可是朝廷腐败，官员贪墨，百姓生活无着，又有什么办法呢？他只能长长地叹一口气。

"爹爹，不能让阿罡好好休息一下吗？"张姐嗔怪地说。经过此劫，她觉得自己真正长大了，会站在他人的角度上想一想。

"军情紧急，现在不是休息的时候。"张老愁云满面，滴泪难言。他又何尝不想朱罡休息，战事就此结束，大家安心种田，吃饱肚子。可是，照目前的形势看，不可能呀！

"先生说得对，知己知彼，百战不殆。他们不犯，我就不战。我只求耕者有其田，老幼不饥寒，天下大一统，公道在乾坤。"朱罡起身出来，还不时回头看着张姐。

"说得真好！耕者有其田，老幼不饥寒，天下大一统，公道在乾坤。真希望这样美好的生活早日到来！"张老送朱罡到外面，无限惆怅地说。

"会的，百姓会过上这样的日子！"朱罡的眼神里闪烁着坚毅的光芒，他又一次想起了当年在温州街头许下的誓言。现在，他清清楚楚地看到这个誓言正在一点点实现，他相信，总有一天，普天之下，大家都能过这样的日子。

朱罡在大塘的路口刚一露面，大胖大头等人就像失去母羊的羊羔一样冲上来，似乎朱罡刚从天上掉下来，纷纷拽住他的手臂，就怕他长翅膀飞走了。他说了去温州府营救张姐的经过，两人就不停抱怨朱罡怎么没有带上好兄弟，一个人跑到府衙，万一出点什么差错，那可怎么办。"放心吧，我吉人自有天相！"朱罡笑哈哈地搂着他们的肩膀回到村里。

这几天，整个大塘都沉浸在胜利的喜悦里。门前路、中央路和后半路上都是喜笑颜开的人群，兴致勃勃地谈论着：一年半才生的朱罡是上天降下的天神，难怪年纪轻轻就能做成桩桩大事；苏大将军手握铁锤，英勇神武，敌人像晒干了的芝麻秆子哗啦啦地倒下；最神奇的还是泥兵，镶嵌了乌豆，能冲上战场，天圆威武、地方神勇，把京兵杀得片甲不留，真是上天降下的天兵天将，老百姓有福了，有田种有饭吃了……

第二天，朱罡带着多星乘船逆着戍浦江往上走，来到源口东面的屿坳山，两人双眼一亮，一拍掌一大笑，就明白了，这将是第二个战场。

屿坳山两面都是悬崖绝壁，当中是必争之路，上面的界牌头直通丽水青田。上次水路遇难，京兵这次很可能不过温州府，直接从陆路下来，屿坳山将是双方的必争之地，无论如何，得在这里部署兵力。

朱罡命人将知府处缴来的细软都送到永嘉梅岙瓯江边的鸡笼屿，这里有个天然的山洞，石门的铜匙交给了温州府的牢头。

王爷失魂落魄地逃回京城，太后拍案大怒："两万二大军折成这样，真是可恶！"怒气之下，想斩了王爷，众人纷纷求饶，才饶了他的命，不过必须再征江南，非拿下朱罡不可。因为情报不实，巡抚也被好好训斥了一顿。

新征队伍还没召集，新皇好好的，竟一下子没了精气神，恹恹的，什么也不想吃，什么也不想做，各个太医轮番把脉下药也无济于事，两天后就卧床不起了。有人说，他被龙椅上的茅草箭射去了龙气，也有人说是被王爷的败仗给气的。十二月十四日，新皇驾崩。七岁的懿璘质班仅在位53天，藏于起辇谷，谥号冲圣嗣孝皇帝，庙号宁宗。

卜答失里太后思虑再三，只好召回长子妥懽帖睦尔，六月八日妥懽帖睦尔隆重登基。

新皇召集众臣商议此事，有人说："朱罡就是摆摆石子，捏捏泥人，一个顽劣之童，不过疥癣之疾，不必挂齿，新任知府已到达温州，双方相安无事，可就此作罢。"

此时伯颜在朝中独揽大权，脱脱随之飞黄腾达，时任御史大夫，他霍地起身："逆贼还须尽快斩草除根为好，蔓延开来不得了。微臣认为皇上要以国家社稷为重，命王爷再次启程南征，灭掉朱罡！"

新皇看看脱脱，再看看伯颜，就下旨任命王爷为总指挥再征江南。

王爷在府里休养了一段时日，还是惊魂不定，原想着能和祖先一样驰骋疆场，战无不胜攻无不克，哪知第一仗就惨败如此。

他接旨后，茶饭不思，昼夜不能寐，正是苦恼，忽报师爷有计。

朱王藏宝地——梅岙的鸡笼屿（摄于 2022 年）

第二十章

京兵重用刘半仙　朱罡斗法屿坳山

"王爷，您骁勇善战，气吞山河，大家有目共睹。"王爷正苦恼，师爷来献计，"我们上次战败，原因有三：一是长途远征，军士水土不服，多有疾病；二是访得逆贼，灭之心切，匆匆出征，准备不周；三是朱罡妖孽，射出茅草箭能穿越千山万水到达大都朝堂，还能指挥泥兵作战。要剿灭这窝山贼，我们得启用高人！"

"说之有理，我们这次就征用江浙军队，熟悉地形气候。只是启用高人，一下子上天无门，下地无洞呀！"王爷还是一脸愁闷。

"王爷莫愁，我师弟刘一半就是几百年一遇的世外高人。"师爷捋着几根稀疏的山羊胡子，得意地晃起脑袋，"他从小天赋异禀，上知天文，下通地理，三教九流，诸子百家，无所不达。古今兴废，圣贤经传，无所不览，成年后又辗转海外研习法术，号称刘半仙，可谓要风得风，要雨得雨，被当地百姓供成了活神仙，求财的，求官的，求子的，每日里门庭若市，看门的小厮都赚得口袋爆满……"

"哦，还有这样的事？以前怎么没听你说起？"王爷双眼一亮，有了兴趣。

"所以说准备不周呀，这次我们花重金聘他来，定能一举拿下朱罡，从此乾坤安靖，海宇清宁，王爷功德无量啊！"师爷说完拱拱手。

"对，有了刘半仙，我们定能如虎添翼，杀他个落花流水！快快备上厚礼，我们这就去请刘半仙。"王爷一拍手掌，欣喜万分。

他们跋山涉水，来到了太平镇，刘半仙早已到镇外迎接。王爷只见他古稀年纪，身如古柏，碧眼方瞳，灼灼有光，确非常人。王爷大为振奋，哈哈一笑，一扫愁云。刘半仙早已在花厅摆下盛宴，看到一箱箱沉甸甸的金银财宝抬进来，呵呵笑得合不拢嘴。

"王爷，您真是太客气了！草民敬你一杯！"刘半仙深深鞠了一躬，把身子折成一半。他想不到自己草莽一世，还有一天能登大雅之堂，不禁暗暗得

石坳门朱王战场遗址（2022年摄）

意。"听闻半仙是仙人下凡，神机妙算，法术高超，就是当代诸葛，如今正是朝廷用人之际，能遇上半仙，是吾辈之幸呀！"王爷也端起了酒杯。

"朱罡妖孽实在可恶，作法让泥兵射箭舞刀，相信有了半仙助力，那些泥兵得乖乖变回泥土，让我们狠狠地踩在脚底下。"师爷用力握紧拳头，似乎把泥兵捏得粉碎了。"我自有千般妙计把泥兵统统化为灰烬，让朱罡妖孽千刀万剐，从此天下太平，王爷功勋卓著！来，干了！"半仙胸有成竹地说，想到立大功扬伟名就在眼前，不禁咧开了嘴角，三个酒杯重重地碰在一起，而后一饮而尽。

王爷和师爷喝得酩酊大醉，醉醺醺地骑马回府，王爷重重赏赐了师爷，师爷乐得不行。

七月七日，朝霞漫天，瓯江上空云彩斑斓，红的、粉的、紫的、蓝的、青的，恰似打翻了个大染缸，各色彩绸铺满了天空。

不一会儿，太阳高挂空中，云彩渐渐变白，犹如人们扯碎的棉絮，一片片散漫地漂浮着，"天上鱼鳞斑，晒谷不用翻"。温州自古就有"六月六晒霉毒"的传统，雅娇把药堂里的药材搬出来翻晒，柳叶把花花绿绿的衣服晾在竹竿上，张老把书籍摆放在院子里，家家户户都在忙碌着，晒豆子，晒谷子，晒笋干，晒豆腐干……

太后退居后宫，新皇举办了隆重的出征仪式，王爷一口干了出征酒，踌躇满志地带着亲随离开京城，一路往杭州来。

师爷神采奕奕地晃起脑袋："兵法云：凭高视下，势如破竹。上次我们水路失利，这次我们走陆路，从高处一冲而下，定能杀得朱罡鬼哭狼嚎，屁滚尿流，王爷就等着一血前仇，轻轻快快地胜利班师吧！"

"是啊，半仙有的是千般妙计，让可恶的泥兵变回死泥巴，让朱罡等无知小儿乖乖地束手就擒！"王爷转眼看着刘半仙。只见他气定神闲，斜坐马上，轻轻晃着手里的鹅毛扇："对，我们要先灭掉那些作妖的泥兵，泥兵一死，朱罡就是瓮中之鳖，我们只需探囊取物，不费抬臂之力了。"

"哈哈哈！"三人齐声大笑，笑声伴着嗒嗒的马蹄声飞扬在空中。

八月十五，金风送爽，天蓝云白，树叶缤纷，碧水清明。王爷带着三万江浙大军声势浩大地往大塘来了，这次他们在处州府拐了一个弯，从青田的界牌头下来，直奔屿垟山。

密密麻麻的京兵高声呼喊着从山上冲下来，有的拉开弓箭，有的瞄准突火枪，有的用火铳，也有的用长矛，还有的高举蒙古刀，子弹和着箭头犹如突降的冰雹突突地向义军飞来。

朱罡和多星早有准备，不慌不忙地在屿垟山脚摆上一字军阵，犹如钢铁长城围得密密匝匝，连一个苍蝇都飞不进去。

刘半仙一看，泥兵头顶箬笠，手捏茅草，就摇着手里的鹅毛扇，慢悠悠地说："王爷莫急，我们一把火就能把他们全烧成田里的肥料。""对，对，点火！"王爷一声令下，无数带着火焰的箭头纷纷向泥兵射来，就像下了一阵漫天烈焰火雨。

半仙的鹅毛扇对着火雨扇了一扇，火势呼啦啦地越烧越猛，越烧越烈，只见满山头火马奔腾，遍地里火龙飞舞，双双赤鼠喷烈焰，对对火龙吐浓烟，万里通红一片，千方共黑成团。火光染红了整个天空，四下里阴云惨惨，八方中杀气腾腾……

泥兵！……
火烧也烧不坏。

泥兵遇火定成灰，即刻班师京城回。
哪知泥兵不惧火，愈烧愈勇京兵慌。

多星惊得脸色发白，汗流遍体，朱罡愣了一下，深深吸一口气，紧紧地盯着泥人。

泥兵头上的箬笠和手中的茅箭在烈焰中化为灰烬，可他们的身子越烧越硬，越烧越勇，越烧越神。他们大喝一声，镇定自若地从火海里呼啸着冲出来，一个个烧成了金子心肝，银子肺腑，铜头铁臂，钢身锡胆，威猛异常。

朱罡心头一喜，旗子一挥，军阵向两边撤去。他左手往山顶一指，屿坳山上花石洞里的花石娘娘用长长的袖子一挥，滔天洪水从花石洞里喷涌而出，哗啦啦地顺流而下，顿时浪涛飞滚，水花四溅。京兵吓得魂飞天外，魄散九霄，迈腿就跑，却跑不过汹涌奔流的洪水，犹如一个个饺子在水里上下翻滚着，被淹无数，剩下的挣扎着往两边逃去。

人们都说，因为这场滔天的大水，屿坳山下的朱岙溪和泽雅溪从此汇集成了一条溪，直到现在。

朱罡一声令下，泥兵犹如烈火金刚，一个个圆睁怒目，紧咬牙关，挥拳踢腿，向京兵猛扑过去。

泥兵力量倍增，奋勇向前，京兵一个个惊慌失措，瞪圆了双眼，"啊！火也烧不死！"提起刀枪抖抖索索地应战。

只见天圆来了个金鸡独立，高抬右腿，一阵秋风扫落叶，四五个京兵命丧九泉，手中的突火枪掉在地上。天圆弯腰捡起一把突火枪，拉上栓就向京兵射去，没有点火，预料中的火焰没有喷射出来，连一点声息也没有。他一甩手，直接把突火枪往外扔去，这突火枪狠狠砸在一个京兵的头上，京兵顿时周身麻痹，倒地身亡。

"不好玩，不好玩。"他挥舞着手臂，铁拳飞舞，上下左右，两三个京兵又应声而倒。"这也不好玩，不好玩！"他捡起一把蒙古刀，高高举起，白森森的刀光处，一片飞腾的愁云，一阵滚翻的煞气，又是好几个倒地而亡。"还是这个趁手！"他高举蒙古刀继续向前砍去……

地方一个霹雳连环腿，五六个京兵连声倒地。有个京兵窜到他身后，举刀欲砍，他一个转身，呼啦一拳，钢刀落地，京兵飞出好几步远，心里还在疑惑：明明脸上都没长眼睛，怎么好像背后也长了眼睛。"可恶，可恶！"地方大叫着往前冲去，抓起地上的京兵用力一甩，京兵倒地而亡。

苏大将军大喝一声，双锤并举，左右横扫，更是一片狂风骤起，席卷而来，卷走一大片，两个大铁锤上鲜血横飞……见此情形，王爷急忙鸣金收兵。

"半仙，你看滔天烈焰也无法烧死这些可恶的泥兵，如何是好？"王爷急得一头汗水滔滔而下。"是呀，如何是好？"师爷也紧盯着半仙。

半仙依然斜坐马上，轻摇鹅毛扇说："王爷莫急，莫急，都说：扇中日月长，袖里乾坤大。不管它们是泥捏的，土做的，锡打的，铜铸的，且看我继续做法。"

他轻轻一挥左边的道袍，顿时阴云闭合，黑雾遮天，白昼如夜，乾坤似墨染，大地像靛铺，如鸡卵似拳头的冰块，伴随着阵阵疾风，呼啦啦自天而降，打得人头损额破，眼瞎鼻歪，义军男儿想要往边上躲避，踏着冰块，一滑一跤，疼痛异常，只是惨叫连连，天昏地暗，日色无光。

"哈哈哈！"王爷一看，不由得仰天大笑。"朱罡小儿，快快跪地求饶吧！"师爷大声叫喊。

"这可怎么办？"朱罡大惊失色。"朱统领莫急，这个无妨，我略知一二。"多星轻闭双眼，举起右手食指，疾疾念起咒语，只听呼呼风响，哗哗水鸣，霎时间，雹散云收，仍是青天白日。大家摸摸脸上的伤痕，站稳脚步，静候命令。原来多年前，多星曾从法师那里学过一些法术。

王爷一看，心里一惊，转身问刘半仙："半仙，还有妙计吗？""当然，当然，我有无穷妙计等着这些粗鄙的南人呢。"半仙不慌不忙地挥动右边的道袍。

霎时空中飞沙走石，乌云漫天，伸手不见五指，只觉冷雾飘飘，杀气腾腾，悲风切切，枯叶飒飒，哀鸣萧萧；力睁双眼，只见怪石嵯峨，槎枒似剑，横沙立土，重叠如山；江声浪涌，有如剑鼓之声，又如喊杀之声……

朱罡一挥旗子，泥兵不动了，义军蹲下身子，围成一团。

王爷一见胜利在望，大手一挥，京兵如黑压压的乌云向义军席卷而来。

朱罡回头看看浓眉，浓眉点点头。朱罡手臂一抬一落，浓眉取出袖子里的短笛一吹，义军打开早已准备好的布袋，"嘶嘶嘶"一条条毒蛇喷着蛇信子，往京兵阵营飞爬而去，灵活地躲过京兵的蒙古刀，在他们的队伍里左冲右突，东奔西窜。京兵躲闪不及，跳手跳脚，被咬伤咬死无数，眼看大败亏输，星落云散，抛金弃鼓，撇戟丢枪……

"大家莫急，把这些毒蛇统统砍死，砍成十段！半仙还有妙计呢！半仙，半仙！"王爷转头大声呼喊。"半仙，半仙！"师爷细细地喊。

"啊！"刘半仙正欲应答，不料垂挂的左脚被毒蛇咬了一口，不一会儿小腿肿得像大水桶，从马上坠落下来，被另一匹闪过的马匹踩扁了脑袋。顿时天上云开见月明，风雷顿息，砂石不飞，大地光辉一片，怪石、浪涛不见踪影，只有无数黄色的纸片从天上飘落下来，地上铺了厚厚一层。

朱罡把旗子往前一挥，泥兵奋勇向前，天圆、地方、圆脸、扁脸、大手、大脚、滚肚身先士卒，不顾一切地往前冲去，挥舞铁拳犹如无影的尖刀直捣京兵的心脏。

天圆向一个高大的京兵招手，京兵举枪冲来，天圆抡圆胳膊，高举京兵，往一匹马上扔去，京兵正好坐在马上，心中大喜，拍马欲逃，却见马纹丝不动，正犹疑上天不助，原来天圆早已踏住缰绳，轻舒猿臂，一捞京兵，往前一扔，瞬间毙命。他继续往前，就手一扯，把一个京兵扯入怀来，只一拨，拨将去，恰似放翻孩童一般。其他京兵吓得手颤脚麻，鹅行鸭步，四散奔逃。

地方与一个将领战到酣处，将领觑个破绽，望地方一剑砍来，只砍了个空，险些儿颠下马，原来地方故意卖个破绽，哄他砍来，自己使个乌龙蜕骨之法，笑着立于将领面前。将领一惊，被他一拳打中，滚下马来，鲜血迸流，鼻子歪在半边。地方上前，就眼眶眉际再一拳，打得眼棱缝裂，乌珠蹦出，就像开了个印染铺子，红的、黑的、紫的，都滚落出来，瞬间没了气。

圆脸、扁脸、大手、大脚、滚肚等泥兵都奋起猛兽身躯，吐出凌云壮志，按不住勇猛怪胆，圆睁起卷海双睛，瞎眼的，明眼的，挥拳踢腿，直截横冲，似新生的虎豹，前奔后涌，像跳涧的豺狼，左挥右打，直教鬼神也求饶，便是金刚须拱手……

苏大将军挥舞铁锤，犹如砍瓜截瓠，左锤寒光闪闪，右锤冷气森森，寒光影里，绰绰人头落，冷气丛中，汩汩血雨喷。

王爷见状，急忙指挥军队往屿坳山上撤离，京兵弃甲丢盔，呼兄唤弟，拼尽全力往山上攀缘。

屿坳山上，林间风飒飒，涧底水潺潺。千崖万壑，数曲百湾，树鸟声繁，鹿猿往来。满山的生灵，一见夺路奔逃的将士，都吓得躲进岩洞里。

京兵正在拼命奔逃，忽然东南一声炮响，鼓角震地，火光冲天，原来大壮的神棍队伏在左边，大胖的神弓队伏在右边。将士们一个个如龙似虎，飞跃而下。大壮飞起一棍，正中王爷左臂，王爷应声倒地，两个将领飞速上前，救起王爷，保护在中心。

其他京兵吓得惊慌失措，各自逃命，巴不得多生几条腿，恨不得地上裂开一条缝，自相践踏，死者无数，三万京兵折了一半。

到了半山腰，王爷命将士们暂且休息："幸好我们撤离得快，得以保存实力。"王爷扶着垂挂的伤臂，气息尚未喘匀。"是啊，看来朱罡小儿还是嫩的，不懂排兵布阵之法，你看此处不就是一个伏兵的最佳之处吗？"师爷也呼呼喘气，下巴的山羊胡子一抖一抖。

话音刚落，一声炮响，大头的队伍杀了出来。京兵马不及鞍，连战靴都来不及穿就匆匆往山上爬，又折损了一半。

王爷带着剩下的散兵游勇惊魂未定地往山顶爬去，哪知等待他们的还有大鼻子的队伍，大鼻子挥舞大刀，犹如雪白的梨花飘飞，刀过处，鲜血喷洒，路上躺满了京兵的尸体。

王爷的残兵败将无路可去，只能气息奄奄地往陡峭的板障岩上爬去。大胖正想指挥队伍往上追，朱罡笑着说："兵法云：归师勿掩，穷寇莫追。让他们在山顶上喂老鹰吧！""也是，好汉子不赶乏徒儿。"多星点点头。大头也笑着说："在那个悬崖峭壁上，不是饿死也得渴死，就不用我们费力气了。"

朱罡胜利班师，下令大摆宴席，庆贺新功，将士们纷纷举杯，觥筹交错，好不热闹。从此，大塘又多了一个泥兵完胜的传说。

正是：

王爷请到刘半仙，火烧云罩冰雹降。
屿坳斗法再大捷，举杯相庆天地欢。

"军师，多亏你的步步为营，让我们取得节节胜利。眼看秋天已过，麦子就要下种，大家暂罢兵戈，先种粮食，吃饱穿暖要紧。"两场仗下来，朱罡看见太多的生离死别，很想停息武器，让大家握起农具，安安心心地耕田种麦。

虽说两仗大获全胜，看着地上的累累尸骨，他还是隐隐心疼，京兵也是好男儿，他们的父母也等着孩子回家团聚。

"朱统领，黄金贵族不容小觑，我们在耕种的同时，也不能松懈武力装备，得做好两手准备。"多星忧心忡忡地提醒。

"对。"朱罡点点头，心想：那样的狼狈之师还敢来撒野才怪。不过，路滥早脱鞋，有备无患也好。麦子要下种，练兵也不能全停歇，万一朝廷再次出兵，也好有个应对。

"大头，你负责建兵器库，打造、修理兵器。"朱罡下令。大头连声应允，不几天就在后半路上建起了一个兵器库。

"苏大将军，你劳苦功高，希望你能不辞辛苦，外出招收新兵。"朱罡吩咐。

"遵命！"苏大将军领命去平阳了。

朱罡把休战的想法跟张老一说，张老连说甚好，"但愿从此再无披甲之苦，民不受惊慌之灾呀！"张老默默念叨，可他明明白白地知道，战争还没有结束，朝廷不会就此罢休。

张姐看着朱罡，一脸欣喜，她多么希望，兵戈就此安歇，自己与朱罡早日成亲，朝夕相处，共读诗词。

仓皇奔逃的京兵残部躲进深山老林，犹如惊弓之鸟，惶惶不可终日，过了好几天才喘匀了一口气派人向朝廷上报，王爷也不敢仓皇回京，就怕这次要老命不保。

王爷的臂伤养了很久，还是不能痊愈，为了不暴露目标，他们每天以馒头为食，后来人们就把京兵躲藏的地方称为馒头驻（仰义镇的一个村）。

新皇接到消息，急匆匆地召集群臣商议，有的说："由他去吧，朱罡忙着种麦子，让大家吃饱饭也是民生大计，我们商议一下怎么整顿吏治，纪纲肃清，政事严整，臣贤君正，抚慰苍生，四海太平。"

脱脱一听，大发雷霆："养兵千日用兵一时，朝廷皇粮怎么养了这么一大批废物？不行，必须再征江南，不把朱罡灭掉，誓不为人。"他上书新皇从闽南调动三万精兵强将，速速赶到江南与王爷会合。

王爷知道后，又喜又忧，喜的是此次没有降罪的诏书来，又有三万精兵来助阵，忧的是面对朱罡神勇的泥兵，真是束手无策呀！

这天，他躺在床上，捂着手臂，愁眉不展。心想：京城回不去，家里的美眷佳妻不知如何，子女学业不知怎样，臂伤难愈，江南阴雨，啃着馒头，苦熬光阴，不知何时是个头。他正唉声叹气，突然手下禀报，有人带着剿灭朱罡的妙计来见他，是谁呢？

第二十一章

李三来投带银钱　朱罡误信奸细言

王爷叫人引进来一看，一个二十多岁的后生，面皮白净，双眼咕噜噜转得很快，就像被拨动的算盘珠子，正向他连连鞠躬。"你是谁？"王爷有点狐疑，这个麻杆子一样的文弱书生能有什么破敌良策，不会是来讹银子吧？

"我是闽南巡抚的主簿李三，曾跟朱罡的军师朱多星一起念过书，算是同年。"李三看出了王爷的怀疑。"哦，你是朱多星的同年，带来什么破敌妙计？"王爷有点兴趣了，看来这个麻杆子有点底子。

李三连忙上前献计："小的以为智取为好。""怎么智取？"一听这个，王爷心中一动。李三移步上前，趴在王爷耳边细说了计划，王爷连连点头："好，好，就这么办。"

"报告！抓到一个奸细！"朱罡跟多星正讨论下一步计划，大头跑来报告。"哦，朝廷还派出奸细来了。"朱罡微微一笑，看着面前的白净书生，愣住了。"是你呀！"多星笑呵呵地走下去。朱罡疑惑地看着他俩，不明白葫芦里卖的什么药。

"听说了你们的大事，第一时间赶来投靠，却被当成奸细，五花大绑着来见你，这个方式倒是别开生面。"李三仰起头，朗朗笑着。

"你深得巡抚大人赏识，正是前途似锦，怎么到这里来了？"多星赶紧替李三松了绑，扶他到自己的椅子上坐下。

"唉，你又不是不知道，我们虽说被重用，也就是打打杂，端茶倒水，传东递西，空有满腹才华，又报国无门。一旦做得不好，乌纱帽掉了是小事，弄不好就是满门抄斩，甚者株连九族，遭受灭顶之灾。在微末职位上也是如履薄冰，谨言慎行，忐忑难安哪！"李三说到动情处，双眼闪着泪花，"知道你们举事成功，我不远千里前来投奔你们，不知你们能不能收留我？"

"来啊，备下酒席给李大人接风洗尘！"朱罡一听，心中大喜，盛情款待了李三。席间三人相谈甚欢，苦恨日短夜长，干脆抵足而眠，侃侃而谈，直到夜深。

"我看朝廷大势已去，这个金光闪闪的大骆驼架子，早被贪官污吏蛀得千疮百孔。几万精兵强将崩溃成一盘散沙，被你们几百人打得失魂丧胆，真是可笑至极！"李三连连摇头叹气，"如今，王爷不知藏在哪个山头角落里瑟瑟发抖，还是早被野狗啃食了，尸骨无存。堂堂黄金骑兵，当年一统天下，如今竟同一捧豆腐渣，不堪一击，可怜，可怜哪！"

"战场上形势瞬息万变，有些事情是讲不清楚的。"多星接嘴了。

"朱统领是上天降下的文曲星和武曲星合体，能指挥泥兵作战，还有苏大将军鼎力相助，是上天授意您一统天下，造福黎民，千秋永远。吾辈定当尽绵薄之力，鞠躬尽瘁，死而后已。"李三热情满满地提高了嗓音，"我带来银钱一万两，是祖先遗留下来的，绝不是贪墨所得，捐赠给朱统领，作为筹谋大计之用。"他掏出纸钱递给朱罡，多星感动得对李三连连作揖。

多星曾在金华跟李三同个学堂读书，并不知晓李三的家境，话说得如此敞亮，足见赤诚之心，日月可鉴。

"不用，不用！"朱罡连连摆手。他想，大家都休养生息了，要这么多银子干什么。"必须收下，接下来会有大用。"李三硬把纸钱往朱罡手里塞。

"张姐回来了，新任知府已到来，百废待兴，将士们都回家种麦子了。我们只想耕者有其田，老幼不饥寒，天下大一统，公道在乾坤……""太好了，耕者有其田，老幼不饥寒，天下大一统，公道在乾坤。这是多么美好的生活呀！"李三打断了朱罡的话，"这真是上天降下的福音！无论如何请收下我的心意，不然就是瞧不起我，要赶我走了。"李三拂袖就要离去。朱罡勉为其难地暂时收下。

"你这样深明大义的义士，是我们的肱股之友，我们一起舍命安社稷，拼生正华夷，为苍生谋福祉！"朱罡以茶代酒敬了李三一杯，李三再回敬。"对，拼生正华夷，为苍生谋福祉！"李三双眼放光，脸庞涨红，激动不已。

有了李大人加入，大家信心倍增。众人安心播种麦子，期盼着丰收之时，吃饱穿暖，过个安逸的丰收年。

"朱统领，我看朝廷已吓得魂不附体，要想成就大业，有些东西必须早做准备，比方说龙袍、仪仗等。"李三提议。

"不用，不用，我只想早日回家帮我娘料理林家药堂。我们并不想更换朝廷，只是反抗贪赃枉法的赃官污吏，迎来勤政爱民的清廉之官，当任的温

军师学交李三来，献上银钱受连赞。
朱罡误信奸细言，深信不疑埋隐患。

州知府如果能够一心为黎民谋温饱，替苍生创安稳，我们就全力支持他。"朱罡解释道。

"朱统领，多星兄，孟子云：天时不如地利，地利不如人和。"李三引经据典，"朱统领上有神助，占尽天时；三关大捷、屿坳斗法有了地利；义军正道在胸，一呼百应，可谓人和。天时地利人和尽在手里，君子之战，以天下归心战亲戚之所叛，必是摧枯拉朽，势如破竹，大事在望，只在旦夕。不才恳请朱统领忧庙堂之高，为民着想，修德勤政，万民悦服，四海景从，天禄永终。半途而废就太可惜了！"他朗朗上口说了一大串后又是连连摇头。

"新皇任用脱脱，勤于政事，加强廉政，选拔人才，应能百事兴举，国家有望。吾辈做好眼前就好，不要得陇望蜀呀！"朱罡感觉话题不正，想快点结束谈话。

"错错错，朱统领已经扫清六合，席卷八荒，正是万姓倾心，四方仰德，非以权贵取之，实乃天命所归，神文圣武，以膺大统，应天合人。可谓顺天者昌，逆天者亡，切不可逆天意而为呀！"李三苦口婆心，似乎不达目的不罢休。

"我只想耕者有其田，老幼不饥寒。吾有生之年，能好好继承林家药堂的生意，已是最大愿景，这个无须再言。"朱罡意如磐坚，只能明确阻止了。李三无奈地叹了口气，大有竖子难以为谋的意思。多星也觉得李三有点操之过急，想得太高，看在他一番赤诚之心，就不发一言。

冬日晴好，阳光暖暖，风恬浪静，霜落红叶千山瘦，岭上唯留松柏秀。

朱罡得点空闲，回家探望母亲，林大先生和大娘子忙着整理药材，雅娇和芸儿、阿顺嫂里外穿梭地护理伤员。

朱罡迈步进来，将士们都热络地跟他打招呼，他一一亲切地慰问了，就上前给林大先生和大娘子请安。

雅娇急急地把他拉进里屋，有重要的事跟他商量。"罡儿，战事已定，张家小姐养好了身体，喜上加喜，过新年就把你跟她的婚事办了吧，我们也好放心。"雅娇天天想着早日把张姐接到家中，经过上次那事，她想：后半路的新房肯定要造，还是得先成亲，成亲以后慢慢造。这么多年，也没把新房造起来，有些事还得看上天的缘分。

张姐一回府，雅娇就找媒人定好日子想去迎娶。张老说，张姐刚从地狱里出来，惊魂未定，得先休养一阵，等身体调理好后再出嫁。心爱的女儿失而复得，他实在舍不得孩子再次离开。

"要不，还是等后半路的房子造起来吧！"朱罡的内心很纠结，他何尝不想早日与张姐成亲，举案齐眉，朝夕相处，可是战事难定，朝廷那边怎么想，谁也不知道，还是等战局稳定一些为好，不然张姐过来，也会跟着受苦，她在温州牢里吃尽了苦头，朱罡不想她劫后余生再受半点委屈。

"后半路的房子要造，也得慢慢来，还是把亲事先办了吧！眼看就要过年，等年一过，明年开春就办喜事！我去找张老商议一个日期。"雅娇说着往媒婆家去了。看母亲之意已决，朱罡就不再阻拦了。

朱罡在战场上浴血拼杀，张姐在府里日忧夜愁，很想上战场跟朱罡一起并肩作战，也很想到林家药堂帮忙，却被张老极力制止了，说未过门的媳妇不可轻易见公婆，不可随意抛头露面。

经过那场天大的磨难，张老不再纵容女儿的任性，他早把肠子都悔青了，就是自己的骄纵，才造成天大的祸事降临。他现在就像一个吝啬鬼紧紧看管着自己的钱财，只想把女儿牢牢拴在身边，再也不分开，甚至嫁到朱家都不肯了，只怕一松开手，张姐又会出意外。

张姐经历了那个劫难，才感觉自己真正长大了，万事不能任由自己的性子来，站在父亲角度想想，也是有理的，就听从了父亲的意思，闷闷地坐在家中，日日为心上人担忧。诗词也读不下去了，只能抓起梳子，不停地梳理自己的缕缕青丝，梳得头皮都隐隐地发麻。

媒婆到了张府，张老才如梦初醒，怎么舍不得，也不能把孩子永远捂在家里，男大当婚女大当嫁，是理所当然的事，就像天上有了乌云就会下雨，朱家才是她的一生归宿，就欣慰地点头了。

雅娇请了媒人和风水先生一合议，明年二月二是个好日子，定下这一天大婚，风风光光地把张家小姐迎娶到林家药堂。雅娇的嫁妆还原封未动，就送给朱罡和张姐用，张老已给女儿备好丰厚的妆奁，估计林家药堂都要显得拥挤了。

林大先生和大娘子乐坏了，嘴角咧得像要飞走了，他们跟雅娇一起忙里忙外地布置罡儿和张姐的新房，虽说场面小了点，但绝不能亏待了两个孩子，一定要把婚事办得圆圆满满才行。

朱罡一听佳期已定就索性放下担忧，静心等候与张姐的团聚。张姐知道后，乐得一时说不出话来，一颗心狂跳着要蹦出胸腔，有情人终成眷属，从此可以长相厮守，永不分离，怎么想怎么美。她恨不得把这个消息告诉每一个人，把这份喜悦送到白云上去，可是屋子里就她一个人，只能任由喜悦在内心无限度地膨胀。

大胖心里又喜又悲，喜的是心爱的女人从此跟意中人幸福相伴一生；悲的是，自己要永远失去张姐，她将嫁作他人妇。思来想去，还是衷心祝福，祝福两人能琴瑟和鸣，白头偕老。

张姐坐在屋子里，默默等待着喜鹊高叫、鸾凤和鸣的那一天。朱罡跑前跑后训练义军，心里想着和张姐大婚，两人俯首之间吟诗作对的日子，想着想着，就发出呵呵的傻笑，惹得身边人都怀疑他是不是有点问题了。

正是：

情深意切思绵绵，闺中只盼长相守。
佳期已定二月二，早闻喜鹊良缘成。

这天，朱罡回家看望雅娇，正端着一碗茶想递给母亲，就听见外面高喊："不好了，不好了！"发生了什么事？朱罡急急迈步出门，一个男儿已跑到眼前。

"报，朱统领，军师和李大人不慎摔落山崖，军师不幸身亡，幸好李大人还活着！"朱罡一听，好似兜头一盆雪水浇了下来，手里的杯子啪的一声摔落在地，砸成一地碎片。两个担架摆在面前，多星头部血污一片，双眼圆睁，怒目而视，已是僵硬冰冷。李三鼻青脸肿，身上青一块紫一块，体无完肤，不过意识还清醒。

"这，这是怎么一回事？"朱罡顿觉天塌地陷，泪水满眶，摇摇晃晃，站立不稳。

"早上……早上我们去察看地形。想不到，雨后地面湿滑，我脚底一滑，就要摔倒，军师想拽我一把，不料用力过猛，支撑不住，我们两人都掉下了山崖。我被松树挂住了，他，他却撞在一块石头上……"李三泪水哗哗而下，哽咽着说不下去了。

"李大人，军师不幸遇难，也是老天自有定数，八字生来各有时，时也，运也，命也。节哀顺变，你能活着回来就是不幸中的万幸，好好休息吧！"朱罡强压住内心的悲痛，命人带李大人去疗伤。

"他都是……都是为了我……"李三掩面泪奔，被人抬下去了。

朱罡想起跟多星在一起的朝朝暮暮，难过得犹如一把刀子在心里不断旋转着，锋利的刀刃切割着层层皮肉，丝丝缕缕的疼痛，透胆钻肝，遍布全身。

夜已深，戍浦江上，月色水光，潺潺溶溶，相映上下，水天一色。朱罡顿足捶胸，伤心切骨，泪似水流，在江边不停地转着圈子。

清晨，朱罡一用完早饭就去看望李三，李三看着他红肿的双眼，紧握他的手说："朱统领，我与多星是同年，两人志同道合，交契甚厚，多星是你的左膀右臂，他是为救我而亡。如今，我就是朱统领的左膀右臂，我定当竭股肱之力，尽忠贞之节，与朱统领同声相应，同气相求，恩如骨肉，同心合胆，共成大事。""李大人之心，日月可鉴，好好养伤，早日康复为上！"朱罡紧握李三的手，哽咽难言。

"朱统领兼有廉颇之勇马援之雄刘备之仁诸葛之智，可谓智仁勇俱全，当之无愧为四海臣服的王者。"李三满眼的崇敬之情溢于言表。"都说：高帽不要戴，好话都要听。不要再给我灌迷魂汤了，好好养伤吧。"朱罡竭力调

形象逼真的大罗山奇石（2022 年摄）

动脸部神经，勉强挤出一丝笑容来。

朱罡想起五岁那年在温州街头立下的志向，想起在张府立志做君子，有勇有义仁为先，田里麦苗已青青，他真想就此作罢，大家安安稳稳地耕田织布，吃饱穿暖，天下大同，河清海晏，心愿足矣。

不知是林大先生和雅娇的医术实在高超，还是别的原因，没几天，李三就痊愈了，身上的伤疤一掉落，就没事人一样跟着朱罡鞍前马后地跑了。

乌岩岭上的乌豆丰收了，士兵们抬着一大筐颗粒饱满的乌豆下来。"朱统领，是不是给泥兵嵌上眼睛呢？"大胖问。

"好呀！放这里吧！"朱罡正想趁这段空闲时间动手嵌乌豆。"我看不用了吧，瞎眼兵以一当十，英勇非凡，跟明眼兵没什么差别。"李三建议。"也是。"大头接嘴。瞎眼兵在战场奋勇杀敌的场景历历在目，神勇不输明眼兵，再说新粮还没到手，大家的吃食不多，这一筐乌豆正好可以让大家打打牙祭。

"那就不用了，把乌豆炒起来分给大家吃吧！"朱罡想想也有理。不一会儿，营帐内外都是嘎嘣咬乌豆的声音，乌豆的香味弥漫在大塘的三条道路间，大家好好饱食了一顿。

"依李大人看，朝廷会不会再派京兵过来？"朱罡想跟李三商议一下。

"我看朝廷吓破了胆，忙着收拾尿湿了的裤子吧！哪还敢来冒犯？"李三肯定地说，"朱统领顺应天意而生，泥兵军阵大显神威，苏大将军勇猛善战，义军将士个个如虎豹龙蛇，就是天神襄助我们。你看看，现在我们大塘子孝父慈，兄友弟恭，不肆干戈，不行杀伐，行人让路，夜不闭户，路不拾遗，四方敬仰，连里史都跟我们一条心，不可能再有仗打了。"

"我们还是去戍浦江边看看吧！防患于未然总胜过无备之仗。"朱罡拉起李大人往江边去了。

前两仗，朱罡都和多星一起查看，每次两人意见都不谋而合，最终也料事如神，与京兵相遇就是那几处。如今，与多星已是阴阳相隔，坟头青草已冒尖。想起多星，一股悲伤从心底袭来，朱罡鼻子发酸，眼泪上涌，步履沉重了，看着微笑的李三，又松了一口气，还好，有个李大人。

他们看来看去，也看不出京兵会从哪一处过来，朱罡想：无论怎样，京兵总要路过大塘码头，就在码头布置了些兵马。

"朱统领不用过于担心，水路和陆路他们都走怕了，想从天上降下来，没有鸟雁双飞翼，想从地上冒出来，又没有蚯蚓的钻地功。"李三胸有成竹地说，"我们在码头上做好充分准备，已是万全之计。他们敢再来，我们就把明眼兵放前面，瞎眼兵放后面，有明眼兵奋勇带路，瞎眼兵神威助阵，泥兵军团更是无敌战神，让京兵彻彻底底有来无回。我们的大塘固如金汤，明年开春，我们还要向温州府进军，接下来是杭州府，一路向北，犹如黄河水滔滔，直到京城大都，让新皇让出底下的位子，回自己的蒙古草原放羊去……"

李三越说越兴奋，挥舞着双手，似乎看到了京兵被杀得东逃西窜的样子。

"对，对，明眼兵在前指挥，瞎眼兵在后压阵，杀他个灰飞烟灭，无影无踪。"大头也兴致高昂。"是呀，让明眼兵在前，瞎眼兵在后，京兵定是有来无回！"大壮也接上嘴。大家群情激奋，恨不得立刻上战场。

"李大人想多了，我们只是做好防卫，百姓要吃饱肚子，穿暖身体，安安心心过日子！贪官已灭，皇上还是皇上！"朱罡看着李三激动的样子，不禁想起了多星，相处这么多年总是无缝契合，唉，为什么老天就不容他呢？跟李大人总觉得有一点不对路。

"朱统领，你把一颗心放到肚子里，只要京兵再敢来，我自有三十六妙计等着他们尝一尝！他们不犯，我们就不战，安安稳稳地过日子！"李三看出了朱罡的神色不对劲，赶紧补上一句。

朱罡一听李三这话，想：自己多心了，李三还是懂得自己。都说用人不疑，疑人不用。不要疑神疑鬼了，无论如何，让大家好好过年吧！他可不知道，这个年大家都过不成了。

第二十二章

京兵雪夜袭大塘　义军热血染沙场

朱罡一心盼望大家休养生息，欢欢喜喜过大年，盼望大年一过，能隆重地迎娶张姐，过上恩恩爱爱的日子，可这个年一开始就显得不同寻常。

田野里的麦苗呼啦啦地拔节生长，长得特别快，快得让人来不及眨眼，一天就拔高一大截；颜色也绿得怪异，犹如上好的翡翠般绿茵茵，又似深沉的湖水样绿茸茸，又像比它们都要绿得浓烈。人们总觉得它们绿得发黑，绿得沉郁，绿得妖艳，好像整个人都要融化在里面。

九十二岁的旺太公也没见过这么绿的麦苗，咧开两行整齐的牙齿说："明年一定是个罕见的丰收年，大家有福，白馒头要摆满灶头了！"大家都乐得合不拢嘴，好久没有体会到肚子饱登登的感觉，好久没尝过松软的白馒头，看着麦苗呼啦啦地迎风招展，人们好像看到成片的白馒头纷涌而来，要把自家的锅灶都淹没了。

只有对兮看着地里疯长的麦苗，有种不祥的预感，总觉得麦苗是喝足了遍地流淌的血水才如此疯狂，总觉得接下来会有惊天大事发生。满村的人都沉浸在一片欢乐祥和之中，他什么也不敢说，只是呵呵地笑着："对兮，对兮！"脊梁骨却有着阵阵浸透骨髓的凉意挥之不去，心里一次次地重复着："不对了，不对了，一定是哪里不对了！"

腊月中旬一过，家家户户都沉浸在过年的欢乐气氛中，眼看明年可以收获成筐成筐的新麦，人们把箱子翻了个底，积存的粮食全倒出来。

有的挥起石头捣杵，挥汗如雨地捣年糕，等糯米团变得糯糯软软，像个咖啡色的大面团，再取出来，用一个印版印成一根根长条的捣糕，上面有喜鹊飞枝头、牡丹花儿开、蜡梅朵朵绽等吉祥的图案；有的正用盐卤做豆腐，雪白的豆腐压在砧板上，一小块一小块地切开，有的用油炸，有的做成豆腐鳖，有的剁成肉丸子；有的忙着发豆芽，齐刷刷的豆芽，晶莹剔透的白色杆子上顶着两片金黄色的豆瓣，显示出勃勃的生机；有的在油锅里翻滚着金黄的带鱼，浓烈的带鱼香惹得整个村子的人都在吞咽口水……

人们长长地吁了一口气，心想：经过两场激烈的战斗，上天赐予这么丰厚的年份，终于可以安安心心地过大年了。

腊月二十六这天，小年已过，人们还在温暖的被窝里梦着雪白的馒头，谁也不知道老天早已酝酿了一个惊心动魄的计划。

一大早它就开始排云布阵。只见空中彤云涌涌，朔风阵阵，旋而，空中飘起了雪花，一片似凤耳，两片似鹅毛，三片似纸片，四片似白蝶……雪越下越大，不久就团团翻越如滚珠，碎碎飘扬似玉屑，从空中翻滚而下。

人们开门一见，乐呵呵地想："瑞雪兆丰年，厚厚的积雪下虫子都冻死了，明年的麦子更可着劲长了。"就笑眯眯地关上门继续做美食。

中午时分，天空仍旧片片六花盖地，似杨花细，似梨花白，似琼花珍，似梅花艳……目之所及四野难分辨，千山尽是云。天地之间，纷纷扬扬皆雪铺；街头巷尾，白白茫茫全粉盖。

人们喜上眉梢地侧耳倾听，闻一闻，赏一赏，只觉得声如蚕食桑叶，气似冷浸心骨，色同瑶玉无瑕。雪白馒头捏在手里的日子确乎已来到眼前，泪

大塘码头仓库——藤桥卫生纸原料经营站（摄于2022年）

泪蒸腾的香味就在鼻尖底下，喷香松软的味道已在舌尖萦绕，想着想着，一个个都不由自主地笑了。

夜幕降临，天气突变，雪停了，狂卷着的大风阵阵袭来，冷冷飕飕天地巨变，无影无形黄沙飞旋，瓯江浪泼彻底浑，戍浦水涌翻波转，乾坤险不炸崩开，万里江山都震颤。

见此情景，人们慌慌张张地关门闭户，早早上床休息，一心期待着明天早晨起来，一轮红日升上高空，漫天霞光映照着白皑皑的积雪，给新年带来崭新的愿景。

"呼"的一声，码头上迎风招展的大旗被"啪啦"一声刮断了，剩下一个白刺刺的断痕。江面上一大片乌鸦黑漆漆地盘旋着，与岸上洁白的积雪形成了鲜明的对比，聒噪的鸣叫声在狂风肆虐中也能依稀听到，让人心里莫名地有点惶恐不安。

"朱统领，码头上的大旗无缘无故折断了，江面上乌鸦乱叫，当主凶兆，我们要小心提防为上。"大惊失色的大胖飞跑过来向朱罡汇报。

"这么大的风，百年罕见，大旗能不被刮倒吗？没什么大不了，传人再做一根就是。"李三毫不在乎地说，"漫天飞雪，乌鸦找不到食物，肚子饿得就是一层皮，当然乱飞乱叫，不要大惊小怪，辛苦一年，就这最后几天，让将士们安心过年最要紧。"

"也是，狂风呼啸，天寒地冻，京兵不知躲在哪个山窝窝里取暖呢，他们也要过年。再说了，大雪封山，狂风飞舞，山陡路滑，根本无法行军，不必在意，这两年征伐辛苦，让大家好好过一个安稳年吧！"朱罡看着外面深厚的积雪，似乎已看到了众人热热闹闹过大年的欢乐场景。

北风呼啸着刮过大地，人们烘烤着火盆里熊熊的火焰，美美地想着今年没有繁重的赋税，有雪白的馒头，还有软糯的捣糕，可以过一个美好的新年。

谁也不知道，戍浦江上乌鸦还在一群群惊慌失措地盘旋着，江水还在急速翻滚着，犹如水底被大火给煮开了，硕大的气泡沸腾着，也许四大龙王都被激怒了，江翻海沸，巨浪滔天，似乎顷刻间就要天摧地塌，岳撼山崩……

半夜时分，风终于停了，茫茫乾坤皆白色，万里江山如银砌，大地一片沉寂，似乎老天折腾够了后按下暂停键。人们在静谧的夜晚睡得更是香甜，只剩两天就要过年了，梦乡里，大家已经闻到了年夜饭浓郁的香味。

谁也不知道，趁着积雪映照的亮光，三万京兵在王爷率领下，食饱喝足，精神抖擞，身披软甲，马摘銮铃，人人衔枚，脚捆草绳，悄无声息地向大塘偷袭而来。

他们兵分三路，第一路从三溪、瞿溪下来，经过天桥岭，像一把锐利的尖刀直击石鼓山；第二路从曹平岭下来，像个沉重的大铁锤重击大塘码头；第三路从宝昌岭下来，像一把威猛的突火枪，攻打石龙头指挥部。三路京兵织成一个细密的铁罩子死死罩住大塘村，犹如三条摇头摆尾的巨蟒，又像三只张开血盆大口的雄狮，意欲一口吞掉大塘这个安睡的小羊羔。

睡梦中的义军正端坐敞亮的高堂，手捧雪白的馒头，身穿厚实的棉袄，高堂父母开颜笑，堂下儿女嬉戏绕，一个个乐得笑出了声。外面雷鸣般的喊杀声传来，还以为是庆祝新年的爆竹声，兴奋得手舞足蹈，直到刺刀冷冰冰地逼到眼鼻子间，才失措惊慌地起身，来不及穿上厚重的铠甲，随手抓起身边的尖刀就仓皇地应战。

天还没亮，营地内外到处都是叮叮当当的刀剑声、喊杀声、追赶声，宁静的大塘瞬间乱成了一锅粥。

朱罡连忙调来泥兵军阵，泥兵犹如天兵天将快速赶到，他想起李大人曾经布过的兵阵，让明眼兵在前面冲锋陷阵，瞎眼兵在后面压阵保底。

明眼兵一听冲锋号就奋勇向前，有的举起茅草大刀，呼啦啦地向京兵砍去，有的拉起柳杉弓，射出嗖嗖带风的箬竹箭头，京兵一排排倒下了。天圆勇猛地往前冲去，他一挥刀，就是两三个，一抬腿，又是两三个，眼看着身边躺满了一圈，血红的一大片……

京兵继续前仆后继地冲上来，只见泥兵浑身是胆，全身是力，这个用草刀砍落如同甩坚冰，那个把茅剑高举好似飞闪电，这个右腿一扫似乎飓风吹败叶，那个身子一转恰如急雨打残花……只觉漫漫征云绕大街，腾腾杀气满小巷，似飞电绕长空，如凤声吼玉树；似银龙翻海底，如霜叶满天飞……双方混战在一起，只听得噼噼啪啪的刀剑声，只见得呼啦呼啦的箬竹飞过，只听得一个个京兵的惨叫声……

朱罡一看，欣慰地想：还好有泥兵军阵，半夜偷袭也不用畏惧。他睁圆双眼，挺直胸膛，挥刀向京兵冲去。

瞎子兵压阵来了，他们听到前面乒乒乓乓的刀剑响，挥起茅草大刀就向前砍去，拉开柳杉弓就弯腰射去，他们什么也看不见，不知道砍到了谁，也不知道射到了谁，只管奋勇向前，只管拼命搏杀，完全不知道前面纷纷倒下的都是明眼兵。

明眼兵正往前杀得起劲，孰料腹背受敌，霎时乱了阵脚，转身只顾得杀，只顾得砍，也不知道砍的是谁，像被堵住了前路和后路的蚂蚁，仓皇失措间，不知该往何处去，只管挥刀胡乱混战。

天圆大吼一声，抡圆胳膊，雄鹰展翅般扑向京兵，哪知背后一个瞎眼兵的箬竹剑向他快速飞来，他伸手一挡，箬竹剑掉落在地。他鼓足了劲，飞起身子，向前砍去，右边一个瞎眼兵的竹刀，呼啦一声，犹如疾速的闪电砍向他的腰间，他变成了两段，掉落的头颅"哐当"一声砸死了一个京兵，疑惑地闭上了双眼。

地方跃起身子，犹如千斤巨石，从高空压了下来，两个京兵并排倒下，变成了肉饼，他举起双臂高声欢呼着。一个京兵的突火枪响了，他一闪身，躲过了飞速的子弹，不料，一个泥兵的箬竹箭射中了他的喉部，他大喊一声扑向京兵，撞死一个，自己也倒地而亡。圆脸被人推倒踩扁了，扁脸后背中了一箭……

正是：

> 天圆地方泥人兵，忠义神武数第一。
> 冲锋陷阵总在前，箬竹茅箭样样精。
> 身为泥兵鬼机灵，杀敌无数魑魅泣。
> 混战之中勇赴死，人人皆夸留英名。

"快快后退！"不知是谁大喊了一声，明眼的泥兵往后退，瞎眼的泥兵也往后退，有的还在往前砍杀，场面乱成一团，就像在黑绸布下捉迷藏，谁也看不清谁，谁也不知道谁，只是挥刀猛砍，举茅乱刺。朱罢的旗子怎么挥，泥兵也看不到，怎么喊，泥兵也听不到，义军的男儿也听不到了，眼看着瞎眼兵蒙头乱砍，明眼兵也前后瞎战，谁也阻止不了。

眼看场面混乱，根本无法操控，朱罢这才明白前面的决策犯了致命的错误。

"李大人，李大人！"朱罢于千枪万刃之间，只身纵横，如入无人之境，寻找着李三。他想跟李三商议一下，怎么应对眼前的混乱，就从前头找到后头，又从后头找到前头。

他急切地询问大胖："你见过李大人吗？"大胖说："刚刚在这里。"他又问大壮："你有没有见过李大人？"大壮说："刚刚见过。"

他问遍身边人，都是这样的回答。遍寻不见李三，朱罡的心不禁一沉，难道李大人被杀害了？他越想越难过，泪水成批地涌出了眼眶。他后悔没把李大人带在身边，不幸失去多星，不能再失去李大人呀！泪水模糊了他的双眼，顺着脸颊成串地掉落在地上。

他腾不出双手来擦泪水，京兵像漫天飞舞的黄蜂一样，成批成批往石龙头上涌来，无缝铁桶一般把义军紧紧围在中心。

朱罡挥舞旗子摆阵，奈何一场天昏地暗的大混战，人人杀红了眼，昏沉沉不知南北，黑惨惨难辨东西。明眼兵几乎都被瞎眼兵砍成几截，大手、大脚、滚肚都在混战里丧身，存活的泥兵数量有限，不管是一字长蛇阵，还是二龙出水阵，或是天地三才阵，都难敌步步紧逼，如蝗虫般蜂拥而来的京兵。

"朱统领，我们不求同年同月生，但求同年同月死！"大胖大头跟朱罡紧紧靠在一起。他们手握钢刀，刀锋上沾染着淋漓的鲜血，紧绷着脸，双眼迸射出仇恨的火花，背靠背站在一起，誓与京兵血战到底。

"弟兄们，上啊！"朱罡大喊一声。大家手握大刀，咬齿嚼唇，如猛虎矫捷出深山，像蛟龙威武跃大海，不顾一切地向京兵冲去。

大胖情急之下，神弓落在营里，随手扯过一个京兵，劈头一拳，京兵应声倒地，他抢过京兵手里的长矛，呼呼挥舞着，正如一池荷花舞清风，满苑梨花飞瑞雪，身边一个个京兵倒下了。不料，扑拉一声，他用力过猛，长矛断成两截，他拿着短棒，戳死一个，再也拔不出来了。

他不慌不忙，揪住两个京兵的领子，用力一撞，两个京兵应声倒地。他抢过一把大刀，"啪"的一声，拦腰砍断一个，吼一声砍一下，周边倒了一圈京兵。

他站直身躯，英风起起，气概昂昂，大吼一声砍向一个京兵，冷不防，有人向他偷袭而来，背上挨了重重一刀，鲜血汩汩地往外流，顷刻渗透了他黑色的衣衫。他不管不顾，大吼一声转头举刀砍去，京兵倒下了。奈何腰部又挨了另一个京兵深深一刀，顿时鲜血喷涌如泉，他缓缓摇晃后倒落在地，那把钢刀还紧紧地握在手里，双眼睁得圆圆，还在寻找着朱罡……

有诗云：

弹弓练就神功手，百发百中鸟雀慌。

石钟山下建奇功，石龙头上战辉煌。

大刀在手鬼见愁，刀刀见血京兵惧。

纵是身子成两截，紧握钢刀不作休。

大头手握大刀，眼睁铜铃，犹如砍瓜切菜，左右冲突，前后卷杀，刀落处，血肉横飞，人亡马倒。

"砰"的一声，一粒霰弹射中他的右臂，钢刀落地，他后退几步，被几十个京兵逼到山崖边，陡峭的悬崖下，就是滔滔不绝的戍浦江。

"来呀，你们有种上来呀！我陪你们好好玩玩！"大头垂挂着右臂，敏捷地转换着身子，不停地腾挪跳跃着，犹如一只刚下山的猎豹，正是威风凛凛时，呼呼地喷出威猛的气息，要把周边的林草点燃。京兵傻眼了，犹如服用了定神丹，直愣愣地看着他好一会儿，不知他玩的是什么把戏。

"快上呀！傻愣着干什么？"有人喊了一句，几十个京兵抖擞精神，壮着胆子，举起钢刀，齐刷刷地朝大头扑来。大头高喊一句："朱统领，芸儿，我先行一步！"转过身子，纵身一跃，跳下了高陡的悬崖……迅猛扑来的京兵来不及刹车，也纷纷掉落下去。

也有诗云：

戍浦江边好儿女，壮志未酬身先死。

抛头洒血鬼神泣，英雄浩气天地惊。

丹心贯乎白日长，忠贞万载英名扬。

江水滔滔永向前，传诵英雄忠烈情。

几天后，大头在曹湾山脚下被人救起，阿福嫂这才感谢他当年在水里的摸爬滚打，外号叫泥鳅，后悔自己老骂他大海里翻了豆腐船，汤里来，水里去。芸儿见到他归来，更是激动得说不出话来，紧紧地抱着他不肯松开。

"朱统领，我们往板障岩上撤吧！"浓眉提议。"好！"朱罡和浓眉带着几名男儿边战边往板障岩上撤退。

大壮手舞神棍，带着一批人杀得兴起，他睁圆环眼，咬碎钢牙，棍子飞舞，过处皆倒地，犹如干枯的高粱秆子，谁也无法近前。

王爷一见他的棍子，分外眼红，心头火起，口角雷鸣，上次被他棍伤，如今未愈，仇人就在眼前，恨不得一手将他碾为肉泥，无奈这男子神勇异常，无法近前，只能默默叹气。师爷眼珠一转，对着王爷耳语一番，王爷笑眯眯地点头。

他跨步站上一块大石头，对着大壮高喊："你们违天抗命，纵然碎骨粉躯，也是罪不容恕。如今泥兵全军覆没，朱罡已死，还不投降，更待何时？放下武器，饶你们不死！若道半个不字，立为齑粉。"

"什么？朱罡已亡？"一听这话，大壮愣了一会儿，一个京兵挥刀砍来，大壮急速一闪，腰部受伤了，义军立即抢救他撤离了。

"泥兵全军覆没了吗？朱罡已亡了吗？"一路上大壮不停地反问，不由两行泪纵横。他挣扎着要往前寻找朱罡，将士使劲按住已身负重伤的他，送往林家药堂了。

大壮不知道，朱罡正被一批京兵包围在石龙头，无法向板障岩撤退。

"朱罡，不要负隅顽抗了，放下武器投降吧！泥兵自相残杀，所剩无几，你是青龙被困不如虫，退翎鸾凤堪比鸡，我替你在皇上面前美言几句，兴许能应你个全尸。"李三狂妄地高喊着。

听见熟悉的声音，朱罡震惊不已，刚刚还在身边出谋划策的人，此刻却神采奕奕地站在了对面。

"李大人，这是什么意思？"朱罡明知答案，还想问一句。

"哈哈哈，朱统领，被胜利冲昏头脑了吧，我是堂堂五品官员，怎么可能跟着你们卑贱的地鼠落草为寇？兵不厌诈，这叫笑里藏刀。"李三得意扬扬地说，"今天，让你死个明白，不像朱多星做个冤死鬼。是我把多星骗到山坡上，故意指着让他看山涧，一把从背后推下去，眼看他摔成一个扎实的肉饼，断了气息。为了不让你们起疑心，我故意磨出很多皮外伤。你一个黄口小儿，没一点戒备心。是我用飞鸽传书，给王爷绘制了精细的大塘地图，是我给他定下大雪之夜来偷袭，是我让你把明眼兵放前面，瞎眼兵布后，才会自相残杀，全军覆没！"

朱罡这才想起军师抬回来时脸上怒目圆睁，后悔不迭地喊："多星兄，我的好军师，你死得好冤呀！我今天就给你报仇！"他高举着弯刀，大叫着向李三冲去。

京兵雪夜袭大塘，义军热血染沙场。
惊闻李三坦真相，誓为军师报此冤。

第二十三章

误听口信将军刿　香火不绝护百姓

朱刿跺着脚，红了眼，倒竖毛发，高声叫喊，举起大刀，狠劲地朝李三砍去，李三早已闪身退后，满脸唔瑟地看着朱刿。

朱刿奋力冲往京兵阵营，一边冲一边喊一边砍，遇上什么砍什么，势如飞马，疾如流星，一排又一排的京兵应声倒下，直杀得鸟儿鸣哑，地上一片圆滚滚，月色朦胧，不辨谁的头颅，星光惨惨，难分哪个身躯，滔滔鲜血坑渠满，叠叠横尸岩上堆。

一下子没人敢近前，京兵一个个吓得亡魂丧胆，瑟瑟缩缩，只是把他团团围住，一圈又一圈，密密匝匝，不漏一丝缝隙，只看着他高举着的钢刀上一滴一滴地落下鲜红的血来，只看着朦胧的月光照在雪亮的刀锋上，闪着凄凄惨惨的光芒……

"有种你们上来！好好地干一仗！"朱刿挥舞着手中的大刀，鲜血四处飞溅，洁白的雪地上留下一抹惊艳的血红。京兵一个个紧紧地盯着他，没人敢有进一步的动作，都怕近前一步就成了那把快刀下的新鬼热魂。

"李三，你这个卑鄙小人，有种上来跟我痛痛快快地打一场，不要在背后蝇营狗苟地搞些见不得人的阴谋诡计！"朱刿对着李三狂喊，恨不得飞身上前将李三一把揪过来，捏得粉碎，高扬在空中。他的高呼声震得周边的树木微微颤动，震得人们的耳膜点点刺痛，他们呆呆地看着朱刿，就像被钉子钉住了一般，动弹不得。

李三的身子抖了抖，他稳住神，阴沉地一笑，对手下人耳语了几句。朱刿正在前后左右地转着圈子，计划向哪个方向砍去，思量把这个密密的圈子撕开一道口子，直往李三奔去，一血深仇。哪知头顶忽然落下一张滔天大网来，把他死死地网在里面。

朱刿镇定如山，紧咬牙关，挥动大刀，犹如疾风闪电噼噼啪啪地砍向大网，一些绳索被砍断了，眼看着就要伸出拳脚来，说时迟那时快，几百个京兵壮起胆子，像雪野上的狼虫虎豹齐声猛扑上来，抱的抱，扯的扯，钻的钻，扳的扳，死死地摁住了他，早有人递来了绳子，朱罡被扎扎实实地捆了起来。

朱统领，骁勇善战的朱统领，可恨一身铁拳钢脚无法伸展，此时就是深海蛟龙离水潭，高山猛虎落荒田。草原雄狮入深坑，丛林猎豹遭兽夹。

朱统领，意气风发的朱统领，可恨满腔壮志豪情无法冲天，此刻就是重耳蒲城路缥缈，高祖荥阳遭围困。始皇喟叹阳寿短，后主小楼悲东风。

朱统领，神武盖世的朱统领，可恨一幅宏图伟业无法实现，此间就是李陵台上踮脚望，苏武漠北心熬煎；周瑜巴丘惜寿尽，关公麦城拔大刀……

"朱统领，我们来了！"扁担正跟一个京兵激战，听到朱罡的喊声，劈头一砍，见对方身亡，就敏捷地转身，掉头来救。不料，嗖嗖地几支冷箭射来，他躲闪不及，"砰"的一声，缓缓倒地，胸前殷红一大片。"朱统领，我来了，等着我……"他的嘴里汩汩地冒着血沫子，往朱罡的方向尽力爬着，一寸一寸地艰难往前挪移着，直到没了一丝气息，洁白的雪地上留下一条长长的血红印子。

浓眉飞转短笛，京兵应身而倒，他后悔出来时过于仓促，忘记带上屋里的一袋毒蛇，否则这些京兵怎能如此猖狂。他往后看看，思索着能否杀出一条血路，救出朱统领。怎料背后凉飕飕的一把大刀飞来，正中他的后背，他像一座高山一样轰然倒下了，一腔热血飞溅在雪地里，就像绽开的朵朵梅花，短笛还在他的嘴边，似乎正缓缓地流淌出悦耳的曲子，在山谷间回荡盘旋。

大鼻子一看，大喊一声"浓眉"，回首一刀砍断那个京兵的身体，正欲转回身，却被后面的京兵砍中肚子，汩汩外流的鲜血霎时染红了整片衣襟。"浓眉，等等我！"他高喊着倒下，一点一点地爬到浓眉身边，左手紧紧地拉住浓眉的右手，才心满意足地闭上了眼。

朱大娘的孙子提着大刀，紧紧追随着朱罡，被突火枪的子弹打中，胸前鲜红的一片……石龙头上尸横遍野，血流成河，大塘笼罩在一层层血雨腥风中，久久不散，戍浦江上鲜红的水流翻滚着、咆哮着……

正是：

枯蔓层层如雨脚，白雪皑皑似云盖。
石龙头上淌热血，马鞍山脚飞豪气。

丹心耿耿烛高台，芳名长存天地间。

日月不知东西去，唯有豪杰代代传！

朱罡被一面五十斤重的半团头铁叶护身枷钉了，关在一个木笼子里，里三层外三层的士兵昼警夕惕地看守着。"你们都给我瞪大眼睛，一只苍蝇都不准飞过，如有半点差错，脑袋即刻搬家！"王爷声色俱厉地吩咐道。

"遵命！"士兵们绷直身子，手握长矛，身背火枪，双眼紧盯，一刻也不敢松懈。

朱罡定定地坐在木笼子里，一言不发，王爷还是觉得不踏实，就怕这是自己做的一场美梦，就像以前很多次做的梦一样，一睁眼，什么都没有了。

他用双手蒙住眼睛揉搓了好久，直到眼睛发红发痛，才确定眼前是正在发生的现实。历时两年多，朱罡妖孽总算被抓住了，自己终于可以胜利地班师回京，见到亲人，从此告别这种昼夜不息的生活，再也不想上战场了，一回京城，就告老还乡，余生不动刀戈了。

这一次，他的眼前没有出现新皇的大肆嘉奖，没有热烈的夹道欢迎，而是有种挥之不去的恐惧，不时地萦绕在心头，就怕一不留神朱罡会从木笼子里飞出来，自己又是白忙活一场。

他明明白白地知道泥兵伤亡惨重，还是害怕他们会瞬间重整旗鼓，漫山遍野地赶来营救朱罡，也害怕那个怪物一样的苏大将军会从什么地方突然之间哗啦一声冒出来，一双大铁锤一舞动，多少士兵都无法抵挡。

他整束了大部队，决定即刻动身把朱罡押往京城。他率领亲信，押着朱罡走在前面，要自己的双眼紧紧盯着朱罡才放心，待到了杭州府，自有官员接应，才可以松一口气，他命令副将带着大部队随后赶到。

话说苏大将军来到平阳，人们一见到他，都吓得呀呀乱叫，转身就跑。"你们不要怕，苏某不会伤害你们，我是来替朱统领征兵的。"苏大将军放下手上双锤，对着大家连连拱手。"你是苏大将军？"一个胆大的小伙问道。"是的。"苏大将军微笑地点点头。

"大家快快过来，他就是威震江南的苏大将军呀！我要报名！我要报名！"小伙子跳上一块巨石，大喊一声。"我们也要报名！我们也要报名！"年轻的小伙们热情高涨，纷纷举起双手。

苏大将军一鼓作气，又到苍南征集了一些新兵，他带着这些新兵来到五雷山落脚，五雷山在仰义与双屿的交界处，此处山高林密，千峰竞秀，云遮封顶，雾过山腰，瀑布溪流穿梭于苍松翠柏之间。

他指挥新兵在这片深山密林里昼夜不停地操练着，准备训练好了带回大塘，给朱罡一个惊喜。周边百姓知道后，给他们送来各种吃食，有些精壮小伙也就势加入训练，队伍眼看越来越庞大。

这天，苏大将军正站在练兵台上神气地挥舞着旗子："你们看，我们摆成七星北斗阵，就像夜晚抬头可见的北斗七星……"底下的新兵快速摆好军阵，亮出锋利的竹刀，新兵们就地取材，一经加入就有了自己的武器。

苏大将军看着面前威武雄壮的军阵，想着再过两天就带回大塘，跟朱罡和多星团聚，大家一起热热闹闹地过新年，有了这支年轻的队伍，再来多少京兵都无所畏惧，他不禁露出了胜利的笑容。

苏大将军林里殿（2022 年摄）

温州市人民政府 2014 年立（2022 年摄）

"不好了，京兵趁着雪夜偷袭了大塘，朱统领不幸被抓，押送到京城去了。"一个士兵从死人堆里爬出来，骑着快马飞速前来禀报。

"什么？朱统领被抓了！"苏大将军脸色大变，双眼一瞪，抡起两个大铁锤，快速翻身上马。"你们先练着，我去去就回来，多则一天，少则一顿饭工夫，等着我！"他回头吩咐着。下面一个将领跳上台继续指挥训练，大家依然一丝不苟地练习着。

"他们往哪个方向走？"苏大将军正想纵马疾驰，又回头急切地问。"他们准备到横山坐船直往京城。"士兵气喘吁吁地说。

"朱统领，我来了，千万千万等着我！"苏大将军双腿一夹马身，如同一道闪电一样往横山方向赶去，他的声音还在林子里绵延，人早已消失在一阵疾风里，不见踪影。

一路上，他舍不得停下来喝一口水，不停地拍打着脚下的马，恨不能驾上一朵白云，驭起一阵长风，即刻飞到朱罡身边。他一路飞奔，只听呼呼的风儿在耳边吹过，只觉两旁的树木飞快地往后闪过，看不见前面一条深深的沟堑悄悄隐藏在茂密的草丛里。

骏马早已明白主人的心急如煎，四蹄飞奔，双眼紧盯前方，急速向前，等到前面双脚踏空的时候，已经刹不住前进的步伐了。

苏大将军只觉坐骑的身子一低，才发现了面前这条深不见底的沟堑，他飞身一跃，离开马儿，纵身跳到了对面，可怜马儿已身子不稳，坠入沟堑深深的底部。他叹了一口气，说声："待我回来时救你！"就迈开双腿，大步往前奔去。

他一心忙似箭，两脚走如飞，长长的双腿一步步往前跨越着，像追逐太阳的夸父一样，一路上留下了许多深深浅浅的大脚印。

他渡水登山，一路狂奔，赶到万山岭，万山岭在仰义的钟山村和林里村之间，看见前面走来一个挑着卖糖担子的老者，须发皆白，身板直挺，一手扶着担子一手摇动摇铃，边走边叹息。他停下脚步，拦住老者问道："请问老者，你有没有看到京兵押送着朱统领？"

老者一看身形怪异的苏大将军，吓了一大跳，放下担子转身就想逃走。"老者莫害怕，苏某不会伤害你的。我是前去营救朱统领的苏大将军，请问你有没有看到京兵押送着朱统领？"苏大将军气喘吁吁地说。

一听这话老者一下子想起这就是传说中的苏大将军，就欣喜地点点头。

得知统领被囚走，心急飞奔来追赶。
误听口信将军列，香火不绝护百姓。

将军捶胸跺脚万山岭上留足印（2022 年摄）

他的心里正难过呢，朱统领被押走了，泥兵打不了仗，刚刚到手的安稳日子又要没了。这下好了，苏大将军来了，朱统领有救了，泥兵也有救了，大家都有救了。

苏大将军心里一喜，急忙问："他们大概到了什么地界？"

老者是个口吃的人，心想快点回答他，让他快快去追，脑子越想快，嘴巴跟不上就变得越慢，只能结结巴巴地回答："已……已过……过了山……山……山……洲……岭。"

苏大将军一听，瞬间全身冰凉，毛孔倒竖，面如火发，气冲斗牛，他把身子重重地抖了抖，狠狠跺了一下脚，直到如今，万山岭的山坡上还留有一个深深的将军脚印。

他呆立原地，双手一摊，仰天长叹："朱统领，都怪本将军来迟了。唉，千错万错都是我的错，为什么不把新兵直接带回来呢？想不到，你已过了三个州（南方口音里'山'和'三'同音，'洲'和'州'同音。三州为：温州、处州、婺州，即当今的温州、丽水、金华。）还有一条岭，我纵有上天入地之术也无法赶上你。可惜我不能驾长风驭疾云，不能上天入地追上你。唉，天数已尽，大势已去，你已赴死，我绝不苟活，苏某只为护你而来！"

225

他举起两个大大的铁锤用力砸向头部，一股股殷红的鲜血像汹涌的泉水喷涌出来，染红了一片广阔的天空，染红了葱葱郁郁的树林，也染红了脚下的土地。苏大将军惆怅地闭上双眼，缓缓地倒下了，他的头颅重重地撞击着地面，他的身躯轰然一声落地……

霎时间，昏雾蔽天，霜铺雪涌，一阵阵呼啸的狂风突袭而来，一棵棵松树在风里狂乱地摇摆，树叶疯狂地飞舞，有的扑向树顶，有的飞向山坡，有的卷入山沟。鸟兽们纷纷狂奔回家，缩在洞里，不知所措，惊恐地倾听着整座万山岭呜咽悲鸣，轰然作声。

不一会儿，电闪雷鸣，飞云掣电，雨骤风驰，天地间一片昏暗，红云惨惨，黑雾蒙蒙，仰义几个村子几天几夜都笼罩在红云黑雾里，笼罩在哗啦啦的雨声里。

周边百姓感念苏大将军的忠心耿耿，为之哀恸万分，凄惨的哭声惊天动地。老人拄着拐杖默默抹着悲伤的泪水，妇人们边哭边叫喊着苏大将军，男人们红了眼眶，泪水无声地往肚子里流，孩子看大人哭得如此伤心，也呜呜地哭起来，泪水漫天飞……

大家都想出资厚葬苏大将军，正准备寻找一块上好的坟地时，有人擦擦眼睛，惊奇地说："苏大将军不见了。"众人都惊异地揉揉双眼，发现苏大将军真的不见了，他的身体不见了，他的双锤也不见了。

谁也不知道，他僵直的毛发隐入了这片山林，他伟岸的身躯隐入了这片山林，他奔流的血脉隐入了这片山林，他沉重的叹息隐入了这片的山林，他的双锤也隐入了这片山林……他已经和整座万山岭融为了一体。

"神人呢！神人呢！"山间跪满了哀痛不已的百姓，纷纷对着苏大将军曾经躺过的地方连连磕头，泪水又一次漫天飞舞。

从此万山岭的树木长得格外高大苍翠，花儿开得分外娇艳妩媚，鸟雀叫得特别动听迷人，泉水更是不一般清冽可口……大家都说，这都是苏大将军的血脉融化在山里的缘故，山山水水都有了灵气。

百姓心心念念威震八方的苏大将军，那支即将训练成功的队伍也在忠心不二地等待着苏大将军回归，他们一刻不停地训练着，他们三眼一板地训练着，每一个士兵都在热切地等着盼着，等着苏大将军归来。

一顿饭的工夫，没有苏大将军的马蹄归来，一天过去了，没有苏大将军舞动着双锤归来，一月一月过去了，一年一年过去了，英勇神武的苏大将军依然没有骑着骏马归来。

那个训练成熟的队伍就这样在飒飒的风里等着，在刷刷的雨里等着，在漫漫的霜雪里等着，在霭霭的雾气中等着，等了一年又一年，等成了一大片威武屹立的石林，一个个石柱子笔陡地直立着，似乎等待着苏大将军有一天归来，将他们轻轻地唤醒继续操练。

谁也不知道，到了什么时候，那一片石林竟然也隐在了五雷山里，不见踪迹。

有人说，如果是风雨之夜就能听到五雷山上有士兵正在威武地操练，嘿嘿哈哈声震耳欲聋呢！也有人说，如果时机恰当，你能在石壁上看到将士们正在快速地变换军阵。更有人说，那是将士们化成了春风雨露，一心等待着苏大将军归来呢！

次年春，万山岭边上的林里村里史梦见苏大将军挥舞着铁锤回来了，说自己已经和万山岭融为一体，需要做个宫。为了圆其梦，也为了纪念苏大将

钟山苏大将军殿（2022年摄）

227

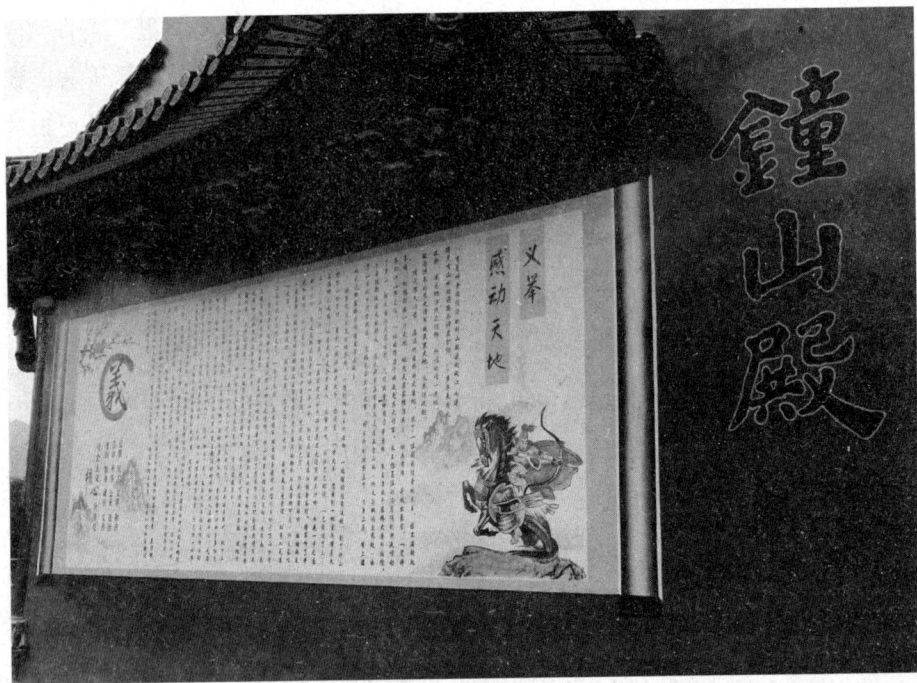

钟山苏大将军殿（2022年摄）

军的惊天义举，林里民众愿意举全村之力，为将军立一座庙宇。

风水先生探访好在村中一处宝地造殿，选好吉日良辰，一阵鞭炮声后，各路老司同时开工，大木老司拎起斧头劈向一段圆滚滚的木头，一片木屑竟然无风飞起，飘飘悠悠地往前飞着，人们惊异万分地跟着那块木屑往前追赶着，木屑一直飞到村头才落下。

大家这才明白苏大将军要在此处落脚，于是在村头摆香案、塑神像、立神祇，建起一座规模不小的殿宇，取名苏大将军庙。庙门前镌刻着两幅对联：大义贯青天，精忠昭赤日。圣德巍于秋山河永固，神功赫万代日月长春。

人们还在庙前栽种了一棵苦槠树，苦槠树迎风见长，伴随着殿宇，岁岁朝朝流传下来。时至今日，苦槠树已有四百多年历史，仍然生命力旺盛，椭圆形的长条树叶散发着厚重的光芒，郁郁苍苍地记录着当年的盛况。粗壮的枝叶往前一直伸到对岸，盖过整条路，伸过面前的溪流，人们经过这里时，都能享受到一片浓郁的阴凉。

自此，苏大将军威灵显赫，保佑这一片地方风调雨顺，民众安康，林里信众虔诚有加，香火旺盛至今。

万山岭边上的钟山村人见此盛况，也感念苏大将军的一片忠心，就募集了资金，在苏大将军跺脚处修建了一座巍巍然的苏大将军殿，也镌刻着对联：德参天地道贯古今，祖述舜尧宪章文武。苏大将军在这里灵性依然，信众也不少，将军也保佑着钟山的百姓世代清宁，安安稳稳。

正是：

> 鼓声呼唤苏将军，浩然正气震山岳。
> 忠义肝胆贯长虹，弟兄情深动天地。
> 误听口信拔剑刎，每每感念人人悲。
> 建得庙宇高两座，护佑一方得太平。

苏大将军追赶朱罡心切，情急之下并不知道卖糖老人要告诉他此时朱罡正被押送到山洲岭上，这是藤桥通往山福，前往丽水的必经山路，离他所在的万山岭只有一步之遥。凭他的大步子，只要再往前奔跑一段路，就能赶上他们，顺利地救下朱罡。

卖糖老人眼看苏大将军缓缓倒下，知道是自己回答不利索，让苏大将军误会了，内疚万分，越想越难过，放下手里担子，就往山崖下跳去，他也陪着将军去了……

第二十四章

丈夫宁可百战死　一片丹心天地悲

当天晚上，天黑透了，确信没有追兵赶来，王爷才敢停下稍作休息，命令倾其所有，大摆筵席，犒赏三军，到达处州就能得到补给。

王爷倒满一杯酒敬身边的将士们："将士们，我们艰苦卓绝，终有所获！大家再坚持一段，到了杭州，就什么都有了。"

"恭喜王爷，贺喜王爷，历时两年成功捉得叛逆朱贼，功勋卓著，彪炳史册，千古留名！"李三满饮后再端起酒杯祝贺王爷。

"此次擒得朱贼，你的功劳最大！我已上报京城，皇恩高广，深厚盈盈，赏赐当然少不了，你就等着领受高官厚禄，乐享富贵吧！"王爷端起酒杯回敬。

"王爷，我看留着朱罡逆贼，也是夜长梦多，还是早日了结为好。"李三又出主意了，他一门心思想取代师爷的位置，也担心苏大将军追来营救，自己会第一个被报仇。

"说得也是，明天就将这妖孽斩首示众！"王爷哈哈笑着，心里暗想：如此歹毒，对同年说下黑手就下黑手，对无冤无仇的朱罡也是赶尽杀绝，我得小心提防此人呢！

"王爷，我看不必着急。"师爷眨巴着眼睛，他看出李三眼里明晃晃的欲望，像早晨五六点的太阳，呼之欲出，如果不加谋算，自己就要被他替代了，赶紧提出反对，"你想朱罡妖孽不仅有神通广大的苏大将军，还有神勇无比的泥兵，虽说这次被我们消灭殆尽，只要朱罡双手一捏，不是又有成千上万的泥兵站起来了吗？如果，苏大将军和这些泥兵能为我们所用，王爷，你想想今后朝堂会是什么局面？还有伯颜和脱脱说话的份吗？"

"也是，李大人，我看这个朱罡还是先留一留。"王爷脑子一转，发现这确实是一个好主意，拥有了苏大将军和无穷无尽的泥兵，朝堂里除了自己，谁还有说话的权力呢？这就不用四出征战，也不用解甲归田了，"你跟他情同手足相处了一段时间，你去劝一劝，让他归顺朝廷，为我们多多捏泥兵，不仅他可以不死，大塘的其他反贼也可以不死。"好吧！"李三正想着献媚，不料又迎来了无法拒绝的新任务。他知道这绝非易事，是块难啃的硬骨头，也只能迎难而上。

饭后，李三提着满满一篮酒菜来到朱罡面前，诚恳地劝道："朱统领，虽说我抓了你，但我心里还是很在意你。我敬佩你是一心为天下的真君子，我想你心里一定惦记着众多的大塘乡邻，惦记着心爱的张姐，惦记着含辛茹苦的母亲。现在有一个办法，既能救你，也能救你的乡邻，能救所有你在乎的人，那就是让你的义军归顺朝廷，为王爷所用，你只为王爷捏泥兵，到时候保你有享用不尽的荣华富贵！"

"呸！身为堂堂正正的大丈夫，宁可沙场上百战死，也不愿蝼蚁般活着。你没听过孟子曰：生，亦我所欲也；义，亦我所欲也。二者不可得兼，舍生而取义者也。"朱罡站起身子，铿锵有力地朗声说着，似乎每一个字都是一枚沉重的铁钉，砸在地上都能落下一个深深的坑，"我朱罡一片赤诚之心，

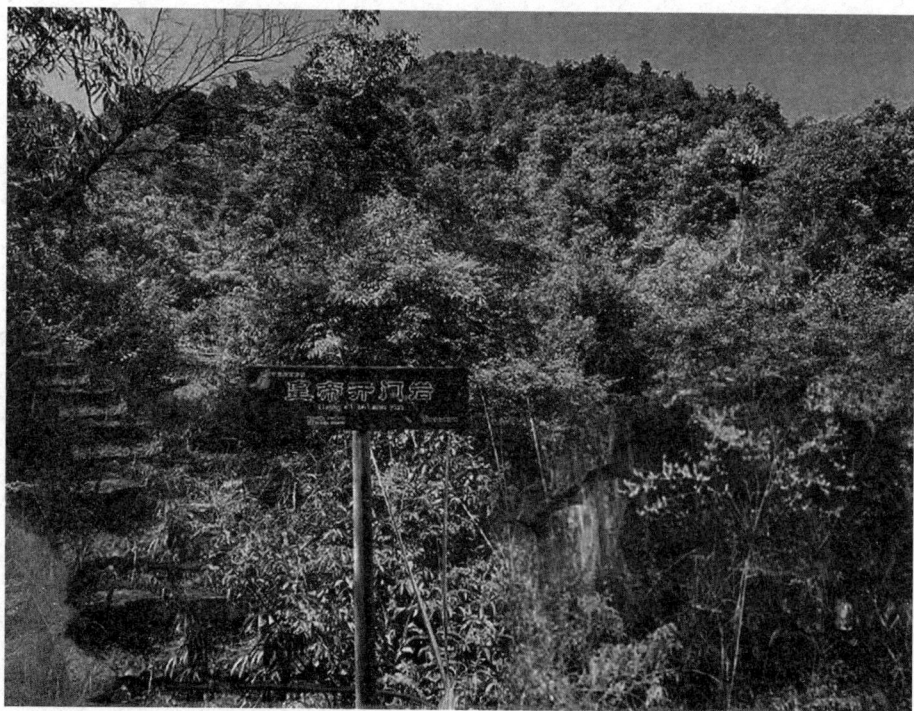

朱王遇难"山洲岭"立碑留遗迹（2022年摄）

天地可鉴，日月可证！"

"不懂变通，太古板了！为王爷就是为国家，就是为百姓，不是一样的理？"李三摇摇头。

"错了，从京兵一路过来，百姓深受侵扰，我就知道这是一支什么样的军队，绝不是一心为国，更不是一心为民！"朱罡神情严肃地说，"我的泥兵，我的义军，我的苏大将军，不是我的私人财产，大家聚在一起，只为了一个目的，那就是为天下苍生谋福祉。绝不会为某个人的利益舍命拼杀，收起你们的黄粱美梦吧！要杀要剐，随你们的便，我朱罡不会眨一下眼睛，不要再浪费你肮脏的口舌了！"

"真是一段扶不起的猪大肠，我心心念念想着能保全你和你的大塘，想不到好心全被当作驴肝肺了，等着吧，挫骨扬灰的死罪难逃，还有你的活罪要慢慢受，想要轻轻便便地死，没那么容易！你会尝到生不如死的滋味！"李三气急败坏地把一篮子酒菜甩在地上，酒肉的香味浓浓地飘散出来。他想用这香味来诱惑朱罡，心想：几天不吃不喝，我就不相信，难道你是石头打的，还是钢铁铸造的？你就不会肚子饿？

"闻到了吧？你最喜欢的红烧肉煮笋、醇香的糯米酒，只要你点一下头，山珍海味送到你的跟前；只要你点一下头，绝色美女陪着你吃喝；只要你点一下头，大塘就乾坤太平了……为了你的好兄弟，为了你的母亲，为了你们的林家药堂……"李三继续鼓动着自己的三寸不烂之舌。

"呸！最后说一次，我朱罡，一个有勇有义兼有仁的君子，绝不可能卑躬屈膝地投降！"一口血红的唾沫喷到李三身上，朱罡咬破了自己的舌头。

"善有善报，恶有恶报，不是不报，时候未到。下三烂的狗贼，等着吧，你的末日很快到了！"朱罡说完这句，闭上双眼，静静地坐着，犹如石雕泥塑一般。

"你不为自己想想，也不为他们想想吗……"任由李三说破了嘴，朱罡就像一座巍巍屹立的青山，再不搭一言，也不发一声。

李三只能怏怏地回营帐向王爷汇报："这个反贼一身反骨，绝不肯投诚。""没事，不管怎样，你都功不可没，等着回京吧，到时候，皇上定有丰厚的奖赏！"王爷走下椅子，用手搭着李三的背。李三受宠若惊地向着王爷连连拱手，看着师爷正一脸得意地晃着脑袋，心想：等着吧，有你哭的时候！总有一天，我会取代你的位置！

当晚，李三正在帐内呼呼大睡，迷迷糊糊中来到京城，头戴锃亮的花翎，穿着崭新的朝服，走在金光闪闪的朝堂上。新皇正下诏书："奉天承运，皇帝诏曰：爱卿李三在此次征南大捷中献计献策，立下汗马功劳，特擢升李三到中书省任平章政事一职，赏赐白银五千两，京城宅邸一座，美女无数，钦此。"李三志得意满地跪下叩谢隆恩，眼看白花花的银子一箱箱抬着向他走来，一个个绝色美女娇娇倾国色，缓缓移莲步……

突然一个黑影摸进帐篷，对着美梦中的李三一刀插去，李三在极度兴奋中见了阎王。真是：量大福也大，机深祸也深。饶你好似鬼，也会喝了洗脚水。

"快，快把伤员抬到这边来！"雅娇正在药堂有条不紊地指挥着。药堂里躺满了伤员，雅娇和芸儿一会儿给伤员包扎，一会儿给伤员喂药，柳叶也在里面穿梭，不时帮雅娇传递东西。

大壮被抬了过来。"大壮，你忍一忍，我用绷带把你缠起来。"雅娇柔声说。"没事，你只管缠，我不怕疼。"大壮面色平静。"你见过罡儿吗？他怎么样了？"雅娇一边利索地干着一边着急地问。

"我跟他打散了，听说他往西边去了，正追杀敌人吧！"大壮听王爷说朱罡已死，不忍告诉雅娇，心里暗自落泪。

"唉，不知道他什么时候才能回来？"雅娇低头包扎着，脸上急得微微出了一层汗。眼看伤员一个个下来，她愁得睡不着也吃不下，尽管在这以前，她早就预想过这个结果，残酷的现实真正到来的时候，还是觉得接受不了。她耳听大壮这么说，心里隐隐觉得朱罡很可能出事了，回不来了，可是又不敢告诉爹娘，只能默默担忧着。

当天晚上，许是喝了许多酒的缘故，王爷的旧伤复发，臂疼不止，他就让押送朱罡的京兵走在前头，自己休息一个时辰再跟上。

押送朱罡的士兵，眼看朱罡被严严实实地捆绑着，脖子上锁着大木枷，关在木笼子里，还是害怕他会一不小心趁着他们打盹的功夫，用神力突破木笼，逃离而去。也害怕苏大将军会追赶来，害怕泥兵会什么时候从天而降，就想着法子折磨他，不给他一滴水喝，也不给他东西吃，押着他在山路上艰难行进。朱罡不久就脱了水，嘴唇干裂，喉咙发痛，肚子干瘪，身子发软。

迷迷糊糊中，朱罡眼前出现了一副奇异的景象："爆竹声中一岁除，春风送暖入屠苏。千门万户曈曈日，总把新桃换旧符。"家家户户的米缸满盈盈地顶起盖子，人们一个个手捧喷香的白米饭，夹着雪白的大馒头，穿着厚厚的棉袄，吃着盘满碟满的年夜饭，老人们搓着双手呵呵地笑起满脸的皱纹，孩童欢乐地叫喊着，在小巷子里奔来跑去。苦槠树下，一大堆人正在说着这个罕见的丰收年，道着天地一片安……

他回到了林家药堂，对雅娇说，从此自己就守在她的身边，跟着她好好学医，哪里也不去了，雅娇笑得抿住了嘴，给他指着一种种药材，林大先生和大娘子都微笑着点头，张姐正坐在后面，盈盈地手握书卷……朱罡欣慰地笑了，理想的生活终于到来了，可谓是海晏河清千代胜，风调雨顺万方安。

木笼子一个激烈的摇晃，朱罡醒了，面前是冰冷的木笼子，干渴的嘴唇、发哑的喉咙、疲惫的身躯依旧；紧盯的双眼、尖锐的刀锋、厉声的呵斥依旧。原来刚刚做了个梦，他想：我看不到这样美好的生活了，但是我相信，终有一天，会有人来实现这样的愿景，人们会过上这样的生活。只是可怜我的母亲，含辛茹苦养大的儿子无法堂前尽孝，无法承继林家药堂，愧对列祖列宗；可怜我的爱妻张姐，再也不能比翼双飞，共读诗词……

想着叹着，他的眼前又出现了那个白胡子长长的老和尚，缓缓地说："朱罡，你并非凡人，你是戍浦江上龙鱼的化身，如果你轻轻一挥袖子，就可以让江水滚滚上涨，一直涨到你的木笼子里，你就能获得自由之身。你想继续为人，就是继续指挥泥兵叱咤战场的朱罡；想为龙鱼，就回归江里，宽阔的水域任你畅游。"

"可是，这样的话，我的乡亲们会淹死，今年长势良好的麦子会全部淹没。不要，我绝不挥袖子，我一人的生死算得了什么，只要乡邻有饭吃，只要他们不受我的牵连，我上刀山下火海，又有何妨！"朱罡喃喃自语着。

听到朱罡突然间开口说话，还这么慷慨激昂，京兵们疑惑了：他自己都死到临头了，还想什么乡邻？难道他真是上天降下的神人？他会不会突然间长出一双翅膀飞走了？他们越想越害怕。

一个刀疤脸想：去往京城路途漫漫，还不如在路上结果了他，万一他飞走了，王爷一追究起来，大家都没命。刀疤高高举起棍子，想重重击打他的头部，天灵盖一碎，就是神仙也还不了魂。

说时迟那时快，突然从草丛里冲出两条野狗，看着像狗，又像狼，尾巴不竖，也不垂，倒是直直伸在后面，只见两畜生露出尖尖的獠牙，在树叶缝隙透过来的阳光照耀下，白兮兮地闪着凶残的光。它们冲着京兵汪汪地狂喊，好像要冲上来把他们摁倒在地撕成碎片。京兵一个个举着盾牌拼命抵挡着，手举钢刀使劲挥舞着，心里惊恐得缩成一团，难道是天神派下来护佑朱罡的二郎神？

到了山洲岭背，左边一条细小的分叉路是乌坑岭，正是两条山岭交汇处。更离奇的事发生了，晴朗的天空忽然乌云压顶，层层乌云越来越厚，越来越黑，天地间变得黑漆漆，云层越来越低，似乎要把大地都覆盖了。

霎时间，雷公电母发怒了，雷声轰隆隆地一声接着一声，震动得大地整个颤抖起来；闪电晶闪闪，一道又一道划过天空，把大地照耀得惨白惨白，人间顷刻成了地狱。

京兵更加恐惧，那两只畜生一直虎视眈眈地跟随着，刀疤突然想到点起火把，滋滋燃烧的火焰终于赶走了两只畜生。大家都想趁着天正黑，雷正响，闪电正猛烈，偷偷结束朱罡的性命，各自逃生。

天越来越黑，乌云越来越重，似乎能拧出水来；雷声越来越响，似乎要把山洲岭劈成两半，闪电越来越密，一道接着一道滚过来滚过去……

刀疤脸高高地举起棍子，其他京兵拔出钢刀对准朱罡抖抖索索地举起来，闭上双眼，胡乱砍向朱罡，不管砍中没有，大叫一声，丢下军刀，拼了命一般撒开双腿就跑，马不停蹄地往京城方向逃去了。

不一会儿，王爷和师爷带着部分人马怡然前来，见朱罡端坐木笼里，一动不动，周边守着一圈似狗非狗，似狼非狼的畜生，都吓了一大跳，连连后退了好几步。

王爷愣怔了好一会儿才猛然惊醒，"上！给我上！"他大喊着，面对着这群凶猛的畜生，没有一个军士敢上。

"废物，一群废物！"他恼怒地操起突火枪，对着畜生砰砰打去，有两只应声倒下，其他士兵才敢举枪射去。"砰砰砰！"顷刻间，木笼边淌满了鲜红的血。"你们冲我来吧！不要对这些畜生下手！"朱罡眼看这些畜生睁着双眼倒下，围成一圈，心里很是不忍。

"当然，你这妖孽，还是尽快灭掉为好！"王爷声嘶力竭地叫喊。他再也不想押送朱罡到京城领赏了，也不想他的苏大将军和泥兵了，这个妖孽随时有状况出来，还是尽早处理为好。

"砰砰砰！"火药混着铅弹朝着朱罡急速飞来，只见一片烟火过后，朱罡依然稳稳端坐，毫发未损，他全身的肌肤犹如铜墙铁壁，铅弹划过他的肌肤，纷纷崩落在地上。

"啊！"将士们吓得纷纷逃窜，只有师爷紧紧盯着朱罡，露出了一丝阴沉的笑容。他对王爷如此这般说，王爷频频点头。

"我敬佩你是项霸王一样的人中豪杰，我们来打个赌，你若能脱掉上衣让我再射一枪，不管你死不死，我就此回朝，大塘也从此复归平静。"王爷左手握拳搭在右掌上鞠了一躬，表示对他的敬佩。

朱罡想：这有何难，只要大塘复归平静，乡邻不受影响，自己就是被碾成肉泥又何妨。眼看兄弟在眼前一个个壮烈地死去，他的心里比什么都难受。

他吃力地站起来，顶上的木条子哗啦啦地破碎了，双手轻轻一摆，身上破碎的衣服缓缓落地。"砰"的一声，这枪正中朱罡的后背中心。

朱罡像一座魏然屹立的高塔轰然倒下了，"轰隆隆"的声音，震得整座山洲岭颤巍巍地抖了三抖。

王爷见此情形，扔下辎重，带着手下飞速逃跑，过了处州府，才敢停下来长长地喘口气。

"王爷洪福齐天，杀死朱罡，我们总算可以安心地班师回朝了。"师爷呼呼喘着气，山羊胡子一抖一抖。"是你发现了他的致命之处，要不然，这妖孽还不知道会出什么幺蛾子！放心吧，丰厚的赏赐少不了你。"王爷也惊魂未定，轻轻安抚着还在隐隐疼痛的手臂。

"我从他忽闪的衣服中发现他的督脉隐隐发黑，猜测陶道穴是他的死穴。不管怎样的妖孽，自有死穴所在！"师爷很是得意，不禁又摇头晃脑起来。"高！实在高！"王爷心想：还是要想法制住你才好，你比那妖孽更胜一筹。此时，他也想不到，自己和师爷会先后病死在路上，根本没见到皇上的封赏。

朱罡本是龙鱼化身，全身刀枪不入，只在刚出生时血球落水后，众多龙鱼顶住他的后背中心，后背中心的陶道穴是他的死穴，被师爷无意间窥到。

朱罡静静地躺在山洲岭背上，双眼深情地望着大塘的方向，飞禽走兽都远远地从他身边绕过去，他身边一棵高大的木姜子树瞬间绽开了细米似的花儿，一朵朵，一朵朵，缓缓降落在他的身上，花朵平平地铺着，就像给他盖上了一层雪白的花被子，跟底下的雪地融为了一体。

渐渐地，满山遍野的木姜子树都在这一天盛开了，花朵开得那么密，开

李三假意来劝降，丈夫宁可百战死。
一片丹心天地悲，化为龙鱼戍浦回。

得那么盛，枝头上全开满了细碎的花儿，不留一点缝隙，一簇堆在另一簇上面，重重叠叠，真是细花粉饰山洲岭，碎琼装扮乌坑岭。大家都说，这样的场景从未见到过。

自此，隆冬时节，山洲岭和乌坑岭上的木姜子花就开得格外灿烂，淡淡的绿色覆盖了整条山洲岭和乌坑岭，就像一大片淡绿色的云雾笼罩着整片山岭。

正是：

> 天降大塘朱罡儿，自幼学尽百家事。
> 少年英雄初长成，扬眉拳打惩里史。
> 施粥修路引沟渠，人人称颂美德扬。
> 为得百姓不饥荒，一箭射到金銮殿。
> 热血成立义军团，石龙头上勤练武。
> 得谕捏出泥兵来，英勇无敌显神威。
> 只惜轻信中奸计，竟然错摆泥兵阵。
> 虎落平阳被犬害，天地同悲洒红雨。
> 朱王封功标千秋，恩情代代永不忘。

这时，只听刮剌剌一声响，朱罡的身体幻化成一颗灵球，如鸿雁般飞起，渐飞渐高，渐高渐大，扶摇而上，飞到了戍浦江里，一跃水里成了一条鲜红的大龙鱼，在翻滚的碧波里摇摆而去。

一大批花岗岩石头正在藤桥山岸村秩序井然地往大塘走着，它们准备走到大塘修建城墙，朱罡倒下的那一刻，正在行走的石头就像失去了神力，在山岸村停下了。山岸村就在曹湾山前，这一大片大石头，几百年来静悄悄地站立着，直到有一天，一个巨大的采石场把它们切割成一片片用来铺地，还有的做成一个个圆圆的石碾子用来碾石灰，好是兴旺。

石龙头上的流米岩也隐入了丛林中，从此再无人见过。

牢头受了重伤，拐了脚，后来竟不知去向，有人到鸡笼屿的石洞里偷财宝，竟无一人回返，有人说，这山洞也隐在山林中，无影无踪了，这是后话。

谁也想不到，山洲岭的天空又发生了一种奇异的变化。

第二十五章

红雨满天四十九　封得朱王保平安

　　这时，乌云密布的天空，阴沉沉的天空慢慢变了色彩，乌云一层层往外退去，四面八方涌来别样的云彩，层层叠叠，就像叠被子，一层层叠过来。那云彩缤纷妖娆，有洁白，也有粉红，有紫色，也有淡蓝，有柠檬黄，也有苹果绿，有葡萄灰，也有西瓜红，各种颜色都有，人们掰着手指头也数不过来。

　　奇异的云彩在空中堆积着，翻滚着，变换着，最终凝结成了一大块一大块，变成一滴滴的雨水降落下来。这不是透明的雨滴，而是红色的雨滴，鲜红的雨滴从空中纷纷扬扬飘落下来，不一会儿就在地面形成了大大小小的红流。

　　"不好了，不好了，下红雨了！"百姓奔走相告，看着无边无际的红雨，看着地上遍布的红流，就像哗啦啦的鲜血遍地流淌，地上五颜六色的花儿红

藤桥潮埠的老降山脚朱王墓，东水西流（2022年摄）

了，翠绿的草儿红了，绿得发黑的麦子红了，江面红了，路面红了，房顶红了……人们别提有多恐慌，一个个惊恐万分地瞪大双眼，看着红雨遍地，不知所措。

店家关门了，农民回家了，戍浦江上没人撑船了，泽雅的造纸业停工了……就是：六街慌慌关户牖，三市急急闭门庭。

温州知府面对吴知府留下的烂摊子，百业待兴，正愁得不知何处入手。听说此事更急得双手擦掌，在屋子里转来转去，让师爷来商量半天，也没有结果。只得快马加鞭向巡抚汇报，巡抚辗转奔波，获得封赏后刚回到杭州，唱南戏的小妾被夫人卖到妓院，恼怒了好几天。前两天，刚纳了个十六岁的小妾，人长得一朵芍药花儿似的，蛾眉生翠，娇艳欲滴，还吹得一手长笛，婉转幽怨，缠绵悱恻。巡抚天天歪在椅子上，眯着眼睛，听着笛声，打着拍子，享受得不行。一听这个，惊出一身冷汗，飞身而起，八百里加急，上奏新皇。

看着漫天而来的红雨，人们的猜测满天飞。有人说是朱罡的鲜血喷涌而出，飞溅到天上，变成红雨降落下来。也有人说，朱罡被害得冤枉，他没想要反对皇帝，只想种田的人有田种，老人孩子有饭吃，人人平等，处处安心，有什么错？还有人说朱罡是龙鱼化身来辅佐人间，却被残忍杀害，天庭震怒，要严惩人间……

各种说法像长了翅膀一样到处飞传，传得人心惊惊慌慌，人躲在屋子里，看着外面的飞天红雨，满世界地飘飘洒洒，心急得如同被架在大火炉上烤着一般。眼前就是：大街小巷人烟无，万户千门灯火暗。

雅娇在药堂一边忙碌地救助伤员，一边着急地盼望着朱罡回来。她想着朱罡能像往常一样大踏步地走进药堂来，冷不防站在她身边，对她微微一笑；想着朱罡砰的一声推开门，甩一把额头上的汗，拿起水瓢舀起一勺水，咕嘟咕嘟地喝着；想着朱罡和多星手挽手走进来，两人争得面红耳赤又和好如初……

她问遍一个个伤员，没人说见过他，没人知道他去了哪里。雅娇心里一遍又一遍地问着，在爹娘面前又得装作很镇定，好像朱罡过一会儿就能到家来。

红雨漫天，人人都惊恐地窝在家里，只有她，天天走出家门，戴着斗笠，穿着蓑衣，望着对面的石龙头，期盼着朱罡甩手甩脚地走下来。

红雨满天四十九，一应天地俱悲泣。
封得朱王红雨止，四方康泰民皆安。

她的双眼望穿了，她的泪水流干了，就是没看到儿子的身影。

她渐渐明白，儿子回不来了，像多星一样，也像大塘、坑古、姜村、潮济、潮埠等很多村里的好男儿一样，回不来了。

心里明明白白，她还是一有时间就站在桥边望着，望着，在山前望着，在埠头望着，在坎头望着……

从此，村里就有了"望儿桥""望山前""望埠头""望坎头"等地名，一直延续到现在，纪念着这个深情的母亲。

等啊等，等啊等，雅娇再也等不回儿子，只能以泪洗面，加上积劳成疾，十来天后就跟随儿子去了，人们眼含热泪，把她安葬在望垟山脚。后来也有人把这里叫作娘娘坟，表示对她的哀思。

接下来的日子里，有人看见拐角常常穿着蓑衣，戴着斗笠，静静地坐在雅娇的坟边，憨憨地看着眼前的溪水哗哗往前流，老是跟随着他的对兮也在身边，一边连连说着："对兮，对兮。"一边走来走去。

雅娇走后，林大先生和大娘子也急急地跟着走了，林家药堂关门了，后半路的房子只挖了个地基，像一个黑黢黢的洞，敞开着大口子，人们走到边上，就会感到前所未有的悲凉。

红雨还在满天满地地下着，大家都紧紧地缩着身子，躲在屋里，惊慌度日。

没人知道姜村巷口的张府出了大事，这天，张老一家遍寻张姐不着，倒是对面水碓的石头捣臼里，无端地流出了一股鲜红的血，汩汩流淌，就像红雨一样。张老怎么也想不通，自己明明把孩子看得很紧，怎么会凭空消失了呢？他们悲痛欲绝地四处寻找，却了无踪迹。

他们不知道张姐已知晓朱罡在山洲岭上悲壮地遇害，就在那一天，她把自己打扮得漂漂亮亮，吟诵着："生当作人杰，死亦为鬼雄。"跨过后院的短墙，独自往戍浦江边去，她眼望着血红色的江面，轻声说："罡哥，我来了，你等着我！"就纵身跳入了戍浦江。

惊人的一幕发生了，她的身子一入江水，也化成了一条鲜红的龙鱼，龙头鱼身，两只红犄角、一把长鬃毛、一双乌眼珠、一个宽嘴巴、两根长胡须上下舞动。另一条大龙鱼"哗"的一声跃出水面，两条龙鱼深情对视后就并排往前游去，后面跟着一大群鲜红的龙鱼……

正是：

有天有地有江水，有情有意有痴心。

在世难为连理枝，龙鱼同游戏浦江。

红雨还在滴答滴答地下着，怎么也无法停息。

里史和旺太公主持了大塘的祭天仪式，九十三岁的旺太公精神矍铄，神情悲戚，他带领大家跪在地上乞求陈十四娘娘让红雨快快停下来，米缸空了，到处血淋淋的，田里的活也干不了，再这样下去，大家又要饿肚子了。

周边的村子也举行了隆重的祭天仪式，有的用牛羊的头来祭拜，有的用大公鸡，有的用猪头猪尾。人们虔诚地跪拜上天，希望上天高恩厚德，保佑人间太平昌盛，停止红雨，出现晴朗的天空。

老天一点不为所动，红雨还在哗哗啦啦下着，人们一不小心淋到红雨，瞬间变成了血人，一看就瘆得慌。大家蜷缩在家里，看不见鲜红的雨滴，还是稳不住跳动不安的心，滔天红雨什么时候是个头呀？人人默默祈盼着，无可奈何地仰望着上天。

红雨一直下了七七四十九天，下得百姓心急如焚，也下得府衙里的知府像热锅上的蚂蚁团团转，一道又一道奏折上报朝廷，朱罡被杀触怒天庭，降罪人间，请求新皇赶紧颁下圣旨，阻止漫天红雨，还人间一片太平。

大臣们都上书，朱罡从未树立大旗明确反对朝廷，只是摆摆石子，捏捏泥人，并无大错，他救回心爱的未婚妻，诛杀无良的吴知府和儿子，是替天行道，让耕者有其田，老幼不饥寒，天下大一统，公道在乾坤，也是安天下之本。

谏书一本一本上来，堆满了尚书院，尚书令一次一次上报新皇，新皇急得日夜不宁。

最终脱脱也建议新皇追认朱罡为一方首领，分封他为异姓朱王，并赦免了所有参战的男儿，不用拘捕，更不用株连亲族。

说也奇怪，皇帝圣旨一下，红雨立刻停了下来。地面上红色的液体也瞬间消失不见，麦子恢复了绿色，泥土恢复了黄色，江面恢复了墨绿色，山坡恢复了黑灰色。

大塘村的人感念朱王剖肝沥胆，一心为民，有勇有义仁为先，是个真君子，早就赶到山洲岭收好了他的遗体。村里请来风水先生，勘探了好几天，选中潮埠村的老降山脚作为坟地，山洲岭多岩石，而老降山多黄泥。

周边几村的男女老少都来给朱王送葬，队伍前不见头，后不见尾，哭声震天响，人们一路上都在述说着朱王带领大家养田鱼、修路段、挖水井、捏泥兵、三关大捷、屿坳斗法等英勇事迹，越说越悲痛，眼泪止不住地流，泪水流满了道路，淌满了山坡，飞满了戍浦江。

他的坟墓左青龙右白虎，坐北朝南，面前立着一根高高的石笋，几百年来不断有泥土从山上冲下来，石笋仍旧巍然屹立。前面还有座小山，像一张宽敞的桌子摆在眼前，因为树木的遮挡，几百年后，站在墓前看不太清了。

坟墓背靠山洲岭，左面两百来米是盼儿山溪，右面几十米有老降溪，哗啦啦的水声站在墓前就能听见，两股水流在山脚会合后自东向西，流入戍浦江。

八降山和三重岩站立在坟墓左右，两座山间有好几公里广阔的平地，一望无垠。平地上水稻青了又黄，黄了又青，百姓辛勤劳作，食饱穿暖，安稳地生活着。

自此开始，人们从藤桥前往处州（丽水），通过山洲岭都会带上一把香和一根蜡烛，点在山洲岭和乌坑岭交汇处的一块大石头下，祭拜朱王，都能一路平安，生意顺遂。渐渐地，这里成了一个固定的祭拜之地，有人求子，有人求雨，听说也能如愿，后来，这块石头被叫作皇帝开门岩。

安葬了朱王后，大家才注意到，泥兵在朱王遇害后，不由分说选择了集体自杀，有的用锋利的箬竹刀片切开了腹部，有的用尖锐的茅草割断了喉咙，有的成批从山崖上纵身跃进戍浦江……他们发现山坡上到处都是泥人的残臂断脚，零零散散落了一地，让人不忍直视……

大家难忍悲痛，鼻子发酸，喉咙哽咽。"难道泥兵都替朱王陪葬吗？""难道泥兵有了血肉之躯，也有了人的感情？""难道泥兵是上天派来给朱罡助阵，现在要把他们的魂魄收回去吗？"……诸多猜测激发了人们对泥兵的敬仰，人们找来找去，竟没发现一个完整的泥人。

"泥兵是我们大塘的英雄，他们英勇善战，又忠心耿耿，我们好好安葬他们吧！"有人建议。"对啊，他们是大无畏的壮士，是惊天地泣鬼神的壮士！"很多人附和，泪水不由自主地漫出眼眶，顺着脸颊流下来。他们难以忘记泥兵在战场上奋不顾身地拼杀，难以忘记泥兵和他们一起并肩战斗，保卫家乡，难以忘记智勇双全的天圆、地方、圆脸、扁脸、大手、大脚、滚肚……

人们上山下河地把泥兵身体一一收集好，小心翼翼地抬到村子面前，堆成一座小山，再挑来清一色的黄泥掩埋。泥兵的坟墓堆成了一座规模不小的小矮山，因为一色黄土，大家就把它叫作黄儿山。

好长一段时间过去，黄儿山没有长出一根草，也没有长出一棵树，怎么看都像一个黄黄的大馒头摆在村口，很是扎眼。看着它，人们又想起神勇无比的泥人，气壮山河的英雄，又情不自禁地潸然落泪。于是，有人提议在上面种上毛竹，时至今日，黄儿山上还是一片翠竹环山，没有一棵树。

春天，尖溜溜的春笋滋滋有声地钻出身子，竹子也有了多层色彩，有的黄，有的青，有的半黄半青，恰似画家笔下渲染的国画；夏天，整片竹子摇曳生姿，就像绿色的海洋轻轻盈盈地弹奏小夜曲；冬天，在雪花遮掩下，小矮山成了雪白的大馒头，竹子一摇晃，白色的雪花哗哗地倾倒下来……

这一年，麦子前所未有的丰收，一颗颗麦子饱囊饱地鼓着肚子，就像一个个威武的大将军，人们吃着雪白的馒头，晒着暖暖的阳光，不禁想起了英勇神武的朱王。

为了纪念文治武功的朱王，感念他二十一岁的生命书写了一代传奇，人们做了一块"永思"的牌匾，一直垂挂在朱姓祠堂里，对他的思念也世世代代流传了下来。

新皇分封了朱王，采取了一系列改革措施，完善法令，选拔人才，重视农桑，出现了至正新政的全新局面，百姓的生活日渐温饱安定。

可惜，不久以后，皇帝日渐怠政，沉溺享乐，脱脱被弹劾下放。此时黄河决口，饥荒频频，瘟疫爆发，饥民遍野，各地农民起义此起彼伏。

皇帝不知道远在安徽凤阳的朱重八悄悄地降生了，也想不到江南有个叫刘伯温的年轻人，心怀天下，机智多谋，有一天会辅佐着朱重八，此时的朱重八已叫作朱元璋，后来王朝真的姓了朱。

走过中央路的人发现林家药堂渐渐陈旧，有一天轰然倒塌。很多年后，有个后生名叫林志刚从瑞安学到了永嘉医派，又在中央路开了一个林家药堂。

也不知过了多少年，大塘村的后半路上有户朱姓人家，也怀孕了一年半，也在一片红霞漫天的时候生下一个男孩，跟朱罡很相似。

他也从小天赋异禀，什么都学得快。成年后，身材魁梧，一双眼睛炯炯有神，力气很大，不仅能挑动三百斤，还能轻易地举起门口的石头捣臼，有

大塘朱氏宗祠（2022 年摄）

武松和鲁智深的风范。

他不仅饱读诗书，也天南地北地贩运水竹，从福建，从青田平阳，运来一货船一货船的水竹，有些放在腌塘里腌好，有些直接转运泽雅。他很讲诚信，就像当年的朱忠信，

朱氏宗祠永思匾额流芳千古（2022 年摄）

谈好的价格绝不更改，原材料上涨，他也不变，赔钱的生意也乐呵呵地做。时间一长，大家都信任他，倒是赚了不少银子，逐渐成了村里最富有的人。

他也惦记着村里每一个人，有了银子，不是先造自家房子，而是天天在村口转悠。看见村前几块小山丘挡住去路，山丘上难以耕种，又干旱，大家弯腰驼背地辛苦劳作，也只能勒紧裤腰带过日子。他拿出钱，带着乡亲平整了村前土地，还从坑古边上小山引下一条小溪流，这样一来，就有三条小溪顺着山势而下，分别为坑古溪、吴山溪和岭头溪，在村前会合成一股，自东向西，流成一个半圆形绕过村子，恰似一条柔美的飘带包围着村子，再缓缓汇入戍浦江。

村前一片小山丘变成了一望无际的良田，平平整整的，就像一大块打开的屏风。三条溪流汇成的水流用来灌溉农田，农田里常年有水流滋润，土地越来越肥沃，黑乎乎地涨着养分。村里家家户户端着一碗碗白米饭碰到了鼻子尖，美美地吃着，捂着饱登登的肚子坐在门口聊天。

村里人人日子过得闲适了，他就在后半路造起一座九开间的两层大瓦房，左右两边各有三间厢房。

这座大瓦房有六个门台，正当中一个，左右两边各有两个，后面一个。六个门台高高耸立，青色的瓦片飞翘，细腻的砖雕林立，有的雕刻着花鸟虫鱼，有的雕刻着文武将相，栩栩如生。青青的瓦片，刷得雪白的墙，宽敞的院子，明亮的堂室，摆放着很多矮松盆景，还有一条水流从山坡上引下来，穿过院子，院子里有一个大水池，里面红鱼游动……

人们都说这座房子比当年高个家的房子雄伟多了，他还在后面买了足够的土地，准备造三进院子。只是有一天清晨，他遇见了一个白胡子飘飘、面容慈和的老和尚，就跟着老和尚走了，再也没回来。

有了这座空前绝后的大瓦房，人们发现后半路比门前路更方便，于是乎，后半路渐渐发达起来，后半路的房子被叫作后半新屋，风头盖过了门前新屋，算是风水轮流转。

有人说，其实他就是朱王转世，终于实现了耕者有其田，老幼不饥寒，天下大一统，公道在乾坤。也有人说，他是来替朱王造大瓦房的，忠信和雅娇辛苦一辈子也没能造起来的大瓦房让他造起来了。

"大塘出朱王，姜村出张姐"的传说一辈又一辈地流传下来，传到了河南，传到了山东，传到了天南，也传到了地北。

大伙坐起来聊天，就有人分析，明明是上天派下来拯救百姓的朱王，有了天降苏大将军神力威猛，一心保护朱罡，有了泥兵的英勇善战，箬竹茅草皆为利器，为什么还会失败呢？

有的说，都是大罗山、石钟山、石鼓山相隔太远，朱罡在石鼓上一敲，鼓声传不到那么远，没有形成钟和锣鼓的震动和鸣，也就没能一下子昭告天下，天行大道。

有的说当时朱罡只敲响了一声石鼓，必须三声才能最终完成，却被他母亲林雅娇硬生生拽下来了，石榜山的苏大将军出来了，其他天兵天将还在石头堆里等着呢。

也有的说不应该先出王再出将，将军出得太迟了，军阵还没有训练好。要先出将再出王，将军先把军队训练好，才能更好地保护朱王。

更有人说怪只怪朱罡母亲林雅娇不该过早让公鸡啼叫，算错时辰，否则新皇被一剑射中，就是天行大道，百姓温饱了。

还有人说，不对，不对，怪只怪苏大将军问了大舌头的卖糖老人，不是他结结巴巴把山洲岭说成三个州一条岭，苏大将军误会，情急之下自杀。不然的话，就凭苏大将军的神力，一脚追到山洲岭上救下朱王，朱王的愿望就能实现了。

还有人说，你们说得都不对，其实是两条龙游过戍浦江，一扭一弯转出了九十九道湾，差了一道湾，如果是一百道湾，朱王定能伟业成功。

……

后 记

　　大塘出朱王的传说，在温州市区西部流传范围之广，时间之悠久。年长者一提起朱王传奇的故事都会娓娓道来（在全国的朱姓人中也颇有影响），尤其朱王忠于家国、情系乡民、敢于担当、侠肝义胆、礼孝仁德、无私无畏、天智过人、将帅风范等精神和形象更是深入人心，足见这些传说不仅奇妙动听，更充满了民间英雄的正能量，致使其保持至今不衰的生命力，是一份宝贵的乡土文化遗产和进行传统文化与爱国主义教育的好教材。可是随着时间推移，老一辈们逐渐逝去，社会节奏加快，加上没有系统的文字记载，最终会有一天被人们遗忘，直至湮没在历史烟尘里，无人问津。

　　我们这代人应该负有责任与担当，借助国家要振兴乡村，挖掘乡土文化的大好时机，将这些传说整理成书，流芳后世，义不容辞。于是有村乡贤朱陈斌、朱建光俩牵头发起编写《朱王传奇》一书，于2021年农历正月十六日召开村各界能人、乡贤动员会议，成立大塘《朱王传奇》筹备理事会，选举产生了名誉会长朱陈斌、会长朱建光、副会长林陈兄、朱朝君、朱周成、秘书长朱金贤、副秘书长林奇闻、摄影朱金武；此举得到了村党总支部书记谷林茶、副书记林海光的大力支持，村民们踊跃捐资出力。

　　在会长朱建光、名誉会长朱陈斌的带领下，全体理事会成员怀着赤诚之心，满腔热情，信心满满，以茫茫大海中寻找彼岸的决心，不辞辛劳砥砺向前，首先分批分时段走访附近各村乃至泽雅、上戍、岙底、双屿、丰门、仰义、山福等街镇部分村级组织，去搜集有关原始素材，并取得出乎意料的效果。比如来到仰义的林里村与钟山村，该两村干部与村老人协会向我们头头是道地讲述了"苏大将军殿"有着五百多年的来历与朱王相关的传说，还给我们提供墨笔文字的书面材料；当我们来到本镇的姜村召开联谊会时，该村两委干部请来了一位八十多岁老人详细介绍了"大塘出朱王，姜村出张姐，张姐配朱王"的传说故事。当来到了泽雅千年纸山——纸源村，受到村两委热情接待并由镇旅游部门领导介绍了千年纸山与大塘的关联；寻找考察朱王墓地时，一次又一次得到了潮埠村的认同确定，到各地所采撷的方方面面有价值的素材不胜枚举……

　　蔡晓珍（笔名：阿雨）来撰写《朱王传奇》以飨读者。为了写好这本书，离不开温州市求真社会发展研究院宋乐酥院长多次带人到我村考察，对书稿提出自已的建设性见解；原市作协主席朱月瑜的精心指导；还有鹿城区作协主席吕相国老师的关注，他不仅提供了全书的脉络，还对人物的性格描述提出了自已针对性的建议；原鹿城区政法委副书记杜建设更是认真通读了书的几稿，提出了许多宝贵意见，将一些细微之处都涉及无一忽略，尤其是诗词，更是字斟句酌；原鹿城区委党史研究室副主任、中共党史副研究员李岳松提出全书要贯穿藤桥的人文历史与民俗文化，并提供参考资料；还有墨引文化学堂的钱敏老师悉心审稿和文字修正；温州日报美术编辑黄理国老师的精心构图绘画；温州市作家协会主席程绍国、温州市国学非遗主任陈德其、温州大学文化创意研究所所长蔡贻象教授、温州市交通投资建设集团钱建人、温州电视台闲事婆张小燕、鹿城区民俗文化协会常务副会长朱铭、鹿城区松台街道人大工委副主任程晓敏都给予了大力支持。

由于我们搜集第一手材料时，时间仓促与经验不足，给作家带来的磨合难度与创作不便，书中定会有不少失误及不妥之处在所难免，敬请读者海涵谅解。

最后特别鸣谢：

宋乐酥：浙江求真社会发展研究院院长

程绍国：温州市作家协会主席

朱月瑜：原温州市作家协会主席

吕相国：鹿城区作家协会名誉会长，原作家协会主席

杜建设：原鹿城区政法委副书记

李岳松：原鹿城区委党史研究室副主任，中共党史副研究员

钱　敏：墨引文化学堂创始人

黄理国：原《温州日报》美术编辑

陈德其：温州国学文化非遗委员会主任

蔡贻象：温州大学文化创意研究所所长

钱建人：温州市交通投资建设集团

张小燕：温州电视台

朱　铭：鹿城区民俗文化协会常务副会长

程晓敏：鹿城区松台街道人大工委副主任

大塘《朱王传奇》理事会

名誉会长：朱陈斌　　会长：朱建光

2022 年 10 月 16 日